随身读经典

观 照 经 典 与 自 我

宋词赏读

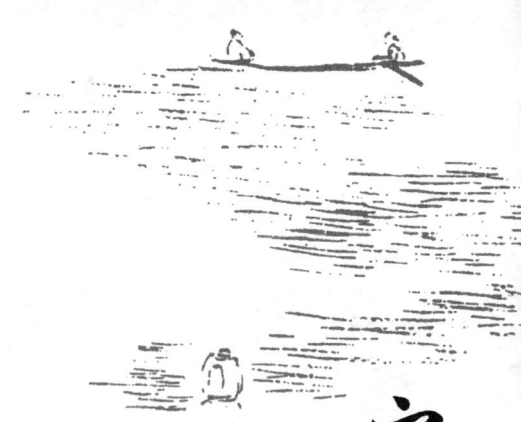

陈如江 ◎ 编著

上海社会科学院出版社

前 言

两宋词坛,名家巨子如众星争辉,佳篇秀句似百花争艳,时至今日,它仍散发着诱人的魅力,给读者以妙不可言的美感享受。可以说在中国诗歌艺术发展史上,唯宋词才能与唐诗相敌,正如杨慎所言:"宋人作诗与唐远,作词不愧唐人。"(《词品》)

一

词是合乐之作,是可以歌唱的,它所依赖的音乐是燕乐(宴乐),所以它的兴起,可以追溯到隋唐之际。当时中原的统一、国势的强盛、经济的繁荣、商业的发展,一方面促进了中外交流与民族之间融合,使得西域音乐大量输入;另一方面促进了城市兴盛与市民阶层的形成,使得里巷之曲广泛繁衍。在西域音乐与里巷之曲的互相渗透、融合中,便形成了新乐——燕乐。这种新型的音乐再经都市游乐场所的流传,很快风行起来。《旧唐书·音乐志》载:"自开元已来,歌者杂用胡夷、里巷之曲。"可见当时社会上已以燕乐为时尚。宋沈括在《梦溪笔谈》中说:"唐天宝十三载,始诏法曲与胡部合奏,自此乐奏全失古法,以先王之乐为雅乐,前世新声为清乐,合胡部者为宴乐。"由此,燕乐的地位正式确定下来。为了配合燕乐的演唱,乐工、歌伎们常按乐谱的节拍填写歌辞,于是错落有致的长短句式的曲子词逐渐兴起。

词又称"倚声""长短句"也就是这个原因。

词首先盛行于民间。光绪二十六年(1900),敦煌莫高窟道士王圆箓无意中打开被封闭近千年的藏经洞,使得我们能够看到词的最初形态。王重民根据敦煌藏卷整理出一百六十余首民间曲子词。这些作品约产生于盛唐至五代的二百余年间,反映的社会生活内容已较为广泛。

随着民间曲子词的兴起,文人们逐渐接受并喜爱上了这一新型的抒情诗体,也开始了倚声填词的尝试。中唐之际,刘长卿、戴叔伦、韦应物、王建、刘禹锡、白居易等创作出了大量长短句式的词,从而标志文人词的正式确立。但他们的作品,在体式上还是以五七言句式为主,在格调上还未完全脱去民歌风味,故只能称为"诗客曲子词"。

词发展到晚唐温庭筠手中,无论是内容还是形式,均已形成词境,从而开创了"别是一家"的词风。

五代之际,西蜀君臣耽于逸乐,作词沿袭飞卿蹊径,多写男女艳情,遂开香软绮靡花间一派,韦庄、欧阳炯等便是代表。而南唐因时时遭到周师威胁,国势岌岌,故无论君臣,在作歌词时均有意无意地流露出浓重的伤感情绪,给人以身世感慨的联想。尤其是后主李煜,饱尝了国亡身辱之不幸,促成了他从"以词娱乐"到"以词言志"的转变。

综观唐五代词,虽由于文人的染指,词逐渐从民间走向文学领域,并获得初步发展,但毕竟体式尚未完备,风格还显单一。随着赵宋王朝的建立,"中原息兵,汴京繁庶,歌台舞榭,竞赌新声"(宋翔凤《乐府余论》),词终于进入了它的空前繁荣兴盛时期。

二

从公元960年赵匡胤夺取政权至公元1127年金兵攻陷汴京,北宋共有167年的历史。北宋词坛以仁宗末年(1063)为界,可以分为前后两个时期。前期的著名词人有晏殊、张先、柳永、欧阳修、晏幾道等,后期的著名词人有苏轼、秦观、贺铸、晁补之、周邦彦等。

宋初的词,大体承袭着晚唐五代的余波,内容多描写男女爱情生活与抒发个人闲适意绪。其中范仲淹颇值一提,他的词不仅洗尽了宫体与倡风,推动了词人从歌咏妓情到歌咏人生的风会转移,而且具有婉约与豪放两种情调,奠定了宋词发展的两种基本风格。

进入仁宗朝(1023—1063),大批词人开始涌现,他们各具丰神的艺术特色,形成了词坛繁荣的局面。

晏殊被称为"北宋倚声家初祖"(冯煦《蒿庵论词》),其词表现出两个方面的特色:一是有一种娴静幽美的风度。这种风度的形成与他显达的身世有着密切的关系。他少年得志,一生如意,长期过着雍容安逸的生活,因而抒起情来总是那么温雅闲婉,给人以无穷的诗意。二是有一种情中有思的境界。这种境界的形成与他旷达的怀抱有着密切的关系。旷达的怀抱使他在感情上既能入乎其中,又能出乎其外。入乎其中故能感之,出乎其外故能悟之,而一旦有所感悟,则眼界必然高远,思致必然深沉,使千载之下的读者犹能引起共鸣。

欧阳修是肩任文统道统的一代儒宗,对于填词也颇在行。他的词尽管未脱晚唐五代"艳科"范畴,但他还是力求表现广阔的社会生活内容的,如抒发感慨、赠别答友、咏史吊古等。其词风或深婉挚厚,或疏宕明快,前者上承冯延巳而下开秦观一派,后者上承民间词而下启苏轼一派,因此他在词史中的承先启后的作用是不容忽视的。

如果说北宋前期词坛晏、欧的令词提高了词的韵味,推进了词的典雅化的话,那么柳永的慢词则扩大了词的容量,丰富了词的表现力。柳永是词坛第一个倾毕生之力于慢词创作的词人。为了适应当时日趋复杂的社会生活以及日益繁复的音律曲调的需要,他一方面"变旧声,作新声",将旧调翻新,由小令、中调衍为慢词;另一方面"奏新曲,谱新词",自己创制了大量新调慢词。根据清人毛先舒的分类(即五十八字之内为小令,五十九字至九十字为中调,九十一字以外为长调),则《乐章集》中有三分之一以上是长调。而与其同时的词人晏殊、欧阳修、张先超过八十字的词分别只有三首、十二首、十八首。可以说,在柳永之前,词大抵只是一些抒发一时感兴的小令,而到了他的手里,便促进了长调的成熟,奠定了慢词的体制,使得小令所难以表达的复杂内容,能够利用较长的篇幅、多变的句式、繁复的声情作充分的铺叙形容。朱彝尊曾说:"词至北宋而大。"(王国维《人间词话删稿》引)这个"大"字,便是由柳永开拓的。

词兴起于歌筵舞席,所咏多绮靡之情,北宋前期,虽经范仲淹、欧阳修、王安石等人努力,词境已逐渐拓宽,然毕竟没有引起根本的转变。北宋后期,苏轼"以诗为词"的变革,则使词真正突破了狭隘的儿女艳科,而成为士大夫们抒写怀抱、议论古今的工具。我们从其词集《东坡乐府》的三百余首词中可以发现,词这一内容贫弱的领域已呈现出一派绚丽的色彩,其中有抒发报国立功的抱负,有叙写仕途多舛的怨愤,有咏叹羁旅行役的愁思,有寄寓政治失意的情怀,有吟唱倾盖如故的友情,有刻画愤世嫉俗的性格,有缅怀英雄豪杰的战功,有描绘农村生活的情景,有抒写时代人生的感兴,有表现忧乐两忘的胸襟。可以说,无论是咏物言情、纪游赠答,还是怀古发论、谈禅说理,无论是感时伤事、送别悼亡,还是田园风光、身世友情,他均能自由地用词来吟唱,正如刘熙载所说:"东坡词颇似老杜诗,以其无意不可入,无事不可言也。"(《艺概》)苏轼这些多姿多彩作品的出现,词坛面目为之一新,并为词开辟了一个宽广的天地。可以这样认为,词至苏轼,词境始大,词格始高,词体始尊,取得了与诗文同等的地位。

随着词境的拓大,原来惯用的那种温婉纤巧的柔笔已不能适应抒情言志的要求,因此,苏轼又突越了前人的局限,开创了一种与传统曲子词迥然不同的风貌,即雄迈豪放的风格。如《念奴娇》(大江东去),通过对赤壁宏伟壮丽景色的描绘和古代英雄豪杰的缅怀,表达了济世报国的豪情。全词想象丰富、气魄宏伟、境界阔大,一扫香软柔靡的妮子态,开启了慷慨豪迈的南宋爱国词的先河。王灼所谓东坡词"指出向上一路,新天下耳目,弄笔者始知自振"(《碧鸡漫志》),则明确道出了苏词对于词风转变的意义。

苏轼的两个门生对词风的演进也起了推动作用。一是秦观,他远师晚唐五代,近承晏柳诸家,形成了自己情辞兼胜的独特风格,弥补了柳永在慢词的铺叙展衍中带来的浅俗发露之不足,把婉约词推向了一个新的艺术高度,从而"近开美成,导其先路"(陈廷焯《白雨斋词话》)。一是晁补之,其词风直逼苏轼,然所不同的是东坡于豪放中显出洒脱,而他则于豪放中带有沉郁。从苏辛豪放词看,东坡多超旷豪迈之作,稼轩多沉着悲壮之作,因此,晁氏的这种艺术风格,上承苏轼而下启辛弃疾,促进了豪放词在意境方面的更为深厚的拓展。

周邦彦是北宋词坛的集大成者,他对词的贡献主要在三个方面:一是音律。周词在音律上已不像前人那么随意,而是分寸节度,深契微芒。所制诸词,调有定句,句有定字,不独严分平仄,即仄声上、去、入三声亦不容相混,所以邵瑞彭曾言:"诗律莫细乎杜,词律莫细乎周。"(《周词订律序》)后世填词者莫不将其词作奉为准绳,用其调者,"按谱填腔,不敢稍失尺寸"(《四库全书总目提要》)。二是章法。过去柳永采用的层层推进的铺叙技巧,在长期运用中,已越来越难适应表达日益丰富的感情,常常显出单调与直露的缺点。周邦彦则在柳词的基础上,引进了古诗的许多繁复错综的写作技巧,诸如起承开合、伏应转接、顿挫逆挽,从而使词具有一种腾挪跌宕、深婉浑厚的法度规模。三是语言。周词的语言有两个特点:一为选词下字精于锻炼,不肯随便乱用,因而一字一句都能令人回味;二为用前人诗语不是取现成句子而是善于融化,因而既增添了词的典雅味,又使词别饶蕴藉。

就周词在宋词发展中的地位来说,可用"承先启后"四字概括。从承先看,其词有柳永的浅近灵动而无其词语的俚俗,有苏轼的开阖动荡而无其音律的不谐,有秦观的情辞兼胜而无其风骨的纤弱。就启后看,由于周词"下字运意,皆有法度"(沈义父《乐府指迷》),示后人以作词门径,故姜夔、史达祖、吴文英、王沂孙、张炎、周密等人皆奉其为典范,从而形成了南宋词坛的醇雅词派。

三

从公元1127年赵构即位于南京应天府(今河南商丘)至公元1279年陆秀夫抱幼帝赵昺投海而死,南宋共有152年的历史。南宋词坛可相应分成三个时期。第一时期为整个高宗朝(1127—1162),著名词人有李清照、张元幹、张孝祥。第二时期包括孝、光、宁宗三朝(1163—1224),著名词人有陆游、辛弃疾、陈亮、刘过、姜夔、史达祖。第三时期从理宗到宋亡(1225—1279),著名词人有刘克庄、吴文英、刘辰翁、周密、王沂孙、张炎。

靖康之乱,将赵宋帝国划分了北南两个时代,一些横跨承平的北宋末年与动荡的南宋初年的词人,在创作中也呈现出这种时代的变异。如李清照词,以南渡为界分前后两期,前期多写闺房情意,风格缠绵婉转,后期则转为伤时感旧,风格凄凉哀苦。又如叶梦得词,写于北宋的作品以婉丽为主,写于南宋的作品则时出雄杰。而向子諲更是将自己南渡以后的作品编为《江南新词》,将北宋亡前的作品编为《江北旧词》,表明了鲜明的时代意识。

南宋前期词坛,以张元幹、张孝祥词最显特色。面对靖康之乱后的民族苦难与国家屈辱,当时词坛主要表现出的是哀愁之感、悲恨之情,而二张则独振愤慨激昂之声。他们的愤激词,具有别人所缺乏的两种内蕴:一是他们的矛头不仅仅针对异族入侵者的暴行,也针对本朝投降派的丑行,有着积极的现实意义;二是他们的词不像那些哀愁之感、悲恨之情,多从个人身世出发,而是源自强烈的爱国情思与鲜明的政治倾向。如张元幹的《贺新郎》(梦绕神州路)、张孝祥的《六州歌头》(长淮望断),均强烈地反映出国难时代爱国志士的民族意识。从词的发展史看,他们承苏轼豪放雄壮词风而来,又注入了时代的政治风云,在南宋词坛最先高举起慷慨豪迈爱国词的大旗,从而为陆游、辛弃疾、陈亮等词人导引了一条新的大道。

南宋中期,孝宗与金签订了"隆兴和议"后,数十年间,已无大的战事。据《梦粱录》等书记载,当时临安的繁华富丽以及节日的热闹游乐场面,要远胜于北宋的汴京。在这种情势下,以辛弃疾为代表的一部分士大夫文人,依然以恢复兼济为己任,冷静地面对当时政治现实,以词为武器,进行着愤激的呼喊。以姜夔为代表的一部分士大夫文人,虽还不至于完全忘怀国事,但创作范围基本上局限在个人生活的圈子里,或自伤身世,或流连光景,或咏物酬唱。南宋中期词坛因此形成了豪放与典雅两种词风各自分流的格局。

辛弃疾一生作词六百余首,为宋代词人中作词最多的一个。在他之前,东坡词虽做到"无意不可入,无事不可言",然由于受到所处时代的局限及本人思想的制约,只能是比较广泛地反映出士大夫的生活面貌。辛弃疾则不同,他处于宋室南渡、国家分裂的年代,强烈的报国之情,使得他的词多抚时感事的言志之作。因此,他在词中所表现的英雄报国之怀与英雄失志之情,正反映出时代的追求与失望,民族的热情与悲愤。在艺术表现手法上,辛词也有突破,表现在两个方面:一是通过大量用典,以加深和扩展作品的内在容量;二是引进古文手段,以丰富词的艺术表现力,使之能够容纳更广泛的题材,抒写更复杂的情感。他的才情、他的魄力,使得他作词完全摆脱了羁绊,进入了自由的境界。可以说题材内容之广泛、思想感情之丰厚、反映现实之深刻,两宋词坛无人可与辛词相比。

辛弃疾为人豪爽,有燕赵侠义之风,加之他有过一段金戈铁马的英雄经历,并始终把拯救国家与民族作为自己的毕生事业,所以他在将自己的生性气节与主要的创作精力注于词后,也造就了他独树一帜的沉雄豪壮的词风,成为"上掩东坡,下括刘、陆"的"词坛第一开辟手"(陈廷焯《云韶集》)。与其同时或稍后的陆游、陈亮、刘过、韩元吉、杨炎正、戴复古、黄机、刘克庄、吴潜、陈人杰及宋末元初的刘辰翁、文天祥、刘将孙、汪元量等皆直接受其影响,豪放词因此而"异军特起,能于剪红刻翠之外,屹然别立一宗"(《四库全书总目提要·稼轩词提要》),取得了与婉约词双峰并峙的地位。

姜夔与辛弃疾同时而稍晚,互相间曾有过唱和。他一生往来于苏、杭、扬、淮的名流公卿、雅士骚人之间,过着清客的生活。与上层社会既富贵又高雅的生活情趣相适应,他形成了自己清空骚雅的词风,因而我们读其词会有以下几种明显的感觉:一是词境超尘脱俗,清冷空灵,令人神观飞越;二是感念时世,不作慷慨激昂的呼喊,抒写恋情,与脂粉气、妮子态完全绝缘;三是采用江西诗法来谋篇布局、造字炼句,用笔中时时透出清劲峭拔之气。无怪乎王国维要说:"古今词人格调之高,无如白石。"(《人间词话》)

姜夔所处的词坛基本上笼罩在两种词风之中:一是以辛弃疾为首的雄健驰骤的词风,一是以周邦彦为代表的婉约曼妙的词风。前者大声镗鞳,不免流于粗豪叫嚣;后者富艳典丽,不免流于靡俗软媚。白石自标清空骚雅之一格,避免了两家弊病,从而使宋词进一步归于圆熟。这种词风由于在当时有追求风雅的社会风尚为基础,因此很快形成一个醇雅词派,并崛起于南宋词坛。以姜夔为宗者,有张辑、卢祖皋、高观国、史达祖、吴文英、蒋捷、王沂孙、张炎、周密、陈允平等。其影响所及,直至清代浙派。当然,白石词的弊病也是明显的。从内容看,其词虽能反映出故国山河之感,但因一直在风雅的圈子里生活,与同时代的豪放词人相比,内容还是显得相当贫弱。后之学姜者,更是落到空虚之中,从而造成了南宋词坛"白石立而词之国土蹙矣"(陈洵《海绡说词》)之不幸。

南宋后期词坛主要呈现出两种倾向:一是以刘克庄、陈人杰、刘辰翁、文天祥为代表,继辛词之后劲,作词主题鲜明、情感强烈;一是以吴文英、王沂孙、周密、张炎为代表,持姜词之衣钵,作词意致绵邈、声情美丽。从辛派后继者的情况看,虽是爱国之作,但与辛词所表达的思想感情已不尽相同。辛弃疾所处的南宋中期,政治基本稳定,经济逐渐繁荣,北上抗金、收复中原的条件初步成熟,故其词多慷慨激昂之声。而刘克庄等人所处的南宋后期,比金更强大的敌人——蒙古贵族统治集团已崛起于漠北,在攻金的同时开始威胁南宋,国内因奸臣贾似道当权,政治黑暗腐败,复兴之事已属渺茫,故他们作词在高喊"男儿西北有神州"的同时,更多的是忧愤悲凉之音。宋元易代,陵谷变迁,刘辰翁等人开始转向借时序抒发悲感,厉鹗所谓"送春苦调刘须溪"(《论词绝句》),说的虽是刘辰翁,则也道出了当时词坛内容多系"送春"、感情多系"苦调"的特点。在艺术上辛词的后继者基本没有脱出仿效的窠臼,虽不失慷慨豪放之气,但粗豪叫嚣、走腔落调、过于散文化的毛病逐渐显露,正如仇远所云:其时"腐儒村叟,酒边豪兴,引纸挥笔,动以东坡、稼轩、龙洲自况。极其至四字《沁园春》、五字《水调》、七字《鹧鸪天》《步蟾宫》,拊几击缶,同声附和,如梵吹、如步虚,不知宫调为何物。令老伶俊倡,面称好而背窃笑,是岂足与言词哉"(《词源疏证原跋》引)。这种现象的发生,正如冯煦所指出:"非稼轩之咎,而不善学者之咎也。"(《蒿庵论词》)

至于持姜词之衣钵者,作词大多苦心经营,如吴文英就曾论词云:"盖音律欲其协,不协则成长短之诗;下字欲其雅,不雅则近乎缠令之体;用字不可太露,露则直突而无深长之味;发意不可太高,高则狂怪而失柔婉之意。"(见《乐府指迷》)这种求协、欲雅、怕露、避怪的创作主张,固然使其作品字面妍丽、结构绵密、境界幽邃,但同时露出晦涩堆垛的弊病,令人难测其中之所有。王沂孙词也是如此,他擅长以曲折隐约之笔,寄寓深沉的故国之思与身世之感,在意境上虽不乏"深""厚"的一面,然时有"专寄托不出"的毛病,要理解与欣赏,非得用心揣摩不可。而同时周密、张炎的词风则颇流丽疏爽,但他们的作品都词才有余而词心不足,正如周济所说:"只在字句上著功夫,不肯换意。"(《介存斋论词杂著》)"不肯换意",乃是因为感情单薄、题材狭窄,所以即使想换意,也是无意可换。他们的词不是没有故国之思,也不是没有身世之感,但往往是软弱的、伤感的,甚至是颓唐的,缺乏深广的思想内容。如张炎的《月下笛》词,题序中虽注明了"动《黍离》之感",但作品里却没有什么现实生活的反映,更多的是对残破的旧梦的追念。由于感情跳不出个人生活的狭小圈子,因此立意不高、取韵不远,常常只能以磨砻雕琢,装头装脚,逐韵凑成。这种只求文辞声情,不在意境上用力的弊病,也是南宋后期醇雅派词人的一个共同现象。所以,随着张炎的落魄而死,宋词也就结束了它的辉煌生命。

四

本书共收两宋五十余家词人的二百多首词作,与浩如烟海的全宋词相比,只是以蠡测海。我们的编选原则,一是尽可能兼顾在不同阶段对词的发展起过重要作用的流派和代表性词人;二是既把握住大家,也不偏废有佳构的小家,力求历代传诵的名篇不致遗漏。尽管整个宋代词坛的创作风貌难以在本书中全面体现,但读者至少可从一斑窥全貌,在欣赏名篇佳作的同时,对宋词演进的大体走向有一个概略的了解。

每一首词都是一个世界,都是词人开辟的一片天地。面对这么一个丰富的世界、美妙的天地,我们在每首词的"解读"中,尽可能地根据作者创作的年月、地点、际遇、心境、意图及惨淡经营的匠心作一番简明扼要的阐释剖析。所释所析虽参考各家著述,但亦属一家之言,因此疏漏错误在所难免,恳盼读者批评指正。

目 录

王禹偁　　点绛唇(雨恨云愁)/1
钱惟演　　木兰花(城上风光莺语乱)/2
潘　阆　　酒泉子(长忆西湖)/4
　　　　　　　　(长忆观潮)/5
林　逋　　长相思(吴山青)/6
范仲淹　　苏幕遮(碧云天)/8
　　　　　渔家傲(塞下秋来风景异)/9
　　　　　御街行(纷纷坠叶飘香砌)/11
柳　永　　雨霖铃(寒蝉凄切)/13
　　　　　凤栖梧(伫倚危楼风细细)/16
　　　　　定风波(自春来)/16
　　　　　夜半乐(冻云黯淡天气)/18
　　　　　望海潮(东南形胜)/19
　　　　　满江红(暮雨初收)/21

	八声甘州(对潇潇暮雨洒江天)/22
张　先	一丛花令(伤高怀远几时穷)/25
	天仙子(水调数声持酒听)/26
	千秋岁(数声鶗鴂)/27
	木兰花(龙头舴艋吴儿竞)/28
	青门引(乍暖还轻冷)/29
晏　殊	浣溪沙(一曲新词酒一杯)/31
	(一向年光有限身)/33
	蝶恋花(槛菊愁烟兰泣露)/34
	踏莎行(祖席离歌)/35
	(小径红稀)/36
	破阵子(燕子来时新社)/37
	玉楼春(绿杨芳草长亭路)/38
宋　祁	玉楼春(东城渐觉风光好)/39
欧阳修	采桑子(轻舟短棹西湖好)/42
	(群芳过后西湖好)/44
	踏莎行(候馆梅残)/44
	生查子(去年元夜时)/45
	玉楼春(尊前拟把归期说)/46
	南歌子(凤髻金泥带)/47
	蝶恋花(庭院深深深几许)/48
王安石	桂枝香(登临送目)/51

	渔家傲（平岸小桥千嶂抱）/53
晏幾道	临江仙（梦后楼台高锁）/56
	蝶恋花（醉别西楼醒不记）/58
	鹧鸪天（彩袖殷勤捧玉钟）/59
	（小令尊前见玉箫）/60
	阮郎归（旧香残粉似当初）/61
	（天边金掌露成霜）/62
	浣溪沙（日日双眉斗画长）/63
	思远人（红叶黄花秋意晚）/63
王　观	卜算子（水是眼波横）/66
苏　轼	水龙吟（似花还似非花）/69
	水调歌头（落日绣帘卷）/72
	（明月几时有）/75
	念奴娇（大江东去）/77
	西江月（照野弥弥浅浪）/80
	临江仙（夜饮东坡醒复醉）/81
	鹧鸪天（林断山明竹隐墙）/82
	定风波（莫听穿林打叶声）/83
	卜算子（缺月挂疏桐）/84
	贺新郎（乳燕飞华屋）/86
	洞仙歌（冰肌玉骨）/89
	江城子（老夫聊发少年狂）/91

　　　　　　　（十年生死两茫茫）/93

　　　　　　蝶恋花（花褪残红青杏小）/94

　　　　　　永遇乐（明月如霜）/96

　　　　　　浣溪沙（山下兰芽短浸溪）/98

　　　　　　　（麻叶层层苘叶光）/99

　　　　　　　（簌簌衣巾落枣花）/100

李之仪　　卜算子（我住长江头）/101

黄庭坚　　水调歌头（瑶草一何碧）/103

　　　　　　定风波（万里黔中一漏天）/105

　　　　　　清平乐（春归何处）/107

　　　　　　虞美人（天涯也有江南信）/107

秦　观　　望海潮（梅英疏淡）/109

　　　　　　八六子（倚危亭）/112

　　　　　　满庭芳（山抹微云）/113

　　　　　　江城子（西城杨柳弄春柔）/114

　　　　　　鹊桥仙（纤云弄巧）/115

　　　　　　踏莎行（雾失楼台）/116

　　　　　　浣溪沙（漠漠轻寒上小楼）/118

　　　　　　虞美人（碧桃天上栽和露）/119

　　　　　　行香子（树绕村庄）/120

贺　铸　　鹧鸪天（重过阊门万事非）/122

　　　　　　踏莎行（杨柳回塘）/123

	青玉案(凌波不过横塘路)/124
	六州歌头(少年侠气)/125
晁补之	摸鱼儿(买陂塘)/128
	洞仙歌(青烟幂处)/130
周邦彦	瑞龙吟(章台路)/131
	浣溪沙(楼上晴天碧四垂)/133
	满庭芳(风老莺雏)/134
	苏幕遮(燎沉香)/135
	齐天乐(绿芜凋尽台城路)/136
	六　丑(正单衣试酒)/137
	兰陵王(柳阴直)/139
	西　河(佳丽地)/141
	蝶恋花(月皎惊乌栖不定)/142
	玉楼春(桃溪不作从容住)/143
毛　滂	临江仙(闻道长安灯夜好)/146
叶梦得	贺新郎(睡起流莺语)/148
	八声甘州(故都迷岸草)/149
汪　藻	点绛唇(新月娟娟)/152
万俟咏	诉衷情(一鞭清晓喜还家)/153
朱敦儒	念奴娇(插天翠柳)/155
	鹧鸪天(我是清都山水郎)/156
	相见欢(金陵城上西楼)/157

赵　佶	眼儿媚（玉京曾忆昔繁华）/159	
	燕山亭（裁剪冰绡）/160	
李　纲	六幺令（长江千里）/162	
李清照	渔家傲（天接云涛连晓雾）/164	
	如梦令（昨夜雨疏风骤）/165	
	凤凰台上忆吹箫（香冷金猊）/167	
	一剪梅（红藕香残玉簟秋）/169	
	醉花阴（薄雾浓云愁永昼）/170	
	念奴娇（萧条庭院）/171	
	永遇乐（落日熔金）/172	
	武陵春（风住尘香花已尽）/173	
	声声慢（寻寻觅觅）/174	
吕本中	采桑子（恨君不似江楼月）/176	
	南歌子（驿路侵斜月）/177	
向子䛊	秦楼月（芳菲歇）/178	
	阮郎归（江南江北雪漫漫）/179	
陈与义	虞美人（张帆欲去仍搔首）/181	
	临江仙（忆昔午桥桥上饮）/182	
张元幹	贺新郎（曳杖危楼去）/184	
	（梦绕神州路）/186	
	瑞鹧鸪（白衣苍狗变浮云）/188	
胡　铨	好事近（富贵本无心）/190	

— 6 —

岳　飞	小重山（昨夜寒蛩不住鸣）/192
	满江红（怒发冲冠）/194
朱淑真	江城子（斜风细雨作春寒）/196
	蝶恋花（楼外垂杨千万缕）/197
陆　游	蝶恋花（桐叶晨飘蛩夜语）/198
	钗头凤（红酥手）/199
	秋波媚（秋到边城角声哀）/200
	卜算子（驿外断桥边）/201
	汉宫春（羽箭雕弓）/202
	夜游宫（雪晓清笳乱起）/203
	诉衷情（当年万里觅封侯）/204
范成大	霜天晓角（晚晴风歇）/206
	眼儿媚（酣酣日脚紫烟浮）/207
张孝祥	六州歌头（长淮望断）/209
	念奴娇（洞庭青草）/211
辛弃疾	摸鱼儿（更能消、几番风雨）/214
	水龙吟（楚天千里清秋）/216
	念奴娇（野棠花落）/217
	鹧鸪天（枕簟溪堂冷欲秋）/218
	菩萨蛮（郁孤台下清江水）/220
	祝英台近（宝钗分）/221
	青玉案（东风夜放花千树）/222

　　　　清平乐(茅檐低小)/223
　　　　贺新郎(老大那堪说)/224
　　　　鹧鸪天(陌上柔桑破嫩芽)/226
　　　　西江月(明月别枝惊鹊)/227
　　　　贺新郎(绿树听鹈鴂)/227
　　　　　　　(甚矣吾衰矣)/229
　　　　丑奴儿(少年不识愁滋味)/231
　　　　破阵子(醉里挑灯看剑)/232
　　　　鹧鸪天(壮岁旌旗拥万夫)/232
　　　　永遇乐(千古江山)/234
　　　　南乡子(何处望神州)/236
陈　亮　水调歌头(不见南师久)/237
　　　　念奴娇(危楼还望)/238
刘　过　唐多令(芦叶满汀洲)/241
　　　　六州歌头(中兴诸将)/242
姜　夔　江梅引(人间离别易多时)/245
　　　　点绛唇(燕雁无心)/246
　　　　鹧鸪天(巷陌风光纵赏时)/248
　　　　　　　(肥水东流无尽期)/249
　　　　庆宫春(双桨莼波)/250
　　　　念奴娇(闹红一舸)/252
　　　　扬州慢(淮左名都)/255

	长亭怨慢(渐吹尽、枝头香絮)/257
	暗　香(旧时月色)/258
	疏　影(苔枝缀玉)/259
戴复古	水调歌头(轮奂半天上)/262
史达祖	绮罗香(做冷欺花)/264
	双双燕(过春社了)/265
黄　机	满江红(万灶貔貅)/268
刘克庄	沁园春(何处相逢)/270
	满江红(金甲琱戈)/272
	贺新郎(北望神州路)/273
	玉楼春(年年跃马长安市)/275
	清平乐(风高浪快)/276
吴文英	宴清都(绣幄鸳鸯柱)/278
	浣溪沙(门隔花深梦旧游)/280
	祝英台近(剪红情)/281
	风入松(听风听雨过清明)/282
	莺啼序(残寒正欺病酒)/283
	踏莎行(润玉笼绡)/285
	鹧鸪天(池上红衣伴倚阑)/286
	唐多令(何处合成愁)/288
陈人杰	沁园春(记上层楼)/290
	(谁使神州)/292

刘辰翁	柳梢青(铁马蒙毡)/295
	兰陵王(送春去)/296
	永遇乐(璧月初晴)/298
周　密	玉京秋(烟水阔)/300
	一萼红(步深幽)/301
	献仙音(松雪飘寒)/303
文天祥	酹江月(乾坤能大)/305
	满江红(试问琵琶)/306
汪元量	莺啼序(金陵故都最好)/309
王沂孙	天香(孤峤蟠烟)/312
	眉妩(渐新痕悬柳)/314
	齐天乐(一襟余恨宫魂断)/315
蒋　捷	贺新郎(梦冷黄金屋)/317
	一剪梅(一片春愁待酒浇)/318
	虞美人(少年听雨歌楼上)/319
	燕归梁(我梦唐宫春昼迟)/320
张　炎	南浦(波暖绿粼粼)/322
	高阳台(接叶巢莺)/324
	八声甘州(记玉关踏雪事清游)/325
	清平乐(采芳人杳)/326
刘将孙	沁园春(流水断桥)/328

王禹偁

王禹偁(954—1001),字元之,济州巨野(今属山东)人。太平兴国八年(983)进士。历任右拾遗、翰林学士、知制诰等职。秉性刚直,遇事敢言,三遭贬斥。文风、诗风均开宋代风气。有《小畜集》。存词一首。

点 绛 唇

雨恨云愁,江南依旧称佳丽。水村渔市,一缕孤烟细。　　天际征鸿,遥认行如缀。平生事,此时凝睇,谁会凭栏意!

注释
〔江南〕长江以南地区,这里指今江苏南部一带。　〔佳丽〕指景色秀美。　〔征鸿〕空中飞行的大雁。　〔行如缀〕排列成行,就像连缀在一起。　〔平生事〕指平生追求的功名事业。

解读
这是一首即景感兴之作。上片写江南的雨、江南的云、江南的水乡,并以"佳丽"二字概括之。下片写凭栏远眺,以"天际征鸿"触发对"平生事"的感喟。作者借景抒情,含蓄地表达了希望用世的抱负。王禹偁以诗名,存词仅这一首,因其清丽可爱,所以传诵至今。

钱惟演

钱惟演(977—1034),字希圣,临安(今浙江杭州)人。吴越王钱俶之子。随父归宋,为右屯卫将军。累迁翰林学士、枢密使、同中书门下平章事。后被劾落职,为崇信军节度使。有《典懿集》。存词两首。

木 兰 花

城上风光莺语乱,城下烟波春拍岸。绿杨芳草几时休?泪眼愁肠先已断。　　情怀渐觉成衰晚,鸾镜朱颜惊暗换。昔年多病厌芳尊,今日芳尊惟恐浅。

注释
〔鸾镜〕妆镜。据南朝宋刘敬叔《异苑》载:"罽(jì)宾王有鸾,三年不鸣,夫人曰:'闻鸾见影则鸣。'乃悬镜照之,中宵一奋而绝。故后世称为鸾镜。"〔芳尊〕指盛着美酒的酒器。尊,古代盛酒用的器具。

解读
此系暮年感春之作。上片是伤时。词人登上城楼,看到的是春波拍岸,听到的是黄莺啼啭,触发的是泪眼愁肠,怨恨的是无止无休的芳草绿杨。下片是叹老。情怀渐渐衰老,容颜暗中变换,昔日多病厌酒,今日酒杯恐浅。从作者的生平来看,此词并非无病呻吟,而是真情流露。曾官兼将相的他,此时正谪居汉东,想到自己年老体衰、一落千丈,满腔牢愁全倾于词中了。

潘阆

潘阆(？—1009),字逍遥,大名(今属河北)人。至道元年(995)赐进士及第,授四门国子博士。后因事牵连,被查究。真宗时获赦,出任滁州参军。与寇準、王禹偁、林逋等交游唱和。有《逍遥词》,今仅存《酒泉子》十首。

酒泉子

长忆西湖,尽日凭阑楼上望。三三两两钓鱼舟,岛屿正清秋。　　笛声依约芦花里,白鸟成行忽惊起。别来闲整钓鱼竿,思入水云寒。

注释

〔岛屿〕水中或水边高地。　〔依约〕隐约,这里指听不分明。

解读

作者写有十首《酒泉子》,每首都以"长忆"开头,下片第二句都有"别来"二字,表明这些词都是离开钱塘后所作。这首是回忆西湖。词人记忆中的西湖,三三两两的钓鱼舟点缀着湖面,湖上的岛屿散发着无边的秋意,芦花丛中有隐隐约约的笛声传出,白鹭忽被惊起,飞向远方。西湖的美妙景色让词人难以忘怀,时时思量着有朝一日回到旧地,垂纶终生,结句"思入水云寒"透出了词人的出尘之想。整首词情调闲雅、意趣悠远,就如一幅西湖山水图。据说潘阆的《酒泉子》词成,一时盛传,苏东坡爱之,书于玉堂屏风。

酒 泉 子

长忆观潮,满郭人争江上望。来疑沧海尽成空,万面鼓声中。　　弄潮儿向涛头立,手把红旗旗不湿。别来几向梦中看,梦觉尚心寒。

注释
〔满郭〕满城。　〔弄潮儿〕指在江潮中嬉戏游泳的健儿。

解读
钱塘观潮在宋代是一大盛事,南宋吴自牧的《梦粱录》与周密的《武林旧事》中对当时的观潮盛况都有生动的记载。词写观潮,当以潘阆的这首作品为最早,也传诵最广。上片写观潮场面,写潮水气势。场面是人们倾城而出,争先恐后;气势是海浪排山倒海,声如雷鸣。下片写弄潮儿手举红旗、搏击风浪、挺立涛头的英姿,写自己至今梦见这弄潮场景,依然心寒胆战的感受。整首词写得有声有色、惊心动魄,读来令人心动神摇。

林 逋

林逋(967—1028),字君复,钱塘(今浙江杭州)人。曾漫游江淮间,后隐居西湖孤山,以植梅养鹤为乐,终身不仕不娶。卒谥和靖先生。有《和靖集》。存词三首。

长 相 思

吴山青,越山青。两岸青山相对迎,谁知离别情? 君泪盈,妾泪盈。罗带同心结未成,江边潮已平。

注释

〔吴山〕在浙江杭州钱塘江北岸,春秋时为吴国南界。〔越山〕指浙江绍兴以北、钱塘江南岸的山,春秋时这一带属越国,故名。 〔罗带〕丝织成的带子。 〔同心结〕把罗带打成心形的结,称为"同心结",古时象征相爱。

解读

很难想到,在西湖孤山隐居、人称"梅妻鹤子"的林和靖先生竟然写有这样一阕恋情词,我们只能以"情之所钟,虽贤者不能免"(俞文豹《吹剑录》)来解释。词以一个女子的口吻抒写送别情人的伤感。送人来到江边,两岸青山也不善解人意,殷勤地来迎接。就在执手相看泪眼、情意绵绵之际,无情的船儿又催着起航。词中"罗带同心结未成"句,暗示了他们的爱情遭遇不幸。全词不事雕琢,语浅情深,富有民歌风味。

范仲淹

范仲淹(989—1052),字希文,其先邠(今陕西彬州)人,后徙苏州吴县(今属江苏)。大中祥符八年(1015)进士。官至枢密副使、参知政事。其词具有婉约与豪放两种情调,奠定了宋词发展的两种基本风格,并推动了词从歌咏妓情到歌咏人生的风会转移。有辑本《范文正公诗余》。

苏 幕 遮

碧云天,黄叶地,秋色连波,波上寒烟翠。山映斜阳天接水,芳草无情,更在斜阳外。

黯乡魂,追旅思,夜夜除非,好梦留人睡。明月楼高休独倚。酒入愁肠,化作相思泪。

注释

〔黯乡魂〕黯然销魂的思乡之情。 〔追旅思〕缠绕不休的逆旅情怀。

解读

上片写景,先由上而下,由近及远,句法层递缠绵,引导读者沉入弥漫着秋天气氛的意境里。通过对水波、寒烟、夕阳等惹愁

— 8 —

景物的描绘,暗暗浸蕴自己伤别的情思。再由"芳草无情,更在斜阳外"一句折进,景中含情,似合似起。下片抒情,以"楼高""独倚"点明上片皆凭高所见,"乡魂""相思"点出芳草的暗喻,最后以"泪"字作结,尽情地倾泻抑郁的情怀。全篇意脉相通、环环相扣、层层深入、丝丝入理,实为一首针缕绵密的好词,故被邹祇谟誉为"绝唱"(《远志斋词衷》)。

渔 家 傲

塞下秋来风景异,衡阳雁去无留意。四面边声连角起。千嶂里,长烟落日孤城闭。

浊酒一杯家万里,燕然未勒归无计。羌管悠悠霜满地。人不寐,将军白发征夫泪!

注 释

〔塞下〕边境驻防要地,这里指西北边疆。塞,边塞。 〔衡阳雁去〕雁向衡阳飞去。衡阳(今属湖南)旧城南有回雁峰,峰形像回旋的雁。相传雁至回雁峰不再往南飞。 〔边声〕边地的各种声音,如马鸣、风吼、号角声、战鼓声等。 〔嶂〕直立如屏障的山峰。 〔浊酒〕混浊的米酒。 〔燕然未勒〕燕然,山名,即今杭爱山,在今蒙古国境内。《后汉书·窦宪传》载,窦宪出击匈奴,追北单于,"登燕然山,去塞三千里,刻石勒功"而还。

千嶂里,长烟落日孤城闭。

勒,刻。〔羌管〕羌笛,出于羌(古代西北少数民族名)地,故名。

解读

此词是作者镇守西北边疆时所作,表现边关将士的戍守之苦与思家之情。上片写边塞景色。一座孤城,千嶂围抱,说的是形势。角声悲鸣,城门紧闭,说的是气氛。长烟落日,秋风瑟瑟,说的是荒凉。如此凄苦之地,连大雁都毫无留意而去,何况人乎?于是转入下片的将士思归。浊酒一杯以慰守城之苦,可听到的是悠悠羌笛,见到的是满地白霜,又勾起了对家乡的思念。为了御敌卫国、勒石燕然,将军熬白了头,战士流尽了泪。全词感情悲壮、笔力凝重、格调苍凉,在北宋词坛独具一格,开了王安石《桂枝香》(登临送目)和苏轼《念奴娇》(大江东去)等豪放词之先导。

御 街 行

纷纷坠叶飘香砌。夜寂静,寒声碎。真珠帘卷玉楼空,天淡银河垂地。年年今夜,月华如练,长是人千里。　　愁肠已断无由醉,酒未到,先成泪。残灯明灭枕头欹,谙尽孤眠滋味。都来此事,眉间心上,无计相回避。

注 释

〔香砌〕指台阶。 〔寒声碎〕秋风中树叶发出轻微、断续的声音。 〔月华〕月光。 〔练〕白绢。 〔欹(qī)〕倾斜,形容人斜靠在枕头上。 〔谙(ān)尽〕尝尽。

解 读

这首词描写一位离人于秋夜中,欲醉不得,欲睡不成,无法摆脱相思之情的缠绕。全篇抒情淋漓沉着,读之令人黯然伤怀。词的结尾三句,写相思之苦,尤为形象生动,情致宛然,李清照《一剪梅》词之"此情无计可消除,才下眉头,却上心头",就是从此脱胎而来。陈廷焯曾赞赏说:"希文词不多,而一二沉着痛快处,冠绝古今。"(《云韶集》)

柳　永

柳永(？—约1053),字耆卿。初名三变,字景庄。崇安(今属福建)人。景祐元年(1034)进士。一生不得志,只做过屯田员外郎一类的官,世称柳屯田。他精晓音律,长于慢词,教坊乐工每有一种新的乐谱出来,总要找他填词,而每支曲子一经他的手便马上风行起来,上至达官贵人,下至市民百姓,莫不知晓,当时形成过"凡有井水处,即能歌柳词"(《避暑录话》)的盛况。他的词以描写歌妓生活和羁旅行役为主,语多通俗,尤善铺叙。冯煦云:"耆卿词,曲处能直,密处能疏,奡处能平,状难状之景,达难达之情,而出之以自然,自是北宋巨手。"(《宋六十一家词选例言》)

雨　霖　铃

寒蝉凄切,对长亭晚,骤雨初歇。都门帐饮无绪,方留恋处,兰舟催发。执手相看泪眼,竟无语凝噎。念去去、千里烟波,暮霭沉沉楚天阔。　　多情自古伤离别,更那堪、冷落清秋节! 今宵酒醒何处? 杨柳岸、晓风残月。此去经年,应是良辰好景虚设。便纵有千种风情,更与何人说?

注释

〔寒蝉〕蝉的一种,可以鸣叫到深秋。 〔都门〕京城,这里指汴京。 〔帐饮〕设帐饯行。 〔凝噎〕喉咙哽咽,有语难言。 〔楚天〕泛指江南一带。楚国在南方,故称南方的天空为楚天。 〔经年〕年复一年。

解读

这首词写离别之情。上片先以寒蝉点出离别的时间,又以长亭指明离别的地点,再以苍茫暮色渲染离别的氛围,然后依次引出帐饮、留恋、催发、执手、无语、凝噎,感情由浅入深,千回百转,郁结蟠屈。"念去去"二句,以飞动的笔势、开阔的空间,揭出别后一幕,在结构上起曲处能直、密处能疏的艺术效果。下片着重描写别后景况,先以"伤离别""清秋节"照应上片,并将个人的情怀放到人生聚散无定的主题中表现,扩大感情的容量与深度,然后从"今宵"推到"经年",尽情展衍,层推层深。最末几句通过自嗟自叹,将离别的凄苦淋漓尽致地宣泄而出。全词寓情写景,因景抒情,充分显示出柳永词层层铺叙的艺术技巧。据俞文豹《吹剑录》记载,苏轼在京城翰林院当翰林学士时,有幕士善歌,东坡问他:"我词何如柳永?"幕士回答说:"柳郎中词,只合十七八女郎,执红牙板,歌'杨柳岸、晓风残月'。学士词,须关西大汉,铜琵琶、铁绰板,唱'大江东去'。"以后"杨柳岸、晓风残月"也就成了婉约词的象征。

执手相看泪眼,竟无语凝噎。

凤 栖 梧

伫倚危楼风细细,望极春愁,黯黯生天际。草色烟光残照里,无言谁会凭栏意。　　拟把疏狂图一醉,对酒当歌,强乐还无味。衣带渐宽终不悔,为伊消得人憔悴。

注释
〔伫〕久立。　〔危楼〕高楼。　〔疏狂〕放浪狂荡。

解读
上片是词人独上高楼,凭栏远眺,看见笼罩在轻烟暮霭中的萋萋芳草,触发春愁,却又无人诉说。下片是词人对酒当歌,以图一醉,究竟还是强乐无味,于是心中的郁结化作"衣带渐宽终不悔,为伊消得人憔悴"二句喷薄而出。全词感情线索十分清晰,词人"望"而生"愁","愁"而生"醉","醉"而"不悔",最终归结到"为伊",可谓缠绵执着、一往情深。王国维特爱末尾两句,将其比喻为古今成大事业大学问者的第二境界。

定 风 波

自春来,惨绿愁红,芳心是事可可。日上

花梢,莺穿柳带,犹压香衾卧。暖酥消,腻云亸,终日厌厌倦梳裹。无那!恨薄情一去,音书无个。　　早知恁么,悔当初、不把雕鞍锁。向鸡窗,只与蛮笺象管,拘束教吟课。镇相随,莫抛躲,针线闲拈伴伊坐。和我,免使年少光阴虚过。

注释

〔惨绿愁红〕谓见柳绿桃红而凄然伤感。　〔是事〕犹事事,凡事。　〔可可〕漫不经心。　〔暖酥〕指温润酥嫩的肌肤。〔腻云〕此指柔腻浓密的头发。　〔亸(duǒ)〕下垂。　〔鸡窗〕书斋的代称。据《幽明录》载,晋兖州刺史宋处宗,得一长鸣鸡,遂笼于窗前。不意此鸡竟能人语,与处宗谈论,颇有见识,处宗因而成为善言者。　〔蛮笺〕指当时四川益州等地出的好纸。〔象管〕象牙作笔管的毛笔。　〔镇〕整日。

解读

关于这首词,宋代张舜民的《画墁录》载有一则趣闻。有一次柳永去谒见当时的宰相晏殊,希望得到他的推荐。晏殊问他:"贤俊作曲子吗?"柳永回答:"只如相公亦作曲子。"晏说:"殊虽作曲子,不曾道'针线闲拈伴伊坐'。"受到这一番奚落,柳永失望而归。由此可见,当时的士大夫不喜欢柳永词的俗,但在民间却形成了"凡有井水处,即能歌柳词"(《避暑录话》)的盛况。此词系为女子代言。上片写思念,因思念伊人而无心赏春,懒于梳妆。下片写悔恨,悔恨让伊人离去,致使青春年华虚度。全词采用市井口语,痛快淋漓,一泻无余地发泄情感,体现了一种市民文学的审美趣味。

夜　半　乐

冻云黯淡天气,扁舟一叶,乘兴离江渚。渡万壑千岩,越溪深处。怒涛渐息,樵风乍起,更闻商旅相呼,片帆高举。泛画鹢、翩翩过南浦。　　望中酒旆闪闪,一簇烟村,数行霜树。残日下、渔人鸣榔归去。败荷零落,衰柳掩映,岸边两两三三、浣纱游女。避行客、含羞笑相语。　　到此因念,绣阁轻抛,浪萍难驻。叹后约、丁宁何据!惨离怀、空恨岁晚归期阻,凝泪眼、杳杳神京路,断鸿声远长天暮。

注释

〔冻云〕下雪前凝聚的阴云。　〔万壑千岩〕即秀美的山川。〔越溪〕即若耶溪,在今浙江绍兴会稽山下。　〔樵风〕山风。〔"泛画鹢(yì)"句〕鹢,一种水鸟,古时画鹢首于船头以压水神,后因称船为画鹢、鹢舟。　〔南浦〕代指离别之地。　〔酒斾(pèi)〕酒旗。　〔神京路〕去汴京(今河南开封)之路。

解读

从词中"越溪深处"可知,此系词人宦游浙江时作。第一叠写舟行经历。"乘兴"表明恣意漫游,心境正佳。"渡万壑"概括行程之长。"商旅相呼,片帆高举",江上繁忙、舟行轻快之状如见。第二叠写舟中见闻。斜阳下,有闪闪酒旗,有烟村霜树,有鸣榔渔人,有败荷衰柳,更有浣纱女子的盈盈笑语。第三叠即景生情,抒发感叹。一叹绣阁轻抛,浪迹他乡;二叹后约无凭,岁晚难归;三叹神京不见,唯闻雁鸣,感情一层深似一层。统观全篇,前两段写景,节奏徐缓,层层铺叙,从容不迫;末段抒情,急管繁弦,波澜陡起,千回百转。这种用笔的精妙正是柳永词的过人之处。

望海潮

东南形胜,三吴都会,钱塘自古繁华。烟柳画桥,风帘翠幕,参差十万人家。云树绕堤沙,怒涛卷霜雪,天堑无涯。市列珠玑,户盈罗绮,竞豪奢。　　重湖叠巘清嘉,有三秋桂子,十里荷花。羌管弄晴,菱歌泛夜,嬉嬉钓叟莲娃。千骑拥高牙,乘醉听箫鼓,吟赏烟霞。异日图将好景,归去凤池夸。

注　释

〔三吴〕指吴兴郡、吴郡、会稽郡,约今苏南、浙江一带。
〔参差〕指楼宇的高低错落。　〔堤沙〕指钱塘江的防汛堤。
〔天堑〕天然的沟坑险阻。此指钱塘江。　〔珠玑〕泛指珍宝。
玑,不圆的珍珠。　〔重湖〕指白堤将西湖分为里、外二湖。
〔叠巘(yǎn)〕重叠的山峰。　〔清嘉〕秀美。　〔羌管〕笛。笛子原出羌族,故名。　〔莲娃〕采莲女。　〔高牙〕高扬的牙旗,古指将军之旗,竿上以象牙为饰。　〔烟霞〕指山水美景。
〔凤池〕凤凰池。禁苑中池沼名,代指中书省。

解　读

柳永不仅"长于纤艳之词"(《花庵词选》),而且擅长慢词的铺叙,这首《望海潮》就堪称代表。上片开首三句写杭州全貌,一是位置优越,二是城市重要,三是历史悠久,可谓俯仰古今,综察全局,为下文张目。"烟柳画桥"与"风帘翠幕"的对句,分写环境与住宅之美,继而以人烟稠密、生活丰美来总括之。杭州之胜,一半得之于钱塘江,故写江以申足"东南形胜"。"市列"三句则对"繁华"进一步描述。下片以"重湖叠巘"写西湖特点,以荷桂争胜写夏秋美景,继而又写钓叟莲娃的富有诗意的生活。最后归美郡守,在赞美他闲适无事、文采风流的同时,祝愿他升迁。《鹤林玉露》谓柳永与孙何为布衣交,及孙帅钱塘,柳永作此以赠。全词以铺排见长,但发端、结尾、换头均见勾勒之功,句法整散结合,有总有分,音节参差流美,圆转如丸,确是"承平气象,形容曲尽"(陈振孙《直斋书录解题》)。

满 江 红

　　暮雨初收,长川静,征帆夜落。临岛屿,蓼烟疏淡,苇风萧索。几许渔人飞短艇,尽载灯火归村落。遣行客、当此念回程,伤漂泊。

　　桐江好,烟漠漠。波似染,山如削。绕严陵滩畔,鹭飞鱼跃。游宦区区成底事?平生况有云泉约。归去来,一曲仲宣吟,从军乐。

注释

〔长川〕指桐江,钱塘江自建德梅城至桐庐一段称桐江。〔蓼烟〕笼罩在红蓼上的一层轻雾。蓼,草名,俗称游龙。　〔漠漠〕细密而又广布的样子。　〔严陵滩〕又称严陵濑,东汉严光(字子陵)曾在此垂钓,在今浙江桐庐南。　〔云泉约〕指隐居山水之间的打算。白居易《偶吟》:"犹残少许云泉兴,一岁龙门数度游。"〔归去来〕指陶渊明《归去来辞》。来,语助词。　〔仲宣吟〕指三国时王粲《从军行》,其一首句云:"从军有苦乐。"王粲,字仲宣,"建安七子"之一。

解读

　　据《湘山野录》载,范仲淹贬往睦州途经严子陵祠下,尝听到当地女巫唱此《满江红》词迎神,可见此词影响之大。上片写舟经桐江时所见情景。雨止日暮,征帆夜落,渔艇归村,景象荒凉而又萧索。此时词人盖从睦州(治所在今浙江建德)推官卸任归来,一种无名的失落感油然而生,所谓"当此念回程,伤漂泊"是也。过片六句,情绪一转。词人目睹山川胜概,原来的惆怅情怀,顿时烟消云散。宋人黄昇对此极为欣赏,云"换头数语最工"(《花庵词选》)。其工处在于出语自然,情随境迁,直抒胸臆,无一毫雕饰。"游宦"句而下,情绪又由乐转悲。词人落职归来,小小的睦州推官又有什么了不起,还不如归隐林泉,享受一下人间清福。此种感慨当由见严子陵归隐之处而生,与前几句遥遥呼应,自然浑成,融为一体。歇拍兼用陶渊明《归去来辞》与王粲《从军行》两典,反映了出仕与归隐两种心情的矛盾,亦为点题之笔,意内言外,余味无穷。

八 声 甘 州

对潇潇暮雨洒江天,一番洗清秋。渐霜风凄紧,关河冷落,残照当楼。是处红衰翠减,苒苒物华休。惟有长江水,无语东流。　　不忍登高临远,望故乡渺邈,归思难收。叹年来踪迹,何事苦淹留?想佳人妆楼颙望,误几回、天际识归舟。争知我倚阑干处,正恁凝愁。

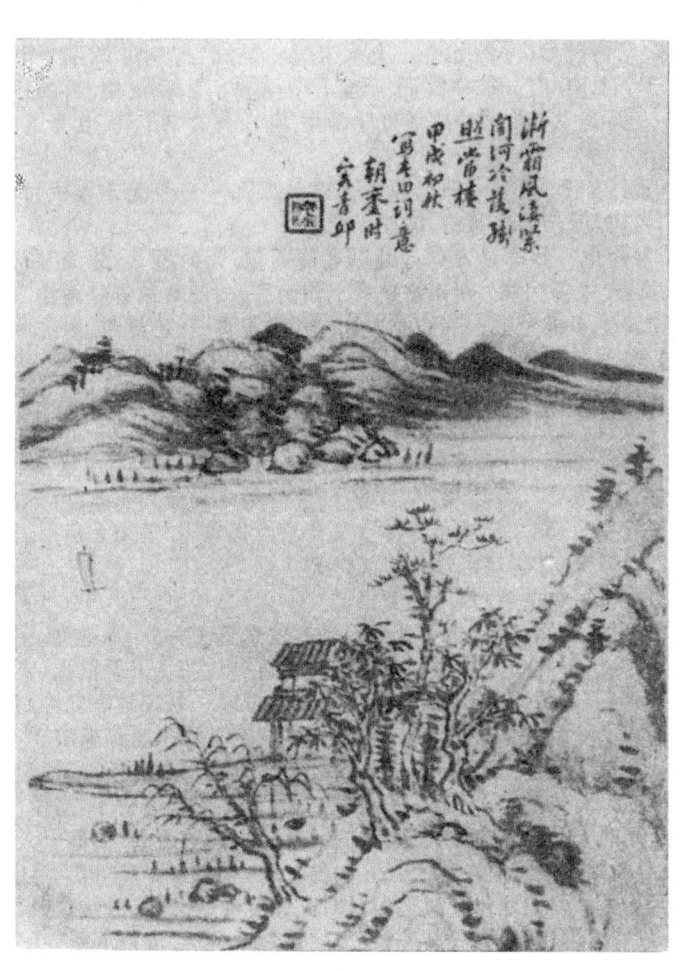

渐霜风凄紧，关河冷落，残照当楼。

注 释

〔关河〕山河。 〔是处〕处处。 〔苒苒〕渐渐。 〔物华〕美好的景物。 〔颙(yóng)望〕举首凝望。 〔争知〕怎知。〔恁〕这般。

解 读

这首词写思乡怀人之情。开端以自然意象"暮雨""江天""清秋"和动词"洒""洗",描画出一幅满目萧瑟凄凉的景象。紧接着以"霜风"呼应"清秋",以"关河"复现"江天",以"残照"隐喻人生,层层递进。"是处"句写万物衰残,"惟有"句写江河永恒,于对比中见出伤感情怀。换头,因景生情,依次用"不忍""望""叹"字,如抽丝剥茧般呈露自己的思想感情,抒发自己单栖的踪迹和多感情怀的苦闷。随后笔尖一转,推己及人,猜想远方深闺的爱人,最后回到目前的"凝愁"。全词景为情设,情自景出,层次分明,首尾呼应。夏敬观曾说柳永词"层层铺叙,情景兼融,一笔到底,始终不懈"(《手评乐章集》),实非过誉之辞。

张 先

张先(990—1078),字子野,湖州乌程(今浙江吴兴)人。天圣八年(1030)进士,官至都官郎中。晚年退居乡里,过着悠闲的生活。因为张先是一位高寿的词人,所以他虽与范仲淹、晏殊同时所生,却又跨进慢词的时代而与柳永齐名。他一面如晏殊、欧阳修承南唐遗风仍多写小令,一面又如柳永取时调新声而创作慢词,对宋初词的形式发展起到了一定的推动作用。叶申芗《本事词》称:"张子野风流潇洒,尤擅歌词,灯筵舞席,赠妓之作绝多。"验之其词,确如所云。有《张子野词》。

一丛花令

伤高怀远几时穷?无物似情浓。离愁正引千丝乱,更东陌、飞絮蒙蒙。嘶骑渐遥,征尘不断,何处认郎踪? 双鸳池沼水溶溶,南北小桡通。梯横画阁黄昏后,又还是、斜月帘栊。沉恨细思,不如桃杏,犹解嫁东风。

注释

〔嘶骑(jì)〕嘶鸣的马。 〔小桡(ráo)〕小桨,此处引申为小船。　〔帘栊〕指窗帘。栊,窗上棂木。　〔"不如"二句〕化用李贺《南园》"可怜日暮嫣香落,嫁与东风不用媒"诗句。

解读

此系爱情之作。首句将伤春伤别的感慨作问句出之。次句似答非答,在哲理中蕴情。"离愁"呼应首句,"千丝"与"千思"谐音,"飞絮蒙蒙"更状愁绪如织、铺天盖地。上结三句点明离愁来由,至此亦知系"男子作闺音"的代言。下片写登高所见,以池中双鸳嬉戏、南北池沼小船可通,反衬难觅郎踪之孤苦。"梯横"二句写出了由日而夜之变,深蕴"碧海苍天夜夜心"之意。最后在千回百转中引出"不如桃杏,犹解嫁东风"的怨极之语。据范公偁《过庭录》载,欧阳修极喜这结尾,给张先起了个"桃杏嫁东风郎中"的称号。

天　仙　子

时为嘉禾小倅,以病眠,不赴府会。

水调数声持酒听,午醉醒来愁未醒。送春春去几时回?临晚镜,伤流景,往事后期空记省。　　沙上并禽池上暝,云破月来花弄影。重重帘幕密遮灯,风不定,人初静,明日落红应满径。

注释

〔嘉禾〕宋时郡名,今浙江嘉兴。 〔小倅〕副职的小官,时张先在嘉兴做判官。 〔水调〕曲调名,隋炀帝开汴渠后所自作,唐人颇多玄宗听《水调》而伤时之载。 〔流景〕流年似水之意。 〔后期〕后会的期约。

解读

词所表现的是叹老伤春之情。上片先写未赴府会而在家持酒听歌、醉醒愁在的惆怅,继而在问春之中化用杜牧《代吴兴妓春初寄薛军事》诗"自悲临晓镜,谁与惜流年",表达时光易逝、往事成空、来日无凭之意。下片以沙岸之水禽并眠,反衬自己的孤单,亦有悼惜当年恋情之意。继而在描绘夜景中,料想明日的落红满径,又回应"送春"之意,再表惜春之情。"云破月来花弄影"句,不但得欧阳修、宋祁推重,后人亦激赏不已,沈际飞谓其"心与景会,落笔即是"(《草堂诗余正集》),王国维更说"着一'弄'字而境界全出"(《人间词话》)。

千 秋 岁

数声鶗鴂,又报芳菲歇。惜春更把残红折。雨轻风色暴,梅子青时节。永丰柳,无人尽日花飞雪。　　莫把幺弦拨,怨极弦能说。天不老,情难绝。心似双丝网,中有千千结。夜过也,东窗未白凝残月。

注释

〔鹈鴂(tí jué)〕亦作鹈鴂,即子规、杜鹃。古人闻其鸣而知春归。 〔永丰柳〕永丰坊的杨柳。白居易《杨柳枝》:"一树春风万万枝,嫩于金色软于丝。永丰南角荒园里,尽日无人属阿谁?"孟棨《本事诗·事感》以为白居易自感老迈,将来歌女小蛮不知谁属,作以托意。 〔幺弦〕琵琶第四弦,又称"小弦",其声最哀。 〔"天不老"二句〕化用李贺"天若有情天亦老"句意。

解读

这首词隐寓着一个爱情悲剧,又表白了坚贞不渝的信念。先以鹈鴂鸣啼、芳菲消歇起兴,为惜春而折下残红,实具珍惜这被阻爱情的象征意义。而风雨、梅子,既是写景,又是爱情横遭摧残的双关语。继以白居易咏永丰坊杨柳的意象,翻出悼惜爱情的深意。换头以莫拨幺弦,出怨极之意。"天不老,情难绝",化用李贺诗句,表其意坚,而双丝网的千千结,既以网之固状情之固,又"丝""思"谐音,喻情之缠绵。最后以景结情,残月之凝亦如深情之凝作千古。

木 兰 花

乙卯吴兴寒食

龙头舴艋吴儿竞,笋柱秋千游女并。芳洲拾翠暮忘归,秀野踏青来不定。 行云去后遥山暝,已放笙歌池院静。中庭月色正清明,无数杨花过无影。

注释

〔乙卯〕宋神宗熙宁八年(1075)。 〔吴兴〕今浙江湖州。〔寒食〕清明前一日或二日。 〔龙头舴艋(zé měng)〕以龙头为饰的轻快小船,"舴艋"亦作"蚱蜢",宋时有寒食日赛龙舟之俗,周密《武林旧事》有载。 〔笋柱秋千〕竹制的秋千架。〔踏青〕旧俗,寒食、清明作郊游,称"踏青"。 〔行云〕借指游女。 〔放〕停歇。

解读

此词作于张先晚年乡居之时。上片写寒食日游春,龙舟、秋千的特写与拾翠、踏青的全局,织成了生机盎然的寒食游春图。下片写自家庭院的月夜,一天的热闹之后,归于寂静,庭中月光明澈,柳絮轻飞。全词由日至夜,由动趋静,相互映衬,各得其妙,词人既能共赏热闹,又能独味幽寂。杨花的"无影",是词人会心独到之处,朱彝尊称其"在世所传'三影'之上"(《静志居诗话》)。

青 门 引

乍暖还轻冷,风雨晚来方定。庭轩寂寞近清明,残花中酒,又是去年病。　　楼头画角风吹醒,入夜重门静。那堪更被明月,隔墙送过秋千影。

注释

〔庭轩〕庭院、走廊。 〔中酒〕喝酒过量。《汉书》颜师古注:"饮酒之中也,不醉不醒,故谓之中。" 〔画角〕涂色彩绘的军用号角。

解读

此词抒发春感。起二句写风雨无定、乍暖还寒的天气,第三句点出时近清明、独处庭轩的寂寞。对花饮酒,花已残,酒又过量,情景与去年相同,年年伤春,愁与年增。换头以角声入耳,凉风侵人,写出梦回酒醒的感受。入夜重门闭锁,一片寂静,在这百感交集之时,明月又送过来隔墙的秋千之影。"那堪"可见感情负荷之重,虽未明言己情与隔院秋千何涉,但令人深长味之,故黄苏谓"末句那堪送影,真是描神之笔,极希微窅渺之致"(《蓼园词选》)。

晏 殊

晏殊(991—1055),字同叔,临川(今属江西)人。十四岁时以神童入试,赐同进士出身,从此仕途显达,累官至宰相。当时名臣范仲淹、韩琦、富弼、欧阳修、王安石等,都出于他的门下。卒谥元献,世称晏元献。晏殊是在冯延巳词的影响之下而进入词坛的,但他仍能超越五代词风而显露自己的艺术特点。这表现在两个方面,一是他的词有一种娴静幽美的风度,二是他的词有一种情中有思的境界。冯煦云:"晏同叔去五代未远,馨烈所扇,得之最先,故左宫右徵,和婉而明丽,为北宋倚声家初祖。"(《蒿庵论词》)有《珠玉词》。

浣 溪 沙

一曲新词酒一杯,去年天气旧亭台。夕阳西下几时回? 无可奈何花落去,似曾相识燕归来。小园香径独徘徊。

注释

〔香径〕布满落花的小路。

解读

此词上片写持酒听歌之时,突然记起去年亦此时、此景、此

无可奈何花落去,似曾相识燕归来。小园香径独徘徊。

情,见夕阳而感光阴之易逝;下片由花落燕归发无可奈何之叹,酒阑人散之后,带着莫名的惆怅,徘徊于小园花径。词意是"年年岁岁花相似,岁岁年年人不同"(刘希夷《代悲白头翁》)的深化,境界及用语亦本于"流水歌声共不回,去年天气旧亭台"(郑谷《和知己秋日伤怀》),但其换头一联深蕴哲理,又充满回环跌宕之美,故脍炙人口,被称为"极炼如不炼"的"触着之句"(刘熙载《艺概》)。

浣　溪　沙

　　一向年光有限身,等闲离别易销魂。酒筵歌席莫辞频。　　满目山河空念远,落花风雨更伤春。不如怜取眼前人。

注释

〔一向〕即一晌,片刻。　〔等闲〕寻常。

解读

这首词写离别之情。首句写人生之短促,次句写离别之可哀。在有限的人生中常常有令人销魂的离别,这不能不使词人发出感慨,因而有第三句"酒筵歌席莫辞频"之语。下片词人将离情放到山川关河、落花风雨的环境中进行抒写。列岫无数,关山迢递,风雨飘零,百花凋残,一切念远伤春之情全属徒然,心里所留下的只是满怀感伤而已。词人因此感悟到,与其忍受着离别之痛苦、相思之煎熬,还不如"怜取眼前人",以免追悔。整首词中,词人没有具体写明哪一次离别何人,而只是表现一种普遍的、永恒的情感,这样就给读者带来广阔联想的空间。

蝶 恋 花

槛菊愁烟兰泣露。罗幕轻寒,燕子双飞去。明月不谙离恨苦,斜光到晓穿朱户。昨夜西风凋碧树,独上高楼,望尽天涯路。欲寄彩笺兼尺素,山长水阔知何处?

注释

〔槛〕花池的围栏。 〔谙(ān)〕熟悉,了解。 〔彩笺〕诗笺。 〔尺素〕书信。

解读

这是一首伤离怨别之作。槛菊笼烟如愁,庭兰带露似泣,这乃是词人的移情于物。当他又面对双飞而去的燕子与彻夜相照的明月,更不堪承受"离恨苦"而"独上高楼"。然而经过一夜西风的劲吹,碧树凋零,四顾茫茫,人既不见,书又难达,徒增伤感而已。词中"昨夜西风凋碧树,独上高楼,望尽天涯路"三句,王国维在《人间词话》中曾三次提及。一是说它有"风人深致",二是说它近似于"诗人之忧生",三是把它视作"古今之成大事业大学问者"的第一种境界。王国维之所以会触发这些感悟,乃因这首词的耐人寻思的特质。词人舍弃了对离别的具体情事的交代,而是着意于对爱情执着追求的抒写,这就使得千载而下的读者能引起情感上的共鸣,产生种种联想。

踏 莎 行

祖席离歌,长亭别宴。香尘已隔犹回面。居人匹马映林嘶,行人去棹依波转。　　画阁魂消,高楼目断。斜阳只送平波远。无穷无尽是离愁,天涯地角寻思遍。

注释

〔祖席〕送行的酒筵。　〔香尘〕带有香气的尘土。

解读

词写一对情人的离别。开端二句描写送别的场面。接下"香尘"句写行人渐渐远去而又频频回望的情景。"居人"二句进一层抒写情侣双方依依别情。过片"画阁魂消"三句,从感情脉络看,当后两句是因,前一句是果。历来,斜阳意味着时间的即将逝去,流水意味着空间的不断开拓,因此,"斜阳只送平波远"虽仅七字,却蕴含有很深的人生感慨,正像王世贞所称赞的"淡语之有致者也"(《艺苑卮言》)。最后两句是送者拟想别后相思之苦。整首词从送别之时写到送别之后,既有行动的描写,又有心理的刻画,既有气氛的渲染,又有景物的点缀,篇幅虽短,而气势腾跃,含蕴丰富。

踏　莎　行

小径红稀,芳郊绿遍。高台树色阴阴见。春风不解禁杨花,蒙蒙乱扑行人面。　　翠叶藏莺,珠帘隔燕。炉香静逐游丝转。一场愁梦酒醒时,斜阳却照深深院。

注释

〔阴阴见〕指呈现出幽暗的绿色。见,同"现"。　〔游丝〕小虫、蜘蛛之类的丝,因飞扬于空中,故称之。

解读

此词写暮春初夏景色,抒发时光抛人的淡淡忧愁。上片以绿暗红稀、杨花漫天写郊行之所见。下片转入室内,在炉香与游丝相逐的极静环境中,在酒醒梦回之后,词人有难以排遣的轻愁。上片善写景物变化,尤其将人的情感移注于春风、杨花,极为生动传神。下片以动写静,以炉香与游丝的相逐,衬托室内之静。结尾的闲情流泻出于自然,清人沈谦曾称道:"'夕阳如有意,偏傍小窗明。'不若晏同叔'一场愁梦酒醒时,斜阳却照深深院',更自神到。"(《填词杂说》)

破 阵 子

燕子来时新社,梨花落后清明。池上碧苔三四点,叶底黄鹂一两声。日长飞絮轻。

巧笑东邻女伴,采桑径里逢迎。疑怪昨宵春梦好,元是今朝斗草赢。笑从双脸生。

注释

〔新社〕即春社,指立春后第五个戊日,是祭祀土神的日子。〔巧笑〕美好的笑。《诗经·卫风·硕人》:"巧笑倩兮。"〔逢迎〕相遇。 〔元〕同"原"。 〔斗草〕也叫斗百草,古代妇女的一种游戏。

解读

此词写民间女子春日斗草情景。上片写梨花初落,柳絮轻飘,燕子双飞,黄鹂低唱,虽是时令节序的交代,却在轻快的笔调中洋溢出春日的生命活力。下片没有描绘斗草场面,而是展现少女们斗草嬉戏时的兴致勃勃,斗草获胜后的兴高采烈。全篇纯用白描,富有生活气息,写出了少女的天真烂漫,纯洁可爱,令人如闻其声,如见其人。词人晏殊富贵显达,长期过着雍容安逸的生活,这也造就了他娴静幽美、温润秀洁的词风,这首词所呈现的欢快明丽的风格,可谓别具一格。

玉 楼 春

绿杨芳草长亭路,年少抛人容易去。楼头残梦五更钟,花底离愁三月雨。　　无情不似多情苦,一寸还成千万缕。天涯地角有穷时,只有相思无尽处。

解读

此系闺中少妇思念远人之作。上片,首句写别时别地的景色,次句写作别之人的薄情,三句写五更梦醒的凄楚,四句写风雨对花时的自怜。下片,先以无情与多情对比,见出内心之万千思绪,难以解开;再以天地与相思对比,见出离愁之无穷无尽、无法挣脱。全词没有雕琢的痕迹,没有浓艳的字眼,措辞是那么闲雅柔婉,情感是那么温厚平稳,给人以理性的启迪与触发。

宋 祁

宋祁(998—1061),字子京。安州安陆(今属湖北)人。天圣二年(1024)进士。累官至工部尚书、翰林学士承旨,并是《新唐书》的编撰者之一。卒谥景文。其词基本上是表现歌舞女子的风情及自己的闲情,在内容上未能超出晚唐五代词的范畴。李之仪称其作词虽"以其余力游戏,而风流闲雅,超出意表"(《跋吴思道小词》)。有辑本《宋景文公长短句》。

玉 楼 春

东城渐觉风光好,縠皱波纹迎客棹。绿杨烟外晓寒轻,红杏枝头春意闹。　　浮生长恨欢娱少,肯爱千金轻一笑。为君持酒劝斜阳,且向花间留晚照。

注释

〔縠(hú)皱〕有皱纹的纱,用来形容水的波纹。　〔浮生〕漂浮不定的人生。

解读

此词是作者在城东湖上游春时即兴之作。上片写景,轻风

浮生长恨欢娱少,肯爱千金轻一笑。

微煦,春色撩人,碧波粼粼,迎接客棹,绿杨烟外,犹有晓寒,红杏枝头,春意已闹,绘出了一幅绚丽多彩的大好风光。下片抒情,词人面对这一派生机勃勃的春景,不禁想到,春光易逝,浮生若梦,应当尽情欢乐、不惜千金买笑才是。全篇随意着笔,风流闲雅,为历代传诵。尤其是其中"红杏枝头春意闹"一句,将春天红杏蓬勃繁盛的气象描绘得淋漓尽致。王国维称赞说:"著一'闹'字而境界全出。"(《人间词话》)

欧阳修

欧阳修(1007—1072),字永叔,号醉翁,晚号六一居士。庐陵(今江西吉安)人。天圣八年(1030)进士。曾任枢密副使、参知政事。神宗朝,迁兵部尚书,以太子少师致仕。卒谥文忠。其词承晚唐五代词风,多是描写燕酣之乐、别离之愁,以及歌舞女子、闺中少妇的意态风情。就风格而言,主要体现出两个特点,一是深婉挚厚,一是疏宕明快。冯煦云:"宋至文忠,文始复古,天下翕然师尊之,风尚为之一变。即以词言,亦疏隽开子瞻,深婉开少游。"(《宋六十一家词选例言》)有《六一词》。

采 桑 子

轻舟短棹西湖好,绿水逶迤,芳草长堤,隐隐笙歌处处随。　　无风水面琉璃滑,不觉船移。微动涟漪,惊起沙禽掠岸飞。

注释

〔逶迤〕绵延曲折的样子。　〔琉璃〕形容水面光洁平滑。

解读

欧阳修曾在颍州(今安徽阜阳)做官,因爱颍州西湖景色,退休后便定居颍州养老,还写下十首《采桑子》歌咏颍州西湖,每首

西湖泛棹

轻舟短棹西湖好,绿水逶迤,芳草长堤,隐隐笙歌处处随。

都以"西湖好"为总起之语。这是第一首,写春日游湖之乐。上片写游湖所见。轻舟漂荡于绿水中,有芳草长堤相伴,有隐隐笙歌相随,游人之乐,自不待言。下片写舟中所感。泛舟在平滑如镜的水面,不觉其动,当涟漪微起、沙禽掠岸才知船行。通篇笔调轻快爽朗,表现了词人寄情山水的快乐。

采 桑 子

群芳过后西湖好,狼藉残红,飞絮蒙蒙,垂柳阑干尽日风。　　笙歌散尽游人去,始觉春空。垂下帘栊,双燕归来细雨中。

注释
〔群芳〕百花。　〔狼藉〕纷乱的样子。　〔飞絮〕飘飞的柳絮。　〔春空〕指春天过尽。

解读
此为《采桑子》组词的第四首,写暮春时节凭栏观湖。上片写群芳凋谢,满地落红,栏畔垂柳,飞絮蒙蒙,虽已是残春,西湖依然美好。下片写笙歌已歇,游人尽散,帘幕低垂,一片清寂中,燕子双双归来。整首词一反时人的审美趣味,表现了词人宁静闲适的心境。

踏 莎 行

候馆梅残,溪桥柳细。草薰风暖摇征辔。离愁渐远渐无穷,迢迢不断如春水。　　寸寸柔肠,盈盈粉泪。楼高莫近危阑倚。平芜尽处是春山,行人更在春山外。

注释

〔候馆〕旅舍。 〔薰〕指花草香气。 〔征辔〕缰绳。〔平芜〕平旷的草地。

解读

这首词写一对男女的离情别绪。上片写远行者的愁思,在梅残柳细、草薰风暖的美妙春光里,行人孤身骑马,踏上征途,随着离家愈来愈远,离愁也越来越深,犹如眼前迢迢不断的春水,无穷无尽。下片转入闺中人的伤怀,离人去远,凭栏遥望,眼前的原野穷尽在天边的春山,而行人则更出春山之外,止不住粉泪盈盈,愁肠欲断。全词以春水比愁,以春山况远,情景交融,刻画入微,风格婉挚,意蕴深曲,真如卓人月所评:"不厌百回读。"(《古今词统》)

生 查 子

去年元夜时,花市灯如昼。月上柳梢头,人约黄昏后。　　今年元夜时,月与灯依旧。不见去年人,泪满春衫袖。

注释

〔元夜〕正月十五元宵节。

解读

这首词又见于朱淑真的《断肠词》,后人据南宋初曾慥编的《乐府雅词》,还是将其归为欧阳修所作。元夜观灯是隋唐以来形成的风俗,至宋朝已发展为全民性的狂欢节。此词写一对青年男女借观赏花灯偷偷相会以及别后的思念。上片忆去年,去年元夜有情人相约于月上柳梢之时,情意绵绵。下片说今年,今年元夜花灯依旧,但已见不到去年约会的情人,泪满衣袖。整首词采用今昔对比的手法来表现无限的伤感。卓人月曾说:"元曲之称绝者,不过得此法。"(《古今词统》)

玉 楼 春

尊前拟把归期说,欲语春容先惨咽。人生自是有情痴,此恨不关风与月。　　离歌且莫翻新阕,一曲能教肠寸结。直须看尽洛城花,始共春风容易别。

注释

〔尊前〕指离别宴席。 〔春容〕美丽的容貌。 〔风与月〕指风月情。古代称男女之间的恋情为风月情。 〔直须〕真应当。〔洛城〕洛阳。

解读

宋仁宗景祐三年(1036)三月,欧阳修任西京留守推官期满,行将离开洛阳,在告别友人的筵席上写下这首词。作者系采用对人诉说的口吻来抒发离别的伤感:"归期"已定,本拟相告,却"欲语泪先流",这不是我的失态,而是我特别地看重友情,与卿卿我我的风月情无关。离歌不用再唱,一曲足以断肠。待我看尽了洛阳花,我才能无所遗憾地与春风一起离去。欧阳修一生虽不失为显宦,但仕途并不平坦,曾多次被谗遭贬,对此他常以一种旷放达观的人生态度处之。词中"人生自是有情痴,此恨不关风与月""直须看尽洛城花,始共春风容易别"所表现出的潇洒豪宕的情怀,就是这种人生态度的反映。王国维曾称赞说:"于豪放之中有沉着之致,所以尤高。"(《人间词话》)

南 歌 子

凤髻金泥带,龙纹玉掌梳。走来窗下笑相扶,爱道:画眉深浅入时无? 弄笔偎人久,描花试手初。等闲妨了绣工夫,笑问:双鸳鸯字怎生书?

注释

〔凤髻〕指凤凰式的发髻。 〔金泥〕又叫泥金,金屑、金末。

〔龙纹玉掌梳〕一种饰有龙的花纹的掌形玉梳。

解读

这首词写一对新婚夫妇甜美、热烈的爱情生活。作者采用的是"背面敷粉"的艺术手法,通过新嫁娘的秀发,表现其容貌的美丽;通过新嫁娘的动作,表现其娇美的神态;通过新嫁娘的语言,表现其脉脉的深情,使读者体会到一对新婚夫妇沉浸在欢乐爱情中的幸福。作者虽将词笔落到闺房夫妇身上,但毫无淫秽浅薄的描写,这无疑要高出于鄙亵狎昵的花间艳词,所以王国维说:"永叔、少游虽作艳语,终有品格。"(《人间词话》)

蝶 恋 花

庭院深深深几许?杨柳堆烟,帘幕无重数。玉勒雕鞍游冶处,楼高不见章台路。
雨横风狂三月暮。门掩黄昏,无计留春住。泪眼问花花不语,乱红飞过秋千去。

注释

〔玉勒雕鞍〕镶玉的马笼头和雕花的马鞍。 〔游冶处〕指歌楼妓馆。 〔章台路〕汉长安有章台街,是当时妓女聚居的场所。后常用作游冶之地的代称。 〔横(hèng)〕凶暴。

解读

此词抒写一个丈夫游冶不归、无奈独守空闺的女子的内心

玉勒雕鞍游冶处,楼高不见章台路。

苦闷。上片写所望,深深庭院,蒙蒙烟柳,重重帘幕,形象地寓示出环境之凄寂冷清和女主人公惨然孤独的情怀。下片抒所感,面对雨横风狂、催送残春的伤心情景,她终于禁不住为自己不幸的命运而潸然泪下。全词情思绵邈挚厚,意境婉曲幽深,特别是最末"泪眼"二句,尤显情深意远:因花而有泪,此一层意;因泪而问花,此一层意;花竟不语,此一层意;不但不语,且又乱落,飞过秋千,此一层意。可谓愁肠百转,哀思千层,令人感怀无穷。

王安石

王安石(1021—1086),字介甫,号半山,临川(今属江西)人。庆历二年(1042)中进士后,出任江、浙州县官十余年。神宗朝两度任相,实行变法。晚年退居江陵。卒谥文。其词风完全摆脱了晚唐五代绮靡华艳的影响,写景抒情均能出自心中所感,风骨清肃,感慨深沉,音调高昂,境界阔大。刘熙载"王半山词瘦削雅素,一洗五代旧习"(《艺概》)道出了王安石对于词风转变的贡献。有辑本《临川先生歌曲》。

桂 枝 香

金陵怀古

登临送目,正故国晚秋,天气初肃。千里澄江似练,翠峰如簇。归帆去棹残阳里,背西风、酒旗斜矗。彩舟云淡,星河鹭起,画图难足。　　念往昔,繁华竞逐。叹门外楼头,悲恨相续。千古凭高,对此谩嗟荣辱。六朝旧事随流水,但寒烟、芳草凝绿。至今商女,时时犹唱,后庭遗曲。

千里澄江似练,翠峰如簇。

注　释

〔金陵〕今江苏南京。　〔故国〕指金陵,金陵曾是东吴、东晋、宋、齐、梁、陈六朝的都城。　〔肃〕肃爽、高爽。　〔星河〕银河。　〔鹭〕一种水鸟,当时长江中有白鹭洲。　〔门外楼头〕指六朝末代皇帝陈后主被俘之事,语出杜牧《台城曲》:"门外韩擒虎,楼头张丽华。"相传隋朝大将韩擒虎率军从朱雀门攻入金陵,陈后主还在宠妃张丽华住的结绮阁中寻欢作乐。　〔"至今"三句〕语本杜牧《泊秦淮》:"商女不知亡国恨,隔江犹唱后庭花。"

解　读

这首词约作于宋英宗治平四年(1067)作者出知江宁府之时。当时国内矛盾激化,国外西夏和辽构成强大威胁。在这样的背景下,作者登高临远,俯仰古今,抑制不住身世家国之感、悲愤激烈之怀,抒发了对现实政治的感慨,形成了此词忧愤深沉、悲壮感怆的词格。据《古今词话》记载,当时有三十多个文人同时写《桂枝香》,只有王安石匠心独运、卓尔不群。苏东坡读后起而叹曰:"此老乃野狐精也!"从全词看,辞语精练,结构严密,思力深透,音调高亢,确是一首难得的好词。在词的发展史上,这首词开了清雄豪迈苏辛词派的先声。

渔　家　傲

平岸小桥千嶂抱,柔蓝一水萦花草。茅屋数间窗窈窕。尘不到,时时自有春风扫。

午枕觉来闻语鸟,倚眠似听朝鸡早。忽忆故人今总老。贪梦好,茫然忘了邯郸道。

注释

〔千嶂〕像屏障一样排列的山峰。 〔柔蓝〕通"揉蓝",古代揉取蓝草之汁为染料,故称。此喻溪水之清澈。 〔窈窕〕幽深貌。 〔邯郸道〕唐人小说《枕中记》写卢生在邯郸旅舍昼眠入梦,历尽荣华富贵。醒时,主人炊黄粱犹未熟。后人遂以此事喻荣华富贵的虚幻。

解读

王安石是北宋政治改革家,罢相后居江宁钟山(今南京紫金山)。此词盖写退居钟山时的闲适心情。上片写周围环境:群山拥抱,一水环绕,平岸小桥,数椽草屋,寥寥几笔,便勾画了一个悠闲静穆的环境。而"尘不到"二句,则自抒其与世无争、澹然物外的情怀。下片着重写当时生活。午睡醒来,鸟鸣雀噪,词人倚枕而听,仿佛晨鸡啼唱。夫鸟鸣自是鸟鸣,鸡唱自是鸡唱,有何雷同之处?而作者偏说"似听朝鸡"。语虽近滑稽,而词人忘却昏晓、不闻世事之情态,则跃然纸上。忽忆故人皆老,略抒时光易逝之感,结处以一"梦"字收缴上文,并以"邯郸道"故事,隐喻昔日政治上遭遇的挫折,不过人生道路上的虚幻,读此词可一窥作者退出政治旋涡后的心境。

仿范中立

平岸小桥千嶂抱，柔蓝一水萦花草。

晏幾道

晏幾道(约1040—约1112),字叔原,号小山,临川(今属江西)人。晏殊的第七子。他秉性耿介,孤高自傲,不肯趋炎附势,不愿依傍权贵之门,结果只落得个颍昌府许田镇的小监官,后还因郑侠事株连下狱。其词多追怀往昔欢娱之作,抒情伤感,意韵深婉,风格艳丽,将小令艺术推向了一个新台阶。陈振孙云:"叔原词在诸名胜中,独可追逼《花间》,高处或过之。"(《直斋书录解题》)冯煦云:"其淡语皆有味,浅语皆有致,求之两宋词人,实罕其匹。"(《蒿庵论词》)有《小山词》。

临 江 仙

梦后楼台高锁,酒醒帘幕低垂。去年春恨却来时。落花人独立,微雨燕双飞。　　记得小蘋初见,两重心字罗衣。琵琶弦上说相思。当时明月在,曾照彩云归。

注释

〔却来〕又来。　〔"落花"二句〕原是五代翁宏《春残》中的诗句,原诗并不出名,翁宏也不为人所知,倒是在晏幾道袭用之

落花人独立,微雨燕双飞。

后,屡屡为人所称道。 〔小蘋〕歌女名。 〔心字〕心字纹组成的图案。

解读

　　这首词是作者抒写对已别的爱人(即歌女小蘋)的怀念。开头二句,只是以"梦后""酒醒"四字,蜻蜓点水似的略略叙述人物的行为,然后把它融化到"楼台高锁"与"帘幕低垂"的景物描写之中,让景物传神,让景物暗示,含而不露。"落花"二句是"去年春恨却来时"的进一步陈述,极为概括与形象。"独立"二字已寂寞可想,又以"双飞"反衬,更见其冷寂,而这又是以"微雨""落花"为背景,写尽了主人公茕独孤孑的情怀。词的下阕以叙述为主,杂以"两重心字罗衣""彩云"之类的描写,一气舒展,情词兼胜。全词写了当前、去年和以前三种情景,上片写当前与去年,句少而意多;下片写以前,语疏而情密,整个结构安排极为得体,表现了作者新巧的艺术构思。

蝶 恋 花

醉别西楼醒不记,春梦秋云,聚散真容易。斜月半窗还少睡,画屏闲展吴山翠。　　衣上酒痕诗里字,点点行行,总是凄凉意。红烛自怜无好计,夜寒空替人垂泪。

注 释

〔春梦秋云〕袭用其父晏殊《木兰花》"长于春梦几多时,散似秋云无觅处"词意。

解 读

晏幾道早年置身歌舞、晚年穷困落魄的生活经历,再加上他"多情爱惹闲愁"(《忆闷令》),使其词一洗他父亲那种平淡温润、圆融闲雅的气息,而表现得真挚深切、沉郁悲凉,时时流露出哀怨凄楚的伤感情调,所以冯煦说他"真古之伤心人也"(《蒿庵论词》)。这首词写离别之怨,虽题材普通,然作者于离别之感中带入了欢情之已逝的慨叹、孤怀之难遣的惨然、重会之无期的悲哀,故比一般的伤别之作更为深挚动人,使人读后为之断肠。

鹧 鸪 天

彩袖殷勤捧玉钟,当年拚却醉颜红。舞低杨柳楼心月,歌尽桃花扇影风。　　从别后,忆相逢,几回魂梦与君同?今宵剩把银釭照,犹恐相逢是梦中。

注释

〔拚(pàn)却〕甘愿,不惜。拚,唐人多作"判",宋以后多用"拚"或"拚",割舍之辞,亦甘愿之辞。　〔桃花扇〕应是画有桃花的扇子,歌舞时所用。　〔剩把〕尽把,只管把。　〔银釭(gāng)〕灯。

解读

晏幾道在其《小山词自序》中,曾道及当年在沈廉叔、陈君龙家听莲、鸿、蘋、云等歌女"以清讴娱客"之事,时过境迁,"两家歌儿酒使,俱流转于人间"。此词很可能是为与其中一人的不期而遇所写。上片写当年的宴饮。歌女殷勤劝酒,词人尽情一醉,欢歌畅舞,不知时间之逝。下片写今日的相逢。昨梦前尘不能忘怀,故别后即忆相逢,以己心忖度彼心,发"几回魂梦与君同"之叹。今日真正相逢,反而疑真为幻,以为仍是一梦。末二句本于杜甫《羌村》的"夜阑更秉烛,相对如梦寐",却表达得更为缠绵深婉、曲折秾丽,诚如清人刘体仁所说:"此诗与词之分疆也。"(《七颂堂词绎》)

鹧鸪天

小令尊前见玉箫,银灯一曲太娇娆。歌中醉倒谁能恨?唱罢归来酒未消。　　春悄悄,夜迢迢,碧云天共楚宫遥。梦魂惯得无拘检,又踏杨花过谢桥。

注释

〔玉箫〕人名。据范摅《云溪友议》载,韦皋少时游江夏,止姜氏家,与姜氏侍婢玉箫有情。韦归,一别七年,玉箫遂绝食而死,后再世,为韦皋妾。此指侑酒歌女。　　〔谢桥〕谢娘家的桥。唐代有名妓谢秋娘。此处以谢桥指女子所居之地。

解读

这是一首怀人之作。上阕写昔时相见,手法一般,没有什么特别之处;下阕写今日相思,则愈写愈妙。作者先以"悄悄"写情景之凄寂,复以"迢迢"写春夜之漫长,其孤栖无寐之状乃能想见。接下又以天遥地远写再见为难,表现其为怨难胜之情。如果词人再这样写下去的话,就不免会露出"肠断""泪盈"之类的浅白语,感情道尽而又无法给人回味余地。因此,词人于结尾处宕开一笔,写"梦魂"却毫无实际人生的许多阻隔,时常能够自由地回到爱人的身边。这临去秋波的一转,把词人对思念者的钟情传神地表现了出来,真是媚语摄魂。与晏幾道同时的道学家程颐,读了此结尾句,也赞叹道:"鬼语也!"足见其感人之深。

阮　郎　归

旧香残粉似当初,人情恨不如。一春犹有数行书,秋来书更疏。　　衾凤冷,枕鸳孤,愁肠待酒舒。梦魂纵有也成虚,那堪和梦无!

注释
〔衾凤〕绣有凤凰的被子。　〔枕鸳〕绣有鸳鸯的枕头。

解读
此词抒写闺中人的念远之情。上片写怨情。起句写物,次句写人,以粉香之浓对比爱情之淡,使人易于感知,手法极妙。"一春"二句点明分离时间之长及远人感情的日益淡薄。下片就闺中之景写孤栖独宿的况味。风冷鸳孤,是对她孤栖的映衬,也是一种嘲讽。愁怀如许,唯有借酒浇愁。可是醉酒后即使做梦能够见到远人,也是一场虚幻,何况连梦也做不成呢? 近人唐圭璋指出:"上下结处文笔,皆用层深之法,极为疏隽。"(《唐宋词简释》)确是的评。

阮　郎　归

　　天边金掌露成霜,云随雁字长。绿杯红袖趁重阳,人情似故乡。　　兰佩紫,菊簪黄,殷勤理旧狂。欲将沉醉换悲凉,清歌莫断肠。

注释

〔金掌露〕指仙人掌露盘。《三辅黄图》载:"神明台,在建章宫中,祀仙人处,上有铜仙舒掌捧铜盘、玉杯,以承云表之露,以露和玉屑服之,以求仙道。"此处以"金掌露"指代汴京景物。〔雁字〕雁群列队而飞,形状如字,故云。　〔绿杯红袖〕前者指酒,后者指歌女。　〔旧狂〕指当年征歌逐舞的宴饮之欢。

解读

此是作者在汴京一次重阳宴集上所作之词。首二句写重阳时节白露成霜、大雁南征的景色。"绿杯"二句写在歌姬侍酒的宴会上,颇感人情温暖,虽作客他乡,亦有故乡之情。换头写兰、菊,既是重阳景物,亦有孤芳自赏之意。"殷勤理旧狂"五字含义颇丰,当年耽于醉舞酣歌的酒宴,今已不堪回首,可见生活变化之大。况周颐说此句有三层意:"'狂'者,所谓一肚皮不合时宜,发见于外者也。狂已旧矣,而理之,而殷勤理之,其狂若有甚不得已者。"(《蕙风词话》)可谓深发其心。最后二句又跌回"悲凉",虽劝酒殷勤,人情温暖,却沉醉难掩其悲,清歌莫抑其苦,可见词人对"悲欢离合""昨梦前尘"的难以忘怀。况周颐称此词"沉着厚重",不为无由。

浣 溪 沙

日日双眉斗画长,行云飞絮共轻狂。不将心嫁冶游郎。 溅酒滴残歌扇字,弄花熏得舞衣香。一春弹泪说凄凉。

注释

〔斗画长〕比赛谁的眉长画得长。 〔冶游郎〕指轻薄子弟。〔歌扇〕歌女的道具,上题歌名,以供点唱。

解读

这首词叙写一位歌女的生活日常与内心痛苦。下片写她天天描画双眉,与女伴争妍斗美,像天上的行云那样轻浮,如纷飞的柳絮那样轻狂,而她内心的深处是"不将心嫁冶游郎"。下片写她席前歌唱,歌扇常溅上酒汁,陪人游园,舞衣被染上花香,而她真正的日常是"一春弹泪说凄凉"。不以真心相许,是因为遭受过多少感情的欺骗;一春暗抛泪珠,是因为承受了无数生活的辛酸。一个为命运所困而心有不甘的歌女形象由此展现。

思 远 人

红叶黄花秋意晚,千里念行客。飞云过

尽,归鸿无信,何处寄书得。　　泪弹不尽临窗滴,就砚旋研墨。渐写到别来,此情深处,红笺为无色。

渐写到别来,此情深处,红笺为无色。

解 读

　　这首词的词调与词意相同。起句点明时节,"红叶黄花"是所见,"秋意晚"是所感。因秋意已晚,遂念"千里行客"。闺中相思,只有托于书信,然归鸿杳无音信,虽欲寄书而不得。过片承上,因寄书不得而临窗滴泪,越是伤心,越想寄书以抒相思,于是就砚承泪,就泪研墨,就墨作书。写到情深之处,红色的笺纸也黯然失色。全词就"寄书"二字发挥,虽语似无理,却传出了意外之情,令人感到味深意厚,情韵无尽。

王 观

王观(生卒年不详),字通叟,高邮(今属江苏)人。嘉祐二年(1057)进士。历任大理寺丞、江都知县。曾赋应制词《清平乐》,被认为亵渎神宗,因而罢职,人称王逐客。词学柳永,并认为出柳之上,故自名词集《冠柳集》。今存词十六首。

卜 算 子
送鲍浩然之浙东

水是眼波横,山是眉峰聚。欲问行人去那边,眉眼盈盈处。　　才始送春归,又送君归去。若到江南赶上春,千万和春住。

注释

〔鲍浩然〕作者友人,生平不详。　〔浙东〕宋行政区名,全称两浙东路,今浙江东南部。　〔眼波横〕谓美女的眼光像水波一样横流。　〔眉峰聚〕谓美女忧愁时双眉紧锁,如山峰簇聚。　〔盈盈〕水清貌。《古诗十九首》:"盈盈一水间,脉脉不得语。"

解读

此词为送别又兼送春。全词没有难词僻句,没有华词丽藻,

才始送春归，又送君归去。

然游子思乡之念,朋友送别之情,沛然流于其间。上片水像眼波、山如眉峰的两个比喻,别出心裁。若用眼波似水、眉峰如山,便是凡语,妙境只在一转换间。下片在既送春又送君之后,也不按俗套直抒伤感,而是别开一境,借春陪人,可谓构想新奇,给人以无穷的韵味。

苏 轼

苏轼(1037—1101),字子瞻,号东坡居士,眉州眉山(今属四川)人。嘉祐二年(1057)进士。曾通判杭州,知密州、徐州、湖州等。元丰三年(1080)以谤新法贬谪黄州,后又贬惠州、儋州。徽宗立,赦还,卒于常州,追谥文忠。苏轼尽管在散文、诗歌、书画等方面有着极高的成就,但还得让位于他在词的领域所做出的贡献。其词开创了一种与传统曲子词迥然不同的风貌,即雄迈豪放的风格,使词真正突破了狭隘的儿女艳科,而成为士大夫们抒写怀抱、议论古今的工具。王灼云:东坡词"指出向上一路,新天下耳目,弄笔者始知自振"(《碧鸡漫志》)。有《东坡词》。

水 龙 吟
次韵章质夫杨花词

似花还似非花,也无人惜从教坠。抛家傍路,思量却是,无情有思。萦损柔肠,困酣娇眼,欲开还闭。梦随风万里,寻郎去处,又还被、莺呼起。　　不恨此花飞尽,恨西园、落红难缀。晓来雨过,遗踪何在,一池萍碎。春色三分,二分尘土,一分流水。细看来,不是杨花点点,是离人泪。

似花还似非花,也无人惜从教坠。

注释

〔次韵〕或称步韵,即依照所和诗中的韵作诗,且用韵的先后次序都相同。　〔章质夫〕章楶(jié),字质夫,浦城(今属福建)人,仕至枢密院事。其《水龙吟》词如下:"燕忙莺懒花残,正堤上柳花飘坠。轻飞点画青林,谁道全无才思。闲趁游丝,静临深院,日长门闭。傍珠帘散漫,垂垂欲下,依前被、风扶起。兰帐玉人睡觉,怪春衣、雪沾琼缀。绣床渐满,香球无数,才圆却碎。时见蜂儿,仰粘轻粉,鱼吹池水。望章台路杳,金鞍游荡,有盈盈泪。"　〔从教〕任凭。　〔"抛家"三句〕意谓杨花离开枝头飘落于路旁,看似无情,却像是有意。有思,即有情。　〔"萦损"三句〕意谓柔肠被愁思所绕,双眼因春困而倦。这三句是以女子愁苦和困倦的情态描写杨花。　〔"梦随"三句〕化用金昌绪《春怨》"打起黄莺儿,莫教枝上啼。啼时惊妾梦,不得到辽西"诗意。　〔落红难缀〕落花已无法再连接上枝头了。　〔遗踪〕指杨花的踪迹。　〔一池萍碎〕苏轼自注:"杨花落水为浮萍,验之信然。"这实际上是古人的一种误解。　〔"春色"三句〕意谓三分春色,二分落在地上化为尘土,一分落入水中随之流逝。这是表明春色已残。

解读

这是一首咏物词。当时苏轼的朋友章质夫写了一首咏杨花的《水龙吟》词,全词用白描手法,将杨花刻画得惟妙惟肖,因而传诵一时。苏轼这首和词的高明之处在于,他没有步章质夫之后尘,对杨花作毫发毕肖的描摹,而是以思妇之情咏杨花,融入人生之意味,因而更能引人遐想。所以刘熙载曾精到地指出:"东坡《水龙吟》起云:'似花还似非花',此句可作全词评语,盖不离不即也。"(《艺概》)

水 调 歌 头

快哉亭作

落日绣帘卷,亭下水连空。知君为我新作,窗户湿青红。长记平山堂上,欹枕江南烟雨,渺渺没孤鸿。认得醉翁语,山色有无中。

一千顷,都镜净,倒碧峰。忽然浪起,掀舞一叶白头翁。堪笑兰台公子,未解庄生天籁,刚道有雌雄。一点浩然气,千里快哉风。

注 释

〔快哉亭〕位于黄州江边,系张梦得(字怀民,又字偓佺)建于元丰六年(1083)。 〔新作〕新建。 〔湿青红〕指所涂的青油朱漆未干。 〔平山堂〕位于今江苏扬州,系欧阳修任扬州地方官时所建。 〔醉翁语〕指欧阳修《朝中措》词:"平山阑槛倚晴空,山色有无中。"醉翁,欧阳修自号醉翁。 〔一千顷〕形容长江江面广阔。顷,百亩为一顷。 〔白头翁〕指划着一叶小舟的白发渔翁。 〔兰台公子〕指宋玉,因其曾为兰台令,故称。

〔庄生天籁〕庄子将声音分为人籁、地籁、天籁。天籁是自然界发出的音响。这里指的是风声。 〔刚道〕硬是说。 〔雌雄〕宋玉在《风赋》中说同样一阵风,吹在楚王身上感到"快哉",而吹在老百姓身上就感到忧伤。所以他将风分为雄风与雌风。雄风为大王之风,雌风为庶人之风。 〔"一点"二句〕胸中有了浩然之气,自能享受到快哉之风。浩然气,至大至刚的正气。快哉风,语出宋玉《风赋》,即所谓大王雄风。

解读

苏轼被贬黄州期间,有个叫张怀民的官员亦于元丰六年(1083)三月谪放黄州。他们结识后,因气味相投而成为好友。是年十月十二日,苏轼前往张怀民暂住的承天寺与之一起赏月,写下了著名的《记承天寺夜游》一文。十一月,张怀民在其新居西南筑亭,以观览长江胜景,苏轼为其取名为"快哉亭",并赠其这首《水调歌头》,他的弟弟苏辙则同时写有《黄州快哉亭记》。词与文都是传诵千古的佳作,但相对而言,苏轼在百字内写快哉亭更显难度。上片写快哉亭四周景色。开端夕阳与亭台相映、江水与碧空相接的描写,乃词人亭中所见之景。"知君"二句转向自身,点明与造亭主人的关系。然后以当年在平山堂所见烟雨迷蒙、孤鸿杳杳、山色似有若无之佳境来想象快哉亭的景致。虚实结合的笔法,弥补了时空的局限,展现了快哉亭景色的丰富变化。下片写快哉亭命名之由。"一千顷"五句都是实景,以大风掀浪引出宋玉《风赋》,批评他不解快哉之风乃庄子所说"天籁",而认为只有大王才能享受,指出一个人只要胸中有"浩然"

落日绣帘卷,亭下水连空。

之气,便自能领略大自然"快哉风"的舒适。这一番议论,无疑是表明作者的人生态度:只要襟怀坦荡,泰然面对一切,自得其乐,何处不是快境?亭名"快哉",其意也正在于此。

水调歌头

丙辰中秋,欢饮达旦,大醉,作此篇,兼怀子由。

明月几时有,把酒问青天。不知天上宫阙,今夕是何年。我欲乘风归去,又恐琼楼玉宇,高处不胜寒。起舞弄清影,何似在人间。

转朱阁,低绮户,照无眠。不应有恨,何事长向别时圆。人有悲欢离合,月有阴晴圆缺,此事古难全。但愿人长久,千里共婵娟。

注释

〔丙辰〕宋神宗熙宁九年(1076)。 〔子由〕苏轼之弟苏辙,字子由。 〔归去〕苏轼曾自比谪仙,故称上天为"归去"。 〔琼楼玉宇〕指月宫。 〔绮户〕雕刻花纹的门窗。 〔婵娟〕美好的形态,这里指月亮。

解读

此词作于神宗熙宁九年(1076)。当时,东坡为避开汴京的政治旋涡而出知密州,其唯一的亲人弟弟苏辙(子由)远在齐州

明月几时有,把酒问青天。

任掌书记。中秋之夜,处在政治上失意及与亲人离别之中的苏轼,不免有感于怀,故作此词。词上片先凌空而起,由月而生"乘风归去"之念,然又恐天上宫阙,高不胜寒,于是又陡转到眼前现实中,起舞弄影,觉人间欢乐正多。下片先由月光流照、离人难眠生发"何事长向别时圆"的疑问,随后再以人有离合悲欢,月有盈亏阴晴,此皆常事的老庄思想来自慰自解,最后发出"但愿人长久,千里共婵娟"的希求,与子由共勉。全词纵览古今变迁,横观天地流转,以跌宕流动之笔,写缠绵悱恻之思,极尽空灵蕴藉之致。词中所表现出的积极乐观的人生态度,乃是出于作者达观超脱的浩逸襟怀,而这种达观超脱的浩逸襟怀,又使他构造出一个奇逸清旷、轶尘绝俗的词境,所以李佳赞叹说:"此老不特兴会高骞,直觉有仙气缥缈于毫端。"(《左庵词话》)

念　奴　娇

赤壁怀古

大江东去,浪淘尽、千古风流人物。故垒西边,人道是、三国周郎赤壁。乱石穿空,惊涛拍岸,卷起千堆雪。江山如画,一时多少豪杰。

遥想公瑾当年,小乔初嫁了。雄姿英发,羽扇纶巾,谈笑间、强虏灰飞烟灭。故国神游,多情应笑我,早生华发。人间如梦,一尊还酹江月。

乱石穿空，惊涛拍岸，卷起千堆雪。

注 释

〔赤壁〕此系黄州(今湖北黄冈)赤壁。三国时的赤壁大战在今湖北蒲圻。　〔故垒〕过去的营垒。　〔周郎〕周瑜,字公瑾,青年时便为三国东吴将领,人称周郎,赤壁之战时任吴军总指挥。　〔"小乔"句〕三国时乔公有两个女儿,人称大乔、小乔。大乔嫁孙策,小乔嫁周瑜。　〔雄姿英发〕仪态英气勃发,谈吐卓绝不群。　〔羽扇纶(guān)巾〕古代名士服饰。羽扇,鸟羽做的扇。纶巾,丝带做的头巾。周瑜系儒将,故作此装束。　〔强虏〕指曹操的军队。一作"樯橹"。　〔华发〕花白的头发。〔人间〕一作"人生"。　〔酹(lèi)〕将酒浇在地上以作祭奠。

解 读

被贬黄州的第三年(1082)七月,已是四十七岁的苏轼泛舟于赤壁之下,写下了著名的《赤壁赋》,随后又写下了这首千古绝唱。这是一首借古抒情之作,通过对赤壁宏伟壮丽景色的描绘和对古代英雄豪杰的缅怀,抒发了自己有志报国而壮志难酬的感慨。此词的独特成就在于,作者以丰富的想象、磅礴的气势、挥洒的笔力营造出一个宏大的境界,同时将自己对宇宙人生的思考置于其中,从而使全词呈现出沉雄豪放的艺术风格,这种风格在他的前辈和同时代人的作品中是无法读到的,所以胡寅说苏词"一洗绮罗香泽之态,摆脱绸缪宛转之度,使人登高望远,举首高歌,而逸怀浩气,超然乎尘垢之外"(《题酒边词》)。

西 江 月

春夜行蕲水中,过酒家饮。酒醉,乘月至一溪桥上,解鞍曲肱少休。及觉已晓,乱山葱茏,不谓尘世也。书此词桥柱。

照野弥弥浅浪,横空隐隐层霄。障泥未解玉骢骄,我欲醉眠芳草。　　可惜一溪明月,莫教踏破琼瑶。解鞍欹枕绿杨桥,杜宇一声春晓。

注释

〔蕲(qí)水〕即蕲水县,位于黄州东南,以临蕲水而得名。〔曲肱(gōng)〕弯曲胳膊。这里指弯曲胳膊做枕头。《论语·述而》:"饭疏食,饮水,曲肱而枕之,乐亦在其中矣。"〔乱山葱茏〕群山青翠。　〔不谓尘世〕不认为是在人间。　〔弥弥〕水满貌。
〔障泥〕马鞯,垫在马鞍下,垂于马腹两侧,以挡泥土。据《晋书·王济传》载,王济善解马性,有一次骑马过河,马不肯渡。王济说:"此必是惜障泥。"使人解去,马果然渡水而过。　〔玉骢(cōng)〕青白色的马。　〔骄〕这里指高大健壮。　〔可惜〕可爱。　〔琼瑶〕美玉。这里指月光下如玉一般的溪水。　〔解鞍欹枕〕解鞍作枕。　〔杜宇〕即杜鹃鸟,相传是古蜀帝杜宇之魂所化。

解读

词的上片将读者引入一个极其美妙的境界之中:月光笼罩着旷野,溪水泛着细浪,云层若隐若现。一边是骏马障泥未解,昂首站立;一边是作者醉不可支,藉草而眠。过片,"可惜""莫教"点明作者对所置身景色的无比欣赏与珍惜之意。绿杨桥边,他睡得格外香甜,在杜鹃的鸣叫声中才知天明。作者写此词时谪居黄州已近三年,显然他已摆脱了被贬的痛苦,全身心地陶醉在幽静的大自然的怀抱中。

临 江 仙

夜归临皋

夜饮东坡醒复醉,归来仿佛三更。家童鼻息已雷鸣。敲门都不应,倚杖听江声。　　长恨此身非我有,何时忘却营营。夜阑风静縠纹平。小舟从此逝,江海寄馀生。

注释

〔临皋〕位于黄州南面的长江边,苏轼的居所在此。　〔东坡〕位于黄州之东,原是几十亩荒地,苏轼被贬黄州后,加以开垦耕种,又在此筑"雪堂"作为游息之所,并自号"东坡居士"。

〔身非我有〕语出《庄子·知北游》,意谓自身的命运自己无法掌握。 〔营营〕纷乱貌。这里指为名利而奔走。 〔夜阑〕夜深。 〔縠(hú)纹〕指风平浪静,水纹细密,犹如绉纱一般。

解读

此词系元丰五年(1082)九月,苏轼与朋友在雪堂饮酒后回临皋寓所时所作。上片写醉归。因为是"醒复醉",所以只"仿佛"记得回家的时间。归而不忍叫醒沉睡的家童开门,索性倚杖江边,谛听江声。下片抒感慨。置身在夜静波平的大江边,词人的心灵也平静下来,忽然明白:身非我有,何须营营,应该放浪江海,远离尘世才是。"小舟"二句所写,实非真去归隐,而是借此来解脱贬谪黄州的苦闷,求得精神上的自由。据叶梦得《避暑录话》载,此词第二天就传开,人们传言苏轼已挂冠服于江边,乘小船长啸而去。郡守徐君猷听说后害怕失去所管罪人,急忙赶到苏轼寓所察看,却见他鼾声如雷,还未起床。

鹧鸪天

林断山明竹隐墙,乱蝉衰草小池塘。翻空白鸟时时见,照水红蕖细细香。　　村舍外,古城旁,杖藜徐步转斜阳。殷勤昨夜三更雨,又得浮生一日凉。

注释

〔红蕖(qú)〕即荷花。〔杖藜〕拄着拐杖。〔转斜阳〕太阳渐渐地下山。〔"又得"句〕语出李涉《题鹤林寺僧舍》诗:"因过竹院逢僧话,又得浮生半日闲。"浮生,漂浮不定的人生。

解读

此词作于贬居黄州期间,抒写夏日雨后持杖郊外的感受。上片的写景,通过远近上下的视角,再配上听觉与嗅觉,展示出一幅立体的郊外野趣图,也同时让人感受到词人流连光景时的闲适心境。下片转向自身。"杖藜"未必是实写,因为其时词人年仅四十多岁。词人于夕阳中扶杖缓步在村外城旁,既是一种自得其乐,也是一种百无聊赖。所以天公之"殷勤"送雨,带给词人内心的却是"浮生"的辛酸。

定 风 波

三月七日,沙湖道中遇雨,雨具先去,同行皆狼狈,余独不觉。已而遂晴,故作此。

莫听穿林打叶声,何妨吟啸且徐行。竹杖芒鞋轻胜马,谁怕?一蓑烟雨任平生。　　料峭春风吹酒醒,微冷,山头斜照却相迎。回首向来萧瑟处,归去,也无风雨也无晴。

注释

〔沙湖〕在今湖北黄冈东南。 〔芒鞋〕草鞋。 〔料峭〕形容春天的寒意。 〔萧瑟〕指雨声。

解读

面对暮雨或斜阳,对一个善感的词人来说,即便没有身世沉浮的遭遇,没有感情挫折的打击,也会产生怅惘凄伤之情。然而苏轼却截然相反,这首词尽管是作于负罪放逐的处境之中,又是在一个触虑成端、沿情多绪的黄昏之时,却丝毫看不见作者羁旅漂泊、宦途失意、抱负莫展的抑郁悲苦之情。作者所表现的在风雨中吟啸徐行、从容自如,正是展示自己达观的人生态度与超旷的精神世界,全词也因此显出一种旷达飘逸之致。郑文焯评云:"此足征是翁坦荡之怀,任天而动。琢句亦瘦逸,能道眼前景。以曲笔直写胸臆,倚声能事尽之矣。"(《手批东坡乐府》)

卜 算 子

黄州定惠院寓居作

缺月挂疏桐,漏断人初静。时见幽人独往来,缥缈孤鸿影。　　惊起却回头,有恨无人省。拣尽寒枝不肯栖,寂寞沙洲冷。

注释

〔黄州〕今湖北黄冈。 〔定惠院〕在黄冈东南,苏轼初谪黄

时见幽人独往来,缥缈孤鸿影。

州时曾一度寓居于此院。 〔漏断〕计时的漏壶中的水快将滴尽,表示已是深夜。 〔幽人〕这里系指孤鸿。 〔"缥缈"句〕这句是说孤鸿影似有似无。 〔省〕明白。 〔"寂寞"句〕此句又作"枫落吴江冷"。

解 读

元丰二年(1079),正在湖州任上的四十四岁的苏轼遭到了一次人生的重大打击,那就是所谓的"乌台诗案"。原来他因不满王安石变法,写诗攻击新政,给人告发,并以"讪谤朝廷"的罪名被抓进监狱。关了五个月后,才被放逐到黄州任团练副使。元丰三年(1080)二月,苏轼到达黄州,一时没有合适的居所,暂寓居在定惠院,本词便系此时所作。作者托物言志,借幽独冷落、高洁自赏的孤鸿寄托自己虽身遭厄运、寂寞孤独而不愿随波逐流、与世俗同道的情怀。

贺 新 郎

夏 景

乳燕飞华屋,悄无人、桐阴转午,晚凉新浴。手弄生绡白团扇,扇手一时似玉。渐困倚、孤眠清熟。帘外谁来推绣户,枉教人、梦断瑶台曲,又却是,风敲竹。　　石榴半吐红巾蹙,待浮花浪蕊都尽,伴君幽独。秾艳一枝细看取,芳心千重似束。又恐被、西风惊绿。若待得君来向此,花前对酒不忍触。共粉泪,两簌簌。

注释

〔华屋〕华美的房屋。 〔生绡〕生丝。 〔"扇手"句〕谓纤手与扇子都似白玉一般。一时,一并。 〔梦断瑶台曲〕从仙境中梦醒过来。瑶台,神仙的居处。曲,幽深处。 〔红巾蹙〕形容石榴开花似结扎的红巾。 〔浮花浪蕊〕桃李一类的花虽然娇艳,但很快就会凋谢,所以被视作"浮花浪蕊"。傅幹注:"石榴繁盛时,百花零落尽矣。"〔伴君幽独〕言娇艳的花凋残后,只有石榴花来伴随孤独的你。 〔千重似束〕形容石榴花花瓣重重叠叠。 〔西风惊绿〕秋风一起,不仅石榴花凋谢,其绿叶也经受不住秋风的摧残。 〔簌簌〕纷纷落下。这里既形容落花,又形容落泪。

解读

关于本词,宋人杨湜说是苏轼在任杭州通判时,一日,官府宴会,官妓秀兰因浴后倦卧而姗姗来迟,受到府僚的责备。秀兰含泪力辩,府僚仍不原谅,秀兰便折一枝榴花以谢罪。未料府僚更怒,在旁的苏轼遂作此词以为缓解。这一说法颇为牵强附会,所以并不为人们认同。也有人说此词是苏轼为侍妾榴花或朝云而作,但也无依据。全篇先是咏佳人,言其在"悄无人"的环境中"孤眠",梦入瑶台却又被风竹敲醒。再是咏榴花,言其不与"浮

帘外谁来推绣户,枉教人、梦断瑶台曲,又却是,风敲竹。

花浪蕊"为伴而"幽独"绽放,花瓣重重裹束犹如女子芳心不展。最后花人合写,以秋来花残、佳人迟暮作结。胡仔说此词有"托意",这所谓的托意便是词中隐隐地透露出作者孤高幽独的情怀。

洞 仙 歌

仆七岁时,见眉山老尼,姓朱,忘其名,年九十余,自言尝随其师入蜀主孟昶宫中。一日大热,蜀主与花蕊夫人夜起,避暑摩诃池上,作一词,朱具能记之。今四十年,朱已死,人无知此词者。但记其首两句。暇日寻味,岂《洞仙歌令》乎?乃为足之。

冰肌玉骨,自清凉无汗。水殿风来暗香满。绣帘开、一点明月窥人,人未寝,欹枕钗横鬓乱。　　起来携素手,庭户无声,时见疏星渡河汉。试问夜如何,夜已三更,金波淡,玉绳低转。但屈指、西风几时来,又不道、流年暗中偷换。

注释

〔孟昶(chǎng)〕五代时后蜀国君,能词。　〔花蕊夫人〕孟昶的贵妃,姓徐。　〔作一词〕指孟昶作词一首,今此词已佚。　〔冰肌玉骨〕肌骨像冰一样清净,又像玉一样润泽。　〔水殿〕

起来携素手,庭户无声,时见疏星渡河汉。

建在水上的宫殿。〔素手〕洁白的手。〔河汉〕银河。〔金波〕即月光。〔玉绳低转〕言已是深夜。玉绳,星名。北斗星第五星名玉衡,玉衡北面的两颗星为玉绳。〔不道〕不知不觉。〔流年〕如流水一样逝去的年华。

解读

词序告诉我们,有个朱姓老尼能够吟诵蜀主孟昶与花蕊夫人纳凉摩河池一词,因为自己是在七岁的时候听到的,如今相隔了四十年,只记得开首两句,所以乘闲暇将其补足。词的内容仍然是围绕蜀主孟昶与花蕊夫人夜间乘凉之事。上片写帘内欹枕,下片写池上纳凉。其人风姿绰约,天生丽质;其境月色澄明,万籁无声。整首词写得清妙绝伦,正如唐圭璋所云:"将热夜纳凉情景,写得清凉自在,如涉灵境。"(《唐宋词简释》)不过,此词佳处并不仅于此,末尾"但屈指、西风几时来,又不道、流年暗中偷换"二句颇可深味。当人们在期盼秋风送凉的时候,并没有意识到随着秋风的到来时光已悄悄地逝去,有了这一层含意,全词就不只是设想蜀主当日情事敷衍成篇,而别有一番情思。

江 城 子

密州出猎

老夫聊发少年狂,左牵黄,右擎苍。锦帽貂裘,千骑卷平冈。为报倾城随太守,亲射虎,看孙郎。　　酒酣胸胆尚开张,鬓微霜,又何妨!持节云中,何日遣冯唐?会挽雕弓如满月,西北望,射天狼。

注释

〔密州〕今山东诸城。　〔"左牵黄"二句〕左手牵着黄狗,右臂托着苍鹰。　〔孙郎〕指孙权。《三国志·吴书·孙权传》中有孙权射虎的记载。此以孙权自喻。　〔"持节"二句〕《史记·冯唐列传》载,汉文帝时,云中太守魏尚抗击匈奴有功,但因报功不实,获罪削职。冯唐向文帝直言劝谏,文帝感悟,便派冯唐持节去赦免魏尚,恢复了他的云中太守之职。节,符节,古代传达皇帝命令的凭证。　〔天狼〕即狼星,主侵掠。此代指当时的西夏。

解读

这首词作于宋神宗熙宁八年(1075)作者任密州太守时,通过平冈围猎壮阔场面的描写,抒发了渴望报国立功的豪情壮志。全词以奔放的感情、雄壮的气势、高昂的语调,直贯而下,充分显示出豪迈纵放的精神。作者在《与鲜于子骏书》中曾云:"近却颇作小词,虽无柳七郎风味,亦自是一家,呵呵。数日前猎于郊外,所获颇多。作得一阕,令东州壮士抵掌顿足而歌之,吹笛击鼓以为节,颇壮观也。"可见此词乃是作者的得意之作。

江 城 子

乙卯正月二十日夜记梦

十年生死两茫茫,不思量,自难忘。千里孤坟,无处话凄凉。纵使相逢应不识,尘满面,鬓如霜。 夜来幽梦忽还乡,小轩窗,正梳妆。相顾无言,惟有泪千行。料得年年肠断处,明月夜,短松冈。

注释

〔乙卯〕宋神宗熙宁八年(1075)。 〔十年〕苏轼原配夫人王氏卒于宋英宗治平二年(1065),距作者写此词正好十年。 〔千里孤坟〕王氏葬于四川彭山,而作者当时在密州(今山东诸城)任职,故有"千里"之说。 〔短松冈〕遍植松树的小山冈。这里指王氏墓地。

解读

苏轼对于词体发展的贡献之一是开拓的词境,像这首写夫妻之情内容的,前人的作品中就没有出现过。此词系悼念亡妻。上片写相思,共分三层:一是十年的生死相隔,对亡妻的思念依然铭心刻骨;二是想对亡妻倾诉心中的凄凉,而亡妻的坟墓又孤零零地远在千里之外;三是即便相逢,恐怕也无法相识,因为自己已是风尘满面、鬓白如霜。下片记梦境。"幽梦"正显出梦境的隐约迷离,而临轩对镜梳妆的描写,又虚中有实。"相顾"二句,形象地再现了一旦重逢后那悲喜交集的情景。结末三句是梦后感慨:明月孤坟,荒冈短松,此恨"年年",永无绝期。全词表达了对亡妻挚厚的情感,同时渗透了自己仕途坎坷的辛酸,千古之下读来依然感人肺腑,可称悼亡词中的最佳之作。

蝶 恋 花

春 景

花褪残红青杏小,燕子飞时,绿水人家绕。枝上柳绵吹又少,天涯何处无芳草。　　墙里秋千墙外道,墙外行人,墙里佳人笑。笑渐不闻声渐悄,多情却被无情恼。

注释

〔花褪残红〕指春花凋谢。褪,凋谢。　〔柳绵〕柳絮。〔"多情"句〕意谓行人听到墙内女子的笑声枉自多情。多情,指墙外行人。无情,指墙内女子,墙内佳人之笑本出于无心,故曰"无情"。

解读

此词写暮春时节一个外乡行人的感受。上片伤春,一边是

燕子飞时,绿水人家绕。

红花凋谢,春杏初生,柳絮稀落,预示着春光即将逝去;一边是紫燕轻飞,溪水深绿,芳草处处,又带给天涯行客些许安慰。下片抒情,"墙里秋千"承"绿水人家"而来,天涯行客在见到满山遍野的芳草之后,又听到墙内荡秋千佳人的欢笑,触动了内心的情弦。然而佳人的笑声渐渐远去,行人的自作多情只是自寻烦恼。细味词意,此词当作于被贬岭南之际。

永 遇 乐

夜宿燕子楼,梦盼盼,因作此词。

明月如霜,好风如水,清景无限。曲港跳鱼,圆荷泻露,寂寞无人见。紞如三鼓,铿然一叶,黯黯梦云惊断。夜茫茫,重寻无处,觉来小园行遍。 天涯倦客,山中归路,望断故园心眼。燕子楼空,佳人何在,空锁楼中燕。古今如梦,何曾梦觉,但有旧欢新怨。异时对,黄楼夜景,为余浩叹。

注释

〔燕子楼〕位于彭城(今江苏徐州),相传是唐代张建封(实应为建封之子张愔)为其爱妾关盼盼所建。张死,盼盼感念旧情而不嫁,独居是楼十余年。 〔紞(dǎn)如〕击鼓声。《晋书·邓攸传》:"纮如打五鼓,鸡鸣天欲曙。"〔铿然〕金石声。这里形容落叶的声音。 〔"黯黯"句〕意谓从梦见盼盼的睡梦中惊醒后情怀黯然。梦云,宋玉《高唐赋》说楚王梦见巫山神女,神女自称"朝为行云,暮为行雨",这里借此典言梦见盼盼。 〔"望断"句〕谓心系故乡,极目远眺,却无法望见。 〔"异时对"三句〕系作者设想若干年后,后人亦会对黄楼凭吊自己。黄楼,苏轼在徐州城东门上所建之楼。浩叹,深长的感叹。

解 读

词序已将创作缘由交代清楚。关于这首词,曾慥的《高斋诗话》记一则趣事,说是秦观一日入京拜见苏轼,苏轼问他:"最近可有新作?"秦观举出"小楼连苑横空,下窥绣毂雕鞍骤"。苏轼评道:"十三个字,只说得一人骑马楼前过。"秦观问苏轼有何新作,苏轼回答:"我也有一首说楼上事的词。"便举出"燕子楼空,佳人何在,空锁楼中燕"。在座的晁无咎赞叹道:"只三句说尽张建封燕子楼一段事。"此词不仅这三句精妙,全篇亦佳。前六句是燕子楼清幽静谧的夜景。"纮如"三句写惊梦,"夜茫茫"三句写寻梦。小园寻梦,则知前六句所写既是梦境,亦是实境,虚虚实实,境界迷离惝恍。过片由寻梦"小园"而思及"故园",并由"倦客"引发感慨:燕子楼空人去可悟人生如梦,但古今又有谁能够从欢怨之情中梦醒呢?末二句设想后人夜宿黄楼吊我亦如我今日之对燕子楼。燕子楼怀古,前人所作甚多,如白居易就有《燕子楼三首》,苏轼的超绝之处在于,他摆脱了对男女情事的描写,注入了对社会人生的感喟。

浣 溪 沙

游蕲水清泉寺。寺临兰溪,溪水西流。

山下兰芽短浸溪,松间沙路净无泥,萧萧暮雨子规啼。　　谁道人生无再少,门前流水尚能西,休将白发唱黄鸡。

注释

〔蕲水〕位于黄州东,即今湖北浠水县。　〔子规〕杜鹃鸟。〔"休将"句〕意谓不要悲叹年华流走。白居易《醉歌示妓人商玲珑》诗:"黄鸡催晓丑时鸣,白日催年酉时没。腰间红绶系未稳,镜里朱颜看已失。"白居易感叹青春易逝,苏轼是反用其意。

解读

元丰五年(1082),处于贬谪之中的苏轼因前往离黄州三十里的沙湖购田,患上疾病,便去浠水麻桥的聋医庞安常处求疗。病愈后,与之同游清泉寺,并写下此词。上片绘景。兰芽浸溪,沙路无泥,潇潇暮雨中不时传来杜鹃的啼叫声,这一幅清新明朗的景象,正反映出词人病愈后的喜悦之情。下片议论。面对西流的兰溪,词人感悟到世上的一切事情都有可能发生,青春也可以再来,何必要自伤衰老呢?整首词表现出作者在逆境中积极乐观的人生态度。

浣 溪 沙

　　麻叶层层苘叶光,谁家煮茧一村香。隔篱娇语络丝娘。　　垂白杖藜抬醉眼,捋青捣䴬软饥肠。问言豆叶几时黄?

注释

〔苘(qǐng)〕通"檾",麻类植物。　〔络丝娘〕缫丝女子。〔杖藜〕以藜茎为拐杖。　〔捣䴬(chǎo)〕炒熟的麦子,捣碎成粉。　〔软饥肠〕意犹聊以充饥。

解读

宋神宗元丰元年(1078),作者知徐州,时逢春旱,他遵旧例为民求雨。雨降,他又到城东二十里的石潭对天谢雨。在谢雨途中,吟成《浣溪沙》组词五首,此为其中之三。上片写农村欣欣向荣和欢乐的气氛:久旱逢雨之后,碧绿麻叶在太阳的照耀下闪闪发光,村子里到处飘着煮茧的香味,作者正待要问谁家在煮茧,忽然隔着篱笆传来缫丝女子娇柔的笑语。下片写作者对农民生活的采访:一位面带醉意的白发老翁拄着拐杖,捋下青麦穗,准备捣成麦粉以果腹。作者意识到这是青黄不接的时刻,于是便询问庄稼几时成熟。上下两结,皆在流利的音节中自然地透露了作者关怀民瘼的感情。

浣 溪 沙

　　簌簌衣巾落枣花,村南村北响缫车。牛衣古柳卖黄瓜。　　酒困路长惟欲睡,日高人渴漫思茶。敲门试问野人家。

注释

〔簌簌〕象声词,兼有众多之义。　〔缫车〕缫丝车,用以抽茧丝。　〔牛衣〕以乱麻或稻草编成,给牛御寒。相传汉代王章发迹前,尝卧牛衣中。此指农民简朴的衣服。　〔漫〕随意地、不由地。

解读

　　此首与上一首作于同时,系《浣溪沙》组词五首之四,词人从另一角度描绘了农村的风俗,同时刻画了自己深入民间、不拘常礼的平民形象。首句以枣花落满衣中,点明夏令时分。次句"村南村北响缫车",与前一首"隔篱娇语络丝娘"相呼应,反映了男耕女织自然经济社会的一个侧面。"牛衣古柳卖黄瓜",风俗淳古,有"羲皇上人"之感。故明人沈际飞说它是一幅"乡落图"(《草堂诗余续集》)。下片着重描写自我。一场新雨后,词人分外高兴,带着醉意走遍全村,酒困路长,日高人渴,便随意向"野人家"索茶而饮。全词信笔写来,不事雕琢,将一位地方官与普通农民的关系写得亲切而又自然,这在当时社会确是不可多得。

李之仪

李之仪(？—1117)，字端叔，晚号姑溪居士。沧州无棣(今属山东)人。熙宁三年(1070)进士，曾做过苏轼的幕僚。他认为长短句"自有一种风格，稍不如格，便觉龃龉"，因此作词须"大抵以《花间集》中所载为宗"(见《跋吴思道小词》)，故其词从言情到遣词均可看出所受花间词的影响。纪昀云：李之仪"小令尤清婉峭蒨，殆不减秦观"(《四库全书总目提要》)。有《姑溪词》。

卜　算　子

我住长江头，君住长江尾。日日思君不见君，共饮长江水。　　此水几时休，此恨何时已。只愿君心似我心，定不负相思意。

解读

此词写一个女子对爱人的思念之情。上片写她对己住江头，君住江尾，迢迢相隔，日日相思的现状感到伤怀，当她想到能与君共饮一江之水，便颇感安慰。下片写她看到滚滚江水的无休无止，想到自己的离愁也无穷无尽，然而她又明白，只要两心相通，两志不渝，爱情终将会地久天长。在艺术表现上，作者一方面通过"长江头""长江尾","思君""见君","此水""此恨","君心""我心"的重叠复沓,另一方面采用民歌中常用的决绝语,将女主人公缠绵而又深挚的感情表现得透人心骨,同时使全词呈现出一股俊逸流走的风韵与活泼优美的旋律。

黄庭坚

黄庭坚(1045—1105),字鲁直,号山谷道人、涪翁,分宁(今江西修水)人。治平四年(1067)进士。历著作佐郎、秘书丞等职。后两遭贬谪,卒于宜州(今属广西)。他的诗与苏轼齐肩,在宋代诗坛被封为江西诗派宗主。而他的词在当时就不为人们所重,如晁补之指出:"黄鲁直间作小词,固高妙,然不是当行家语,自是著腔子唱好诗。"(见《诗人玉屑》)综观其词,豪放近苏,俚俗近柳,虽不乏妙脱蹊径、迥出慧心之佳作,但终未能形成自己独特的艺术风格,故难列一流词家。有《山谷琴趣外篇》。

水 调 歌 头

瑶草一何碧,春入武陵溪。溪上桃花无数,枝上有黄鹂。我欲穿花寻路,直入白云深处,浩气展虹霓。只恐花深里,红露湿人衣。

坐玉石,倚玉枕,拂金徽。谪仙何处,无人伴我白螺杯。我为灵芝仙草,不为朱唇丹脸,长啸亦何为?醉舞下山去,明月逐人归。

注释

〔瑶草〕仙草,指山里的香草。 〔武陵溪〕武陵在今湖南常

醉舞下山去，明月逐人归。

德一带。这里借用晋陶渊明《桃花源记》的典故("桃花源"位于武陵)。 〔虹霓〕彩虹。 〔红露〕花的露水。 〔金徽〕即琴徽,用来定音位。这里意为拂琴。 〔谪仙〕唐人称李白为谪仙。这里提到李白,乃因为李白也是嗜酒傲世的诗人。 〔朱唇丹脸〕指随俗媚世的小人。

解读

此词通过神游"桃花源"的描写,展示自己不愿随俗媚世的人生态度。上片写仙境之游,在瑶草如碧玉、桃花满枝开、黄鹂一二声的优美春景中,词人穿花寻路,直上白云深处,面对彩虹,一吐胸中浩然之气。"只恐"二句,透露了自己出世与入世的矛盾心情。下片以坐玉石、倚玉枕、弹金徽琴,表明自己的志行高洁;以李白不在,无人陪伴饮酒,表明自己缺乏知音;以唯喜灵芝仙草,不喜朱唇丹脸,表明自己孤芳自赏,不会媚世以求荣。最末二句表明将效李白之傲视权贵,陶醉于诗酒风月之中。此词充满浪漫仙幻色彩的描写,是与词人对当时现实环境的不满相联系的。全篇取景较清,用笔较疏,设色较淡,显得流畅舒展。

定 风 波

次高左藏使君韵

万里黔中一漏天,屋居终日似乘船。及至重阳天也霁,催醉,鬼门关外蜀江前。 莫笑老翁犹气岸,君看,几人黄菊上华颠?戏马台南追两谢,驰射,风流犹拍古人肩。

注释

〔高左藏〕名羽,曾任左藏库使,当时任黔州太守,故又称使君。 〔漏天〕谓阴雨连绵。 〔鬼门关〕即石门关,在今重庆奉节县东。陆游《入蜀记》:"舟中望石门关,仅通一人行,天下至险也。" 〔蜀江〕指流经彭水县的乌江。 〔黄菊上华颠〕古人有重阳节头簪菊花的习俗。华颠,头发花白。 〔戏马台〕台名,项羽所筑,在今江苏铜山南。晋安帝义熙十二年(416),刘裕北征,九月九日会僚属于此,赋诗为乐,谢瞻与谢灵运各赋《九日从宋公戏马台集送孔令》诗一首。故此处称"两谢"。 〔"风流"句〕晋郭璞《游仙诗》:"左挹浮丘袖,右拍洪崖肩。"浮丘、洪崖,皆仙人。此云直追古人的豪气。

解读

此词作于宋哲宗绍圣二年(1095),时词人坐元祐党籍,被贬为涪州(今重庆涪陵)别驾、黔州(今重庆彭水)安置。黔州地势僻远,气候恶劣,但词人贬居此处,并不感到消沉,而在词中表现出乐观旷达的襟怀。上片写黔中阴雨潮湿,整天困居室内,宛似乘船一般。到了重阳,久雨初晴,自己的心情也像天气一样开朗,在蜀江边痛饮美酒,欢度佳节。下片写头簪菊花、骑马射箭,更突出自己虽届暮年且身处逆境,而仍豪情满怀、气度傲岸、决不屈从于命运的情怀。全篇气势恢宏,音节高亢。虽也用典,然却自然浑成,宛如己出。就风格而言,与东坡相近,属于豪放一路。

清 平 乐

春归何处？寂寞无行路。若有人知春去处，唤取归来同住。　　春无踪迹谁知？除非问取黄鹂。百啭无人能解，因风飞过蔷薇。

注释
〔行路〕指春天的行踪。　〔因风〕顺着风势。

解读
此词写惜春之情。上片先是自问：春归何处？以春去而不留踪迹，流露出对春天离去的惋惜之情。随后一转，希望有人知其去处，将她唤回，惜春之情更深一层。过片从幻想转回现实，以"春无踪迹谁知"表明春天真已逝去。但他并不甘心，又去"问取黄鹂"。黄鹂的啼鸣虽十分婉转，却无人可解，何况它又从蔷薇花丛中飞走了。作者看到了蔷薇花丛，终于意识到春去已无可挽回，从而满怀伤感与怅惘。全词采用拟人化的手法及多层转折，将恋春之意表现得新颖而清婉，读来饶有情味。

虞 美 人

宜州见梅作

天涯也有江南信，梅破知春近。夜阑风细

得香迟,不道晓来开遍向南枝。　　玉台弄粉花应妒,飘到眉心住。平生个里愿杯深,去国十年老尽少年心。

注释

〔江南信〕用陆凯《赠范晔》诗:"折梅逢驿使,寄与陇头人。江南无所有,聊赠一枝春。"〔夜阑〕指夜深。〔不道〕不知不觉。〔玉台〕玉镜台,古代妇女化妆时用。〔"飘到"句〕相传南朝宋武帝刘裕之女寿阳公主卧于含章殿檐下,有梅花落在她的眉心上,因而自创一种梅花妆,宫女争相仿效。〔去国十年〕词人自绍圣元年(1094)被贬出京,至此时正十年。

解读

宋徽宗崇宁三年(1104),词人坐党籍贬居宜州(今属广西),冬末见梅花初绽作此词。上片写乍见梅开的惊喜。词人身在天涯,消息闭塞,唯有梅花向他报告春天即将到来的信息。接下夜间闻香、晓来见花的描写,惊喜之情溢于字里行间。过片略一宕开,用南朝寿阳公主典故,写梅花妆,却不涉纤俗。结尾二句写对梅饮酒,并寄身世之感,情绪略显低沉,然无怨悔。近人俞陛云评曰:"此词殊方逐客,重见梅花,仅感叹少年,而绝无怨尤之语,诵其词可知其人矣。"(《宋词选释》)可谓切中肯綮。

秦 观

秦观(1049—1100),字少游,一字太虚,号淮海居士,高邮(今属江苏)人。元丰八年(1085)登进士第,从此踏入仕途。元祐初,苏轼荐于朝,除太学博士,迁秘书省正字,兼国史院编修。绍圣元年(1094),因"影附苏轼,增损实录"而迭遭贬逐,元符三年(1100)死于赦还途中。尽管秦观是"苏门四学士"之一,然词风却与苏轼迥异。苏词豪迈淋漓,如怒澜飞空,不可狎视;秦词婉约细腻,如幽花媚春,自成馨逸。夏敬观云:"少游词清丽婉约,辞情相称,诵之回肠荡气,自是词中上品。"(《淮海词跋》)有《淮海居士长短句》。

望 海 潮

梅英疏淡,冰澌溶泄,东风暗换年华,金谷俊游,铜驼巷陌,新晴细履平沙。长记误随车,正絮翻蝶舞,芳思交加。柳下桃蹊,乱分春色到人家。　　西园夜饮鸣笳,有华灯碍月,飞盖妨花。兰苑未空,行人渐老,重来是事堪嗟。烟暝酒旗斜,但倚楼极目,时见栖鸦。无奈归心,暗随流水到天涯。

兰苑未空,行人渐老,重来是事堪嗟。

注释

〔冰澌〕流冰。 〔金谷〕古地名,在今河南洛阳东北。西晋石崇曾在此筑金谷园,宴集宾客,备极豪华。 〔铜驼〕洛阳旧有铜驼街,汉时铸铜驼两只。有俗语云:"金马门外集众贤,铜驼陌上集少年。"〔西园〕指当时驸马都尉王诜(字晋卿)的私人园林。王文诰《苏诗总案》载,元祐二年(1087),苏轼与秦观等十六人集于此。当时画家李伯时(号龙眠)绘有《西园雅集图》。〔飞盖〕指急行的车辆。盖,车篷。 〔兰苑〕种植兰花的园林,此指西园。

解读

此词有的本子题作"洛阳怀古",系秦观于绍圣元年(1094)遭贬离京之际重游洛阳时所作。起首三句交代时序。梅花渐疏,冰块渐溶,乃为初春之景,词人不由惊叹在不知不觉中换了岁月。接下追忆当年在洛阳游乐的情景:雨后初晴,漫步于平坦的沙路,赏金谷园,游铜驼街,还无意中错跟陌生女子的车子。"正絮翻"四句,承"误随车"而来,描写当时逗人的春色与内心的感受。过片写当年夜饮。"西园"乃当时与诸名士宴游之所。"有华灯"二句,言灯光之灿烂、马车之华丽让月光与繁花黯然失色。"兰苑"三句由回忆转到现实,抒写自己即将被贬离京的心情,"是事堪嗟",发出深沉的感叹。接下以烟雾迷茫反衬当年的"华灯碍月",以昏鸦归巢反衬当年的"絮翻蝶舞"。面对这样一幅凄凉冷落之景,词人的思绪也暗随流水,飞向天涯海角。全词婉雅蕴藉,情辞兼胜,体现了秦观词的典型风格。

八 六 子

倚危亭，恨如芳草，萋萋刬尽还生。念柳外青骢别后，水边红袂分时，怆然暗惊。无端天与娉婷。夜月一帘幽梦，春风十里柔情。怎奈向、欢娱渐随流水，素弦声断，翠绡香减，那堪片片飞花弄晚，蒙蒙残雨笼晴。正销凝，黄鹂又啼数声。

注释

〔刬(chǎn)〕同"铲"。 〔青骢〕青白色的马。 〔红袂〕此处指红衣女子。 〔娉婷〕美好貌，也指美人。 〔怎奈向〕怎奈。"向"字为词尾，无义。 〔销凝〕悲愁伤感，茫然出神。

解读

这首词抒写离情别绪。开端以"倚危亭"领起，随后二句以春草铲除不尽言愁不可解，恨不能已。接下以"念"字一转，引出两六言偶句，追忆与恋人的分别，"柳外青骢""水边红袂"，辞藻秀雅，情事宛然在目。"怆然暗惊"乃由"别后""分时"所生，包容无限慨叹，感情依旧含而不露。过片进一步追忆前事，"娉婷"言恋人之美，"夜月"叙欢娱之乐，情从景出，境极优美，意极含蓄。"怎奈向"再一转，落到眼前别情，素琴声断、翠巾香减，情已难堪,更何况处于飞红片片、残雨蒙蒙的暮春时节,令人更觉销魂。感情在这层层深入后,又以"正销凝"一顿,末用黄鹂数声之景语作结,给人有余不尽之意。张炎曾以此为离情词之典范,说:"离情当如此作,全在情景交炼,得言外意。"(《词源》)

满 庭 芳

　　山抹微云,天粘衰草,画角声断谯门。暂停征棹,聊共引离尊。多少蓬莱旧事,空回首、烟霭纷纷。斜阳外,寒鸦万点,流水绕孤村。

　　销魂。当此际,香囊暗解,罗带轻分。谩赢得、青楼薄幸名存。此去何时见也?襟袖上、空惹啼痕。伤情处,高城望断,灯火已黄昏。

注释

〔谯门〕即谯楼,城上瞭望的楼。 〔蓬莱旧事〕蓬莱即会稽蓬莱阁,旧址在今浙江绍兴。据胡仔《苕溪渔隐丛话》引《艺苑雌黄》:"程公辟守会稽,少游客焉,馆之蓬莱阁。一日,席上有所悦,自尔眷眷不能忘情,因赋长短句。所谓'多少蓬莱旧事,空回首、烟霭纷纷'也。"〔香囊〕古人佩在身上的一种装饰物。〔青楼〕妓女住的地方。 〔薄幸〕薄情。

解 读

此词写与情人的离别。《高斋诗话》载:"少游自会稽入都,见东坡。东坡曰:'不意别后,公却学柳七作词。'少游曰:'某虽无学,亦不如是。'东坡曰:'销魂,当此际,非柳七语乎?'"这首离别词虽在一定程度上受到柳词的影响,但作者并没就一时一境而发,而是隐含着很深的身世之感。当我们读到其中"多少蓬莱旧事,空回首、烟霭纷纷""谩赢得、青楼薄幸名存"等句子时,不难感受到其中贯注了词人宦途失意、前途迷茫的悲凉抑郁的情怀。秦观写这首词是元丰二年(1079),时年三十一岁,还没谋得一官半职。在这种处境下与情人离别,忆想起以往的年华,展望着今后的路程,使他不能不感怀身世而有所慨叹,这便构成了此词深刻的主题,令人回味不尽。所以周济评此词云:"将身世之感,打并入艳情,又是一法。"(《宋四家词选》)

江 城 子

西城杨柳弄春柔,动离忧,泪难收。犹记多情,曾为系归舟。碧野朱桥当日事,人不见,水空流。　　韶华不为少年留,恨悠悠,几时休。飞絮落花时候、一登楼。便做春江都是泪,流不尽,许多愁。

注释

〔碧野朱桥〕指游乐之地。 〔便做〕便使,就使。

解读

这是一首怀人之作。上片触景生情。西城杨柳,丝丝弄柔,牵动了别情离忧,引起了物是人非的伤感。下片融入身世之感,诉说韶华飞逝、怨恨无尽无休,尤其是在飞絮落花时节登楼,愁思更难消遣。结尾逼进一层,以"便做春江都是泪,流不尽,许多愁"之喻,写离愁、别泪之多,令人深切地感受到词人心灵的重负。全篇正如张炎在《词源》中评秦观词所言:"体制淡雅,气骨不衰,清丽中不断意脉,咀嚼无滓,久而知味。"

鹊　桥　仙

纤云弄巧,飞星传恨,银汉迢迢暗度。金风玉露一相逢,便胜却人间无数。　　柔情似水,佳期如梦,忍顾鹊桥归路。两情若是久长时,又岂在朝朝暮暮。

注释

〔银汉〕银河。民间传说牛郎织女七月初七借鹊桥渡银河相会。　〔金风玉露〕秋风白露之时。　〔"忍顾"句〕怎么忍心回顾相聚的鹊桥。

解读

　　此词借牛郎织女七夕鹊桥相会的传说,歌颂纯洁永恒的爱情。上片以牛郎织女的鹊桥相会,引发出"金风玉露一相逢,便胜却人间无数"的议论。下片以牛郎织女的缠绵深情,引发出"两情若是久长时,又岂在朝朝暮暮"的议论。从词的结构看,上下两阕都是前三句叙事,后两句议论,但叙事中有写景,议论中有抒情,情景交融,颇耐咀嚼。从词的内容看,虽咏的是旧题,却别出新意,迥异流俗,正如沈际飞所云:"七夕以双星聚少别多为恨,独谓情长不在朝暮,化腐朽为神奇。"(《草堂诗余正集》)

踏 莎 行

郴州旅舍

　　雾失楼台,月迷津渡,桃源望断无寻处。可堪孤馆闭春寒,杜鹃声里斜阳暮。　　驿寄梅花,鱼传尺素,砌得此恨无重数。郴江幸自绕郴山,为谁流下潇湘去?

注释

〔郴(chēn)州〕今属湖南。　〔桃源〕桃花源,晋陶渊明《桃花源记》中虚构的避世仙境,并假云其地在武陵。武陵地近郴州。

郴江幸自绕郴山，为谁流下潇湘去？

〔驿寄梅花〕《荆州记》载,南朝宋陆凯与范晔友善,自江南寄梅花给远在长安的范晔,并赠诗云:"折梅逢驿使,寄与陇头人。"〔尺素〕书信。古诗《饮马长城窟行》:"客从远方来,遗我双鲤鱼。呼儿烹鲤鱼,中有尺素书。"〔幸自〕本自。〔潇湘〕湘水在湖南零陵西和潇水汇合,称为潇湘。

解读

绍圣三年(1096),秦观在监处州(今浙江丽水)酒税的位上,再遭贬谪,远徙郴州,并被削去了所有官爵。此词作于抵达郴州的第二年春天。上片抒写客馆之凄凉,前二句,一"失"字,一"迷"字,传达出作者的迷惘与惆怅之情。接下以桃源无寻、孤馆闭寒、鹃啼斜阳,进一步渲染愁苦难堪的心境。下片抒发谪居之悲苦,先写来自远方亲朋好友的赠品与书信,虽能慰解一时之愁,但也带来了无尽的离恨;再以郴水本自围绕郴山,竟流向潇湘而去,比喻自己离开故国、四处漂泊的命运。全词以清婉哀苦的笔调,将屡遭贬谪的绝望伤心之情怀表现得极为沉痛。

浣 溪 沙

漠漠轻寒上小楼,晓阴无赖似穷秋。淡烟流水画屏幽。　　自在飞花轻似梦,无边丝雨细如愁。宝帘闲挂小银钩。

注释

〔无赖〕憎恶、讨嫌之言,这里是说晓阴不可人意。 〔穷秋〕深秋。

解读

这是一首伤春词。上片写寒气袭人的春晓,独上小楼,为浓阴密布的森冷天气而恼恨;下片以落花轻飘、细雨蒙蒙之景表现自己幽眇的情思。其中词人用了两个精妙的比喻:飞花轻似梦,丝雨细如愁。"飞花"与"梦","丝雨"与"愁",不相类似,无从类比,但词人以"轻"和"细"的特征把它们联结起来,不仅传达出词人微妙的情思,而且构成了一个空灵蕴藉、清幽婉美的意境。陈廷焯称赞说:"宛转幽怨,温韦嫡派。"(《词则》)

虞 美 人

碧桃天上栽和露,不是凡花数。乱山深处水潆洄,可惜一枝如画为谁开。 轻寒细雨情何限,不道春难管。为君沉醉又何妨,只怕酒醒时候断人肠。

注释

〔"碧桃"句〕从唐人高蟾《下第后上永崇高侍郎》诗"天上碧桃和露种"化出。 〔不道〕《诗词曲语辞汇释》卷四:"意犹云何不思、何不想也。"

解读

秦观于元祐五年至元祐八年(1090—1093)期间,在汴京秘书省任职。据《绿窗新话》引杨湜《古今词话》,秦少游游京师,有贵官请他宴饮,让一名叫碧桃的宠姬给他陪酒。少游以酒回劝,碧桃说:"今日为学士拼了一醉!"举大杯长饮。席间少游写此词相赠。上片用桃花比人,说开在乱山深处,实是赞美此女虽身处官府而洁身自处,非"凡花"(一般姬人)可比。过片写桃花虽经轻寒细雨的侵袭,依然深情不移。在这里,姬人与花,已融为一体。结尾二句,忽然离开桃花,径自写人。"为君沉醉",照应本事,着"又何妨"三字,可见此女狂放的性格。末句则表现了词人对她的一腔怜爱。

行 香 子

树绕村庄,水满陂塘。倚东风、豪兴徜徉。小园几许,收尽春光。有桃花红,李花白,菜花黄。　　远远围墙,隐隐茅堂,飏青旗、流水桥傍。偶然乘兴,步过东冈。正莺儿啼,燕儿舞,蝶儿忙。

注释

〔茅堂〕茅草等物为顶的房屋。

解读

　　这首词描写春天的田园风光。上片是村里的景致,以小园的三种花色突出春的色彩缤纷。下片是村外的景致,以东冈的三种虫鸟展现春的生命活力。全词以白描的手法,传达出词人赏春的喜悦心情。秦观词多带有感伤的情调,这首作品节奏明快,活泼欢畅,给人以耳目一新之感。

贺 铸

贺铸(1052—1125),字方回,号庆湖遗老,卫州共城(今河南辉县)人。宋太祖孝惠皇后的五代族孙。早年曾担任武职,后转文官,做过泗州、太平州的通判,又娶宗室赵克彰之女为妻。由于个性耿直,不肯谄媚权贵,又好尚气使酒,评论时政,雌黄人物,因此仕宦四十年,一直沉沦下僚。他的词多半是抒写自己曲折坎坷、仕途潦倒的不幸及对于过去爱情深深的追恋。陈廷焯云:"方回词,胸中眼中,另有一种伤心说不出处,全得力于楚骚,而运以变化,允推神品。"(《白雨斋词话》)有《东山寓声乐府》。

鹧 鸪 天

重过阊门万事非,同来何事不同归?梧桐半死清霜后,头白鸳鸯失伴飞。　　原上草,露初晞,旧栖新垅两依依。空床卧听南窗雨,谁复挑灯夜补衣!

注 释

〔阊门〕苏州西城门。　〔梧桐半死〕喻夫妻中一生一死。白居易《为薛台悼亡》诗:"半死梧桐老病身。"〔露初晞(xī)〕露水才干。汉乐府《薤露》:"薤上露,何易晞。露晞明朝更复落,人死一去何时归?"〔新垅〕新坟。

解读

此调又作《半死桐》,系因词中有"梧桐半死清霜后"而得名。词人原配赵氏,勤劳贤惠,后不幸病故。徽宗建中靖国元年(1101)前后,词人重过苏州,想起相濡以沫的妻子,作此词以寄哀思。上片以半死梧桐,喻自己惨遭打击;以鸳鸯失伴,喻不能白头偕老。过片两个短句,借古代挽歌叹人生短促,有如朝露。接下转写自身,面对旧居与新坟,词人抚今追昔,依依难舍。结尾以"挑灯补衣"的细节,重现昔日夫妻清贫而又温馨的生活。在宋代悼亡词中,此篇可与苏轼《江城子》(十年生死两茫茫)相媲美。

踏 莎 行

杨柳回塘,鸳鸯别浦,绿萍涨断莲舟路。断无蜂蝶慕幽香,红衣脱尽芳心苦。　　返照迎潮,行云带雨,依依似与骚人语。当年不肯嫁春风,无端却被秋风误。

注释

〔回塘〕曲折的水塘。　〔别浦〕江河支流的入水口。　〔返照〕夕阳的回光。 〔骚人〕诗人。

解读

此词借咏荷花寄寓自己仕途失意的情怀。开端以荷生回塘、别浦之偏僻地而不为人所注意,喻自己不见用于世;接下"断无"二句,言荷花虽有幽香,但蜂蝶不慕,因而红花零落时,只剩下芳心自苦,喻自己迟暮之感。过片推开写景,以荷花历尽阴晴,暗写自己饱经人世沧桑;最后通过荷花自诉当年孤芳自赏、不愿与桃李争春,而今被秋风耽误的不幸命运,表现自己不愿阿事权贵以求上进而横遭时代摧残之悲。全词于骚情艳思中运以沉郁顿挫之笔,意致浓腴,深得骚雅之遗韵。

青 玉 案

凌波不过横塘路,但目送,芳尘去。锦瑟华年谁与度?月台花榭,琐窗朱户,只有春知处。　　飞云冉冉蘅皋暮,彩笔新题断肠句。试问闲愁都几许?一川烟草,满城风絮,梅子黄时雨。

注释

〔凌波〕形容女子步履轻盈。 〔横塘〕在苏州盘门外十余里。贺铸有小筑在此。 〔芳尘去〕指美人远去。 〔琐窗〕雕花的窗子。〔蘅皋〕长着杜衡(一种香草)的洼地。

解读

此词自抒幽伤的情怀。上片借不遇美人表现自己凄寂惆怅的心境。换头,自述相思之苦,然欲以彩笔题诗,以寄愁情,却空有断肠之句,于是发"闲愁几许"之问,最后以梅子烟雨作结。从内容看,此词并不见新意,但藻采秾丽秀雅,修辞造妙入微,却是他词所难企及。正如先著所云:"语句思路,亦在目前,而千万人不能凑泊。"(《词洁》)如末尾的"一川烟草,满城风絮,梅子黄时雨",连用三个意象,以加深加厚愁的感人力量,而这些意象之间又有一种有机的联系,从而构成了一幅江南梅子时节的风景图。

六 州 歌 头

少年侠气,交结五都雄。肝胆洞,毛发耸。立谈中,死生同。一诺千金重。推翘勇,矜豪纵,轻盖拥,联飞鞚,斗城东。轰饮酒垆,春色浮寒瓮,吸海垂虹。闲呼鹰嗾犬,白羽摘雕弓,狡穴俄空。乐匆匆。　　似黄粱梦,辞丹凤。明月共,漾孤篷。官冗从,怀倥偬,落尘笼,簿书丛。鹖弁如云众,供粗用,忽奇功。笳鼓动,渔阳弄,思悲翁。不请长缨,系取天骄种,剑吼西风。恨登山临水,手寄七弦桐,目送归鸿。

注释

〔五都〕这里指北宋各大城市。 〔肝胆洞〕谓肝胆相照,待人以诚。 〔毛发耸〕谓见不平事便怒发冲冠。 〔"立谈中"二句〕谓意气相投则同生共死。立谈,站立而谈,喻时间短暂。 〔推翘勇〕推为勇健者之首。 〔轻盖〕指轻车。 〔飞鞚(kòng)〕指飞骑。 〔斗城〕汉代长安城的别称。这里代指北宋都城汴京。 〔轰饮〕狂饮。 〔春色浮寒瓮(wèng)〕酒坛呈现出一片诱人的春色。 〔吸海〕杜甫《饮中八仙歌》:"饮如长鲸吸百川。" 〔垂虹〕南朝宋刘敬叔《异苑》载:"晋义熙初,晋陵薛愿,有虹饮其釜澳,须臾嗡响便竭。愿辇酒灌之,随投随涸。" 〔嗾(sǒu)〕指使狗的声音。 〔白羽〕箭名。 〔摘〕这里是插的意思。 〔狡穴〕狡兔的巢穴。这里泛指兽穴。 〔黄粱梦〕唐沈既济《枕中记》载,卢生在邯郸旅店中昼睡入梦,历尽富贵荣华,醒时店主炊黄粱尚未熟,因悟人生皆空。 〔丹凤〕唐时长安有丹凤门,一般用来代指京城。 〔冗从〕闲散的随从官员。这里指所供新职,官品卑微。 〔倥偬(kǒng zǒng)〕困苦迫促。 〔落尘笼〕落在尘网中,比喻为尘俗事务所束缚。 〔簿书丛〕指陷入文书丛中。簿书,官署中的文书。 〔鹖弁(hé biàn)〕本义为武将的帽子,此代指武官。 〔"笳鼓动"二句〕化用白居易《长恨歌》"渔阳鼙鼓动地来,惊破霓裳羽衣曲"诗句,指宋朝正遭到外族的侵扰。 〔思悲翁〕自伤衰老。又汉乐府《铙歌》中有《思悲翁》曲,多序战阵之事。此处当一语双关。 〔长缨〕长的绳索。《汉书·终军传》:"军自请:'愿受长缨,必羁南越王而致之阙下。'"〔天骄种〕匈奴单于曾自谓其族乃"天之骄子"。后用来泛指北方少数民族。 〔七弦桐〕即七弦琴。 〔目送归鸿〕语出嵇康《赠兄秀才入军》诗:"目送征鸿,手挥五弦。"

解读

这是一首自叙生平之作。上片忆少年豪纵之状,先总写:当年在汴京英气勃勃,广交四方雄杰之士,待人以诚,一诺千金。再分写:出游则轻车簇拥,饮酒如吸海垂虹,打猎带鹰犬相随,末以"乐匆匆"三字总括上文,引出下片"似黄粱梦",从而转到仕途失意的描写。从"辞丹凤"到"忽奇功",写自己远离京城,仅供粗用,有志难伸。接下六句,写国家正遭外族侵扰,而自己的宝剑却徒吼于西风。最后诉说自己在这种无可奈何的情势下,只能用琴声来寄托情思。全词感情由豪到悲,极慷慨顿挫,淋漓尽致地表现出词人怀凌云壮志而请缨无路的满腔悲愤。为配合感情的抒发,词人一方面以短句加强声情的激昂,另一方面以密韵加强节奏的急促,令人读来有一种骏马注坡、海风逼人之感。所以夏敬观赞曰:"雄姿壮采,不可一世。"(《手批东山词》)

晁补之

晁补之(1053—1110),字无咎,济南巨野(今属山东)人。元丰二年(1079)进士,官至礼部郎中,兼国史编修实录检讨官。后以修神宗实录失实之罪,贬处州、信州;又以元祐奸党之罪,贬湖州、密州。遭到这多次的打击后,他对仕途很是灰心,便回乡闲居,葺"归来园",自号归来子。作词有意追摹苏轼词风,风格豪迈雄放,可谓东坡续响。冯煦称其"所为诗余,无子瞻之高华,而沉咽则过之"(《蒿庵论词》)。有词集《琴趣外篇》。

摸鱼儿

东皋寓居

买陂塘、旋栽杨柳,依稀淮岸江浦。东皋嘉雨新痕涨,沙嘴鹭来鸥聚。堪爱处,最好是、一川夜月光流渚。无人独舞。任翠幄张天,柔茵藉地,酒尽未能去。　　青绫被,莫忆金闺故步。儒冠曾把身误。弓刀千骑成何事?荒了邵平瓜圃。君试觑,满青镜、星星鬓影今如许!功名浪语。便似得班超,封侯万里,归计恐迟暮。

注释

〔东皋〕作者晚年回乡闲居,曾在东山(东皋)葺"归来园"。〔"依稀"句〕仿佛是江淮水乡风光。 〔青绫被〕汉代尚书入值(值夜),官方供新青缣白绫被。 〔金闺〕即金马门,汉武帝时学士草拟文稿的地方。 〔邵平瓜圃〕秦代东陵侯邵平在秦亡后隐居长安城东种瓜。后泛指退隐。 〔浪语〕虚话。 〔班超〕汉代扶风安陵(今陕西咸阳)人,少有大志,后投笔从戎,平定西域诸国,封定远侯。他在外三十多年,回京城时已七十一岁,不久即死。

解读

这首词是作者退居归来园时所作。上片描绘归来园的景象,先写园中概貌,次写园中雨景,再写园中夜色。在这清幽之境中,词人悠闲自在,独饮独舞,酒尽犹迟迟不肯归去。下片抒发情怀:"青绫被""金马门"的仕宦生活,无非是儒冠误人而已,即便如班超封侯万里,归来也已是迟暮之年。此词似乎是表现作者厌弃功名、乐于归隐的思想,但事实上他并没有这么超然,我们从下片所用的"莫忆""曾把""成何事""便似得"等字眼中,自然能感受到其愤激、抑郁的情怀,词人不过是将自己功名蹭蹬、半生潦倒的悲慨以反语出之罢了。全词气势豪迈,笔致洒落,与东坡差可追随。

洞仙歌

泗州中秋作

青烟幂处,碧海飞金镜。永夜闲阶卧桂影。露凉时,零乱多少寒螀,神京远,惟有蓝桥路近。　　水晶帘不下,云母屏开,冷侵佳人淡脂粉。待都将许多明,付与金尊,投晓共、流霞倾尽。更携取胡床上南楼,看玉做人间,素秋千顷。

注释

〔泗州〕州名,宋属淮南东路。　〔幂(mì)〕遮罩。　〔蓝桥〕位于今陕西蓝田东南,相传为唐书生裴航遇仙女云英处。传说月亮曾助航捣药,故此以蓝桥引称月宫。　〔流霞〕美酒名。〔胡床〕自胡地传入的一种轻便坐具。据《世说新语·容止》载,晋人庾亮在武昌曾秋夜登南楼,据胡床与诸人咏谑。

解读

这是一首被胡仔称为"善救首尾"(《苕溪渔隐丛话》)的咏月词。开首三句写中秋月亮初升之景,然后转到寒夜螀声,而兴神京遥远之情。下片先写月下水晶帘、云母屏及佳人,随后用"待"字领出饮酒赏月,最末则以南楼眺望中满地月色作结。整首词从无月看到有月,从有月看到月满,层次井然,意境超逸,李攀龙誉之为"前后照应,如织锦然,真天孙手也"(《草堂诗余隽》)。

周邦彦

周邦彦(1056—1121),字美成,晚号清真居士,钱塘(今浙江杭州)人。先后担任过溧水县令、国子监主簿等职。徽宗时,一度被任命为大晟乐府(管理音乐的机构)提举官,负责谱制词曲,供奉朝廷。邦彦精通音律,所以他的词在音律方面具有两大特色:一是新调颇多,二是词律颇严。其与柳永相似,多写慢词,词风典雅精丽,结构开阖变化,语言精于锻炼。陈廷焯云:"词至美成乃有大宗,前收苏秦之终,后开姜史之始,自有词人以来,不得不推为巨擘,后之为词者,亦难出其范围。"(《白雨斋词话》)有词集《片玉集》传世。

瑞 龙 吟

章台路,还见褪粉梅梢,试花桃树。愔愔坊陌人家,定巢燕子,归来旧处。　　黯凝伫,因念个人痴小,乍窥门户。侵晨浅约宫黄,障风映袖,盈盈笑语。　　前度刘郎重到,访邻寻里,同时歌舞,惟有旧家秋娘,声价如故。吟笺赋笔,犹记燕台句。知谁伴,名园露饮,东城闲步?事与孤鸿去,探春尽是,伤离意绪。官柳低金缕,归骑晚、纤纤池塘飞雨。断肠院落,一帘风絮。

注释

〔章台路〕汉长安章台下有章台街。后常用以指游冶之地。〔愔(yīn)愔〕安静貌。〔个人〕那人。〔浅约宫黄〕淡施脂粉。宫黄,宫人用以涂眉的黄粉。〔前度刘郎〕相传东汉刘晨与阮肇入天台山采药迷路,遇二仙女,被邀至家中。半年后回乡,子孙已过七代。后重入天台山访女,踪迹渺然。见南朝宋刘义庆《幽明录》。词用此典,兼用唐刘禹锡《再游玄都观》"种桃道士归何处?前度刘郎今又来"字面。〔秋娘〕杜秋娘,唐金陵歌妓。杜牧有《杜秋娘》诗。〔"燕台"句〕指赠给恋人的诗句。李商隐《赠柳枝》诗:"长吟远下燕台句,惟有花香染未消。"〔露饮〕露顶而饮。〔官柳〕大道旁的柳树。

解读

历代流传的诸多周邦彦词集版本,这首词皆列为第一,可见受重视的程度。从词中"前度刘郎重到"可知,作者抒发的是"人面桃花"的惆怅情怀。第一叠以"还见"引出旧地景象,以"章台""坊陌"暗示所访情人的身份,以"燕子"归来旧处表达怀旧之情。第二叠忆当年与情人的初逢。倚门待客的她,形体娇小,轻涂额黄,举袖遮风,笑语相迎,那天真烂漫的模样,宛然在目。第三叠记叙此次访旧的经历。秋娘仍在,伊人已去,吟诗作文、露饮闲步的前情往事涌上心头,旧情难续,唯有一骑归去,在池塘细雨、院落风絮中独自徘徊。全词将写景与抒情、叙事与怀人融为一体，布局回环曲折，笔法繁复缜密，情味缠绵婉转，展示了词人不凡的艺术功力。

浣 溪 沙

楼上晴天碧四垂，楼前芳草接天涯。劝君莫上最高梯。　　新笋已成堂下竹，落花都上燕巢泥。忍听林表杜鹃啼。

注释
〔碧四垂〕像蔚蓝色帘幕垂于四周。韩偓《有忆》诗："泪眼倚楼天四垂。"〔忍听〕怎忍听。　〔林表〕林外。

解读
此系词人滞留异乡、思家怀归之作。上片写远眺。长天无际，一片晴碧，芳草离离，满地青绿，乃词人登高所见之景。《楚辞·招隐士》有"王孙游兮不归，春草生兮萋萋"，思家之人满眼是象征离别的萋萋芳草，情何以堪？故发出"莫上最高梯"的劝说。本登楼以销忧，既登之后，所忧更甚，在写法上翻进一层。下片引出思归之意。笋已成竹，花已作泥，春天行将过去，在此怎忍闻听林外杜鹃"不如归去"的哀鸣？一个"忍"字，道尽了词人的伤感与无奈。俞平伯说"此词一气呵成，空灵完整，对句极自然，《浣溪沙》之正格也"(《清真词释》)，实非过誉之词。

满 庭 芳

夏日溧水无想山作

风老莺雏,雨肥梅子,午阴嘉树清圆。地卑山近,衣润费炉烟。人静乌鸢自乐,小桥外、新绿溅溅。凭栏久,黄芦苦竹,疑泛九江船。

年年,如社燕,飘流瀚海,来寄修椽。且莫思身外,长近尊前。憔悴江南倦客,不堪听、急管繁弦。歌筵畔,先安簟枕,容我醉时眠。

注释

〔雨肥梅子〕杜甫《陪郑广文游何将军山林十首》之五:"红绽雨肥梅。"〔"人静"句〕《片玉集》陈元龙注引杜甫诗:"人静乌鸢乐。"案今本杜集无此句。 〔黄芦苦竹〕白居易《琵琶行》:"住近湓江地低湿,黄芦苦竹绕宅生。"〔社燕〕燕子春社时来,秋社时去,故称社燕。社,祭社神之日。立春后五戊为春社,立秋后五戊为秋社。 〔瀚海〕沙漠。 〔修椽(chuán)〕长椽子。〔莫思身外〕杜甫《绝句漫兴九首》之四:"莫思身外无穷事,且尽尊前有限杯。"〔簟(diàn)〕竹席。

解读

从词题可知,这首无想山的消夏之作是周邦彦写于溧水(今属江苏)令任上。上片写景。莺老梅肥,绿荫如盖,初夏之景虽美,却因地处偏僻,潮湿多雨,不免有白居易谪居江州之感。下片自叹。游宦的生涯就像寄巢的燕子,年年为客,行踪无定。急管繁弦,徒增烦恼,还是抛开身外之事,借酒浇愁,趁醉安眠。全词表达了作者谪迁江南的失意情怀。

苏 幕 遮

燎沉香,消溽暑。鸟雀呼晴,侵晓窥檐语。叶上初阳干宿雨,水面清圆,一一风荷举。

故乡遥,何日去?家住吴门,久作长安旅。五月渔郎相忆否?小楫轻舟,梦入芙蓉浦。

注释

〔燎〕煨炙,细焚。 〔沉香〕名贵的香料,沉于水,故名,亦名"沉水"。 〔溽(rù)暑〕夏天潮湿闷热的暑气。 〔侵晓〕临近拂晓之时。 〔吴门〕作者为钱塘人,此地古属吴郡,故称之。〔长安〕借指汴京。 〔芙蓉浦〕荷花塘。

解读

此词写夏日思乡之情。上片从室内起,转至室外,侧重写初夏朝阳下的新荷。"呼晴"与"宿雨"扣"溽"字,"侵晓窥檐语"对鸟雀充满爱意,摹写物态,曲尽其妙,尤其写荷的三句,"真能得荷之神理者"(王国维《人间词话》)。换头写思乡主题,"吴门"与"长安旅"对照,"京华倦客"之意出。末三句写梦回故乡,"芙蓉浦"呼应上片"风荷",从"实"到"梦",过渡自然,与全篇清新淡远的风格一致。

齐 天 乐

秋 思

绿芜凋尽台城路,殊乡又逢秋晚。暮雨生寒,鸣蛩劝织,深阁时闻裁剪。云窗静掩。叹重拂罗裀,顿疏花簟。尚有练囊,露萤清夜照书卷。　　荆江留滞最久,故人相望处,离思何限。渭水西风,长安乱叶,空忆诗情宛转。凭高眺远。正玉液新篘,蟹螯初荐。醉倒山翁,但愁斜照敛。

注释

〔台城〕东吴、东晋旧城,遗址在今南京玄武湖西侧。　〔殊乡〕异乡。　〔蛩(qióng)〕蟋蟀,又名促织。　〔云窗〕饰以云状图案的窗子。　〔裀(yīn)〕褥子,床垫。　〔花簟(diàn)〕织有花纹的竹席。　〔练(shū)〕一种稀疏的夏布。　〔"露萤"句〕用晋代车胤囊萤夜读典故。见《晋书·车胤传》。　〔荆江〕古荆州,宋名襄州,治今湖北襄阳。〔"渭水"二句〕贾岛《忆江上吴处士》诗:"秋风吹渭水,落叶满长安。"〔玉液〕喻美酒。〔筹(chōu)〕竹制的漉酒器。这里作动词用。〔螯〕蟹之前脚。〔荐〕佐食。〔山翁〕晋人山简,曾任征南将军,驻襄阳,喜饮酒,每饮辄醉。见《晋书》本传。

解读

此词作于金陵,系秋日怀人之作。上片是金陵秋景,"绿芜凋尽"是秋色,"暮雨生寒"是秋感,"鸣蛩劝织"是秋声,易花簟以罗裀、囊露萤火以照书是秋事。在这"殊乡又逢秋晚"时节,词人不由发出季节轮转、岁月如流的感叹,从而转入下片的秋思,追怀荆州故友。"故人相望处",不直写自己怀念,却悬想对方相望,笔法翻进一层。"渭水"三句,点化唐人诗句,回想当年汴京秋日的结伴同游。最后五句,设想荆州旧友重九登高、持螯尽醉之乐,反衬自己寂寞无聊、光阴虚掷的悲凉。俞平伯评曰:"情景融会无间,悲秋绝调也。"(《清真词释》)

六　丑

蔷薇谢后作

正单衣试酒,恨客里光阴虚掷。愿春暂留,春归如过翼,一去无迹。为问花何在?夜来风雨,葬楚宫倾国。钗钿堕处遗香泽,乱点桃蹊,轻翻柳陌。多情为谁追惜?但蜂媒蝶使,时叩窗槅。　　东园岑寂,渐蒙笼暗碧。静绕珍丛底,成叹息。长条故惹行客,似牵衣待话,别情无极。残英小,强簪巾帻。终不似一朵钗头颤袅,向人欹侧。漂流处,莫趁潮汐。恐断红尚有相思字,何由见得。

注释

〔试酒〕据周密《武林旧事》载,宋代在农历四月初有尝新酒的习俗。　〔过翼〕飞过的鸟。　〔楚宫倾国〕楚王宫里的绝色美人。这里指蔷薇花。　〔钗钿〕女子的首饰。这里指散落的蔷薇花瓣。　〔为谁〕谁为。　〔蒙笼暗碧〕草木枝繁叶茂的样子。　〔珍丛〕指蔷薇花丛。　〔巾帻(zé)〕头巾。　〔断红〕落花。　〔相思字〕据范摅《云溪友议》载,唐卢渥到长安应举,在御沟拾得一片红叶,上有宫女题诗,后来凑巧与该宫女结成婚姻。

解读

这首词借咏蔷薇花谢,自伤仕途失意。作者在创作中引进了古诗的许多繁复错综的写作技巧,从而使此词呈现出腾挪跌宕、深婉浑厚的法度规模。如比兴法:全词写伤春,然伤春之情中又藏着伤别,花的命运也正是人的命运。如离合法:写蔷薇是合,写伤别是离,作者索物寄意,既得题中之精蕴,又有题外之远致。如顿挫法:"为问花何在?夜来风雨,葬楚宫倾国"三句,前写对花的一片痴情,后写对花的痛悼与哀伤之情,一问一答,陡起波澜。如虚实法:"钗钿堕处遗香泽,乱点桃蹊,轻翻柳陌。多情为谁追惜"几句,"香泽"之"遗",乃从上文的"无迹"想出,又引出"追惜",再由追惜中说出"乱点桃蹊,轻翻柳陌",实境而虚写之。所以谭献曾说此词"以七言古诗长篇法求之自悟"(《复堂词话》)。

兰 陵 王

柳

柳阴直,烟里丝丝弄碧。隋堤上、曾见几番,拂水飘绵送行色。登临望故国,谁识京华倦客?长亭路,年去岁来,应折柔条过千尺。

闲寻旧踪迹,又酒趁哀弦,灯照离席。梨花榆火催寒食。愁一箭风快,半篙波暖,回头迢递便数驿,望人在天北。　　凄恻,恨堆积!渐别浦萦回,津堠岑寂,斜阳冉冉春无极。念月榭携手,露桥闻笛。沉思前事,似梦里,泪暗滴。

注释

〔隋堤〕隋炀帝开通济渠,旁筑御道,道边植杨柳,后人称为隋堤。 〔京华倦客〕作者自指,因久客京师而觉厌倦,故云。 〔长亭〕古时驿路所筑供行人休息之处,亦为送别之处,五里一短亭,十里一长亭。 〔榆火〕榆柳之火。 〔寒食〕清明前二日,旧俗禁火,节后另取新火。唐宋时在清明日取榆柳之火以赐百官。 〔半篙波暖〕指撑船的竹篙没入水中,时令近暮春,故水波已暖。 〔别浦萦回〕船开之后,作别的水面上水波还在回旋。 〔津堠(hòu)〕渡口上可供守望、住宿的处所。

解读

此词以柳为题,其实并非咏物词,而是托柳起兴,借柳言别,抒发别情。"登临望故国,谁识京华倦客"二语为全词主旨。第一段就"柳"的题面写别情别意。柳丝、柳絮、柳条,都充满离愁,其中的"曾见几番"表明作者曾有多次送行之举。第二段写别时感受,首句总括上文,继而转入写寒食节的别宴,再转写行程中所见所想。第三段写渐行渐远的孤单寂寞,回忆往日交游,表达别后伤感。周济《宋四家词选》认为此词是"客中送客"之作,"一'愁'字代行者设想",亦可解释得通,但以解作表达自己之离京心情更为允当。此词极可见作者以收纵之笔来转换时空之功力,且吞吐回环,"无处不郁","妙在才欲说破,便自咽住,其味正自无穷"(陈廷焯《白雨斋词话》)。

西　河

金　陵

　　佳丽地,南朝盛事谁记。山围故国绕清江,髻鬟对起。怒涛寂寞打孤城,风樯遥度天际。　　断崖树,犹倒倚,莫愁艇子曾系。空余旧迹郁苍苍,雾沉半垒。夜深月过女墙来,伤心东望淮水。　　酒旗戏鼓甚处市?想依稀、王谢邻里。燕子不知何世,入寻常、巷陌人家,相对如说兴亡,斜阳里。

注释

〔佳丽地〕指金陵(今江苏南京)。　〔南朝〕东晋以后,宋、齐、梁、陈四朝,皆建都南方,史称南朝。　〔故国〕此句语本刘禹锡《石头城》诗:"山围故国周遭在。"　〔孤城〕即金陵城。语本刘禹锡《石头城》诗:"潮打孤城寂寞回。"　〔风樯(qiáng)〕指张着风帆的船。樯,船上张帆用的桅杆。　〔莫愁〕相传为南朝的民间女子。南朝乐府《莫愁乐》:"莫愁在何处?莫愁石城西。艇子打双桨,催送莫愁来。"〔女墙〕城垣上的短墙,言其卑小,比于城墙,若女子之于丈夫。此句语本刘禹锡《石头城》诗:"淮水东边旧时月,夜深还过女墙来。"　〔淮水〕指秦淮河。　〔酒旗戏鼓〕指酒楼、戏馆等繁华热闹场所。 〔"想依稀"五句〕语本刘禹锡《乌衣巷》诗:"旧时王谢堂前燕,飞入寻常百姓家。"

解读

善于融化古人诗句,是周邦彦词的一大特色,这首金陵怀古便是隐括刘禹锡《石头城》与《乌衣巷》二诗而成。全词共分三叠。第一叠以"佳丽地"总起,一笔带过六朝兴亡史实,着重渲染金陵的山川形胜。第二叠写金陵石头城遗迹,莫愁艇子无踪、破垒雾气沉沉、明月空照淮水,一片萧索凄凉。第三叠借"燕子""斜阳"抒发兴衰之慨。这首词尽管词意系出之前人诗句,但并没有全然依傍古人。从所表达的沉郁苍凉的感慨来看,作者抒写的是对时局的忧患之情。陈廷焯评之曰:"此词纯用唐人诗句融化入律,气韵沉雄,苍凉悲壮,直是压遍古今。金陵怀古词,古今不可胜数,要当以美成此词为绝唱。"(《云韶集》)

蝶 恋 花

月皎惊乌栖不定,更漏将阑,辘轳牵金井。唤起两眸清炯炯,泪花落枕红棉冷。 执手霜风吹鬓影,去意徊徨,别语愁难听。楼上阑干横斗柄,露寒人远鸡相应。

注释

〔更漏〕漏壶,古代计时器。 〔阑〕尽。 〔辘轳〕井上拉吊桶用的滑车。〔徊徨〕彷徨。〔阑干〕横斜貌。〔斗柄〕即北斗星。北斗星的第五至第七的三颗星像古代酒勺子的柄，故有此称。

解读

这首词是周邦彦的代表作之一，写一对情人的离别。上片写别前，通过明月、惊乌、更漏、辘轳、双眸、泪花等意象的叠加，层层蓄势。下片写别时与别后，借助临歧执手、徊徨不定、行人渐远、登楼遥望、北斗阑干、鸡声四起等镜头的转换，处处衬情，生动传神地表现出别情的缠绵凄楚。通篇布局巧妙，笔法新颖，情感真挚，读者掩卷一思，词的境界宛然在目。

玉 楼 春

桃溪不作从容住，秋藕绝来无续处。当时相候赤栏桥，今日独寻黄叶路。　　烟中列岫青无数，雁背夕阳红欲暮。人如风后入江云，情似雨余粘地絮。

注释

〔桃溪〕相传东汉刘晨与阮肇入天台山采药迷路，于桃花溪上遇二仙女，被邀至家中。半年后回乡，子孙已过七代。后重入天台山访女，踪迹渺然。见南朝宋刘义庆《幽明录》。〔绝〕

烟中列岫青无数,雁背夕阳红欲暮。

断。 〔续〕接。 〔赤栏桥〕栏杆漆成红色的桥。 〔岫〕峰峦。

解读

此系重游旧地、追怀情人之作。上片,"桃溪"二句,借用刘晨与阮肇天台山遇仙女而终又分别的典故,切合自己轻别情人、缘断难续的情事。"当时"二句,抚今追昔。"赤栏桥"之旖旎如斯,"黄叶路"之凄凉若此,深深的怅惘在鲜明的色彩对比中透出。过片继续渲染。烟中青峰无数暗示层层阻隔,雁背夕阳而去暗示信音渺茫。结拍收转抒情:思念之情已如随风吹入江间的浮云,杳然无踪;己之情思却像雨后粘在泥地的柳絮,无法挣脱。《玉楼春》这个词调,七言八句,上下各四,格局齐整,本词又采用通首对偶的句式,但我们读来却词采飞扬,情思流动,这主要取决于独特的谋篇立意。全词先是以本事引出当年艳遇,再以"当时"转折,以"独寻"生出下片所见所感,最终以人不能留、情不能已作结。全词一意贯穿,一气流转,毫无板滞之感,令人一唱三叹。

毛 滂

毛滂(约1055—约1120),字泽民,江山(今属浙江)人。曾任杭州法曹、武康县令,官至祠部员外郎、秀州知州。因依附蔡京,为人所轻。词以小令居多,清圆明润,纪昀称为"情韵特胜"(《四库全书总目提要》)。有《东堂词》。

临 江 仙

都城元夕

闻道长安灯夜好,雕轮宝马如云。蓬莱清浅对觚棱。玉皇开碧落,银界失黄昏。　　谁见江南憔悴客,端忧懒步芳尘。小屏风畔冷香凝。酒浓春入梦,窗破月寻人。

注释

〔长安〕本为汉唐故都,此处借指汴京。　〔蓬莱清浅〕乃形容宫殿的灯光之明澈。蓬莱,传说中海上仙山。　〔觚棱〕宫殿的屋脊。　〔碧落〕天宫。　〔"江南"句〕作者自指。　〔端忧〕忧端的倒文,忧愁深重之意。杜甫《自京赴奉先县咏怀》:"忧端齐终南,澒洞不可掇。"

解 读

　　北宋汴京的元宵佳节,极为繁华热闹,孟元老《东京梦华录》曾有详细记载。此词也写元宵盛况,但上下片却有鲜明的对比。上片写元宵之夜,街上车水马龙,游人如织,皇城灯彩通明,宛如白昼,似乎已不是人间,而是神仙世界。下片写自己的失意无聊,自惭形秽。江南倦客,百般忧愁,元宵之夜,别有滋味,因而懒步芳尘,独自饮酒,打发光阴。结处"酒浓春入梦,窗破月寻人",写出了一个失意文人的寂寞凄凉,意境极美,故贺裳称为"晚唐五律佳境"(《皱水轩词筌》)。全词以乐景反衬哀情,以绮语装饰愁绪,风调凄清,情致隽永,为元宵词之精品。

叶梦得

叶梦得(1077—1148),字少蕴,号石林居士,吴县(今江苏苏州)人。绍圣四年(1097)进士。曾任吏部尚书、龙图阁直学士。晚年因与监司不合,辞官退居湖州卞山,以读书吟咏自乐。梦得在北宋生活了五十年,在南宋生活了二十二年,他的词也因此划分为两种不同的风格,在北宋写的词以婉丽为主,在南宋写的词以简淡为主。宋人关注称其前期作品"绰有温、李之风",称其后期作品"能于简淡中时出雄杰"(《题石林词》)。有《石林词》。

贺 新 郎

睡起流莺语。掩苍苔、房栊向晚,乱红无数。吹尽残花无人见,惟有垂杨自舞。渐暖霭,初回轻暑。宝扇重寻明月影,暗尘侵、上有乘鸾女。惊旧恨,遽如许。　　江南梦断横江渚。浪粘天、葡萄涨绿,半空烟雨。无限楼前沧波意,谁采蘋花寄取?但怅望、兰舟容与。万里云帆何时到,送孤鸿、目断千山阻。谁为我,唱金缕?

注释

〔"宝扇"句〕班婕妤《怨歌行》:"裁为合欢扇,团团似明月。"〔乘鸾女〕江淹《拟班婕妤诗》:"纨扇如圆月,出自机中素。画作秦王女,乘鸾向烟雾。"〔葡萄涨绿〕形容江水的颜色。李白《襄阳歌》:"遥看汉水鸭头绿,恰似葡萄初酦醅。"〔容与〕闲暇自得貌。言欲寄蘋花无由,只能从容等待。〔金缕〕即唐代杜秋娘所唱《金缕衣》曲。其辞曰:"劝君莫惜金缕衣,劝君须惜少年时。有花堪折直须折,莫待无花空折枝。"

解读

此词是作者早期之作。上片写初夏渐至,天气日暖,向晚房栊,莺语花飞,睹扇感怀,遂兴离情;下片写江南烟雨,梦断江渚,临江远望,欲寄蘋花,然千山阻隔,无由寄得。全词文笔绮丽空灵,情境幽深绵远,细腻地抒发了作者孤寂伤惘的怀人情思。黄昇云:"石林叶少蕴'睡起流莺语'词,人人能道之,集中未有胜此者,盖得意之作也。"(《中兴词话》)

八声甘州

寿阳楼八公山作

故都迷岸草,望长淮、依然绕孤城。想乌衣年少,芝兰秀发,戈戟云横。坐看骄兵南渡,沸浪骇奔鲸。转盼东流水,一顾功成。　　千载八公山下,尚断崖草木,遥拥峥嵘。漫云涛吞吐,无处问豪英。信劳生、空成今古,笑我来、何事怆遗情。东山老,可堪岁晚,独听桓筝。

注释

〔寿阳楼〕寿阳的楼。寿阳即寿春,在今安徽寿县。 〔八公山〕位于寿阳西北,淝水流经其下。 〔故都〕指寿阳,战国时楚考烈王曾以此为都。 〔乌衣年少〕指在淝水大战中立有战功的年轻将领谢石、谢玄等。乌衣,巷名,故址在今南京市东南,东晋时曾是王、谢等名门贵族居住的地方。 〔芝兰秀发〕用《世说新语》中谢玄的话"譬如芝兰玉树,欲使其生于阶庭耳",比喻年轻有为的子弟。 〔戈戟云横〕暗用《世说新语》中"见钟士季(会)如观武库,但睹戈戟"的典故,赞誉谢安等人满腹韬略,足智多谋。 〔骄兵〕指苻坚的军队。 〔奔鲸〕指苻坚。 〔转盼〕转眼间。 〔劳生〕辛劳的一生。 〔遗情〕指思念往事。 〔东山老〕指谢安,他曾在会稽东山隐居。 〔桓筝〕据《晋书·桓伊传》载,谢安晚年为晋孝武帝疏远。一次,谢安陪孝武帝饮酒,桓伊弹筝助兴,并歌曹植《怨歌行》:"为君既不易,为臣良独难。忠信事不显,乃有见疑患。"孝武帝听后,甚有愧色。

解读

此词作于宋高宗绍兴初,当时作者因坚持抗金主张,被主和派排挤出朝,担任江东安抚大使兼知建康并寿春等六州宣抚使。八公山是历史上著名的淝水之战发生地,作者登上此山,缅怀往事,不免有感于心,写下此词。上片叙写当年淝水大战的情形,歌颂了北克强敌的谢氏子弟的英雄业绩,从中也透露出自己渴望为抗金作一番事业的雄心。下片抒情,先写八公山依旧巍然耸拔,吞吐云雾,但英雄豪杰已无处可觅;接下反言,自问何必空叹古今,为往事悲伤;最后以谢安自况,倾诉自己因主张抗金而受到朝廷猜忌冷落的不满之情。全词苍凉雄壮,慷慨生哀,气势不减东坡。

汪藻

汪藻(1079—1154),字彦章,饶州德兴(今属江西)人。徽宗崇宁进士,官至显谟阁学士。因曾为蔡京门客,被夺职。沈雄云:"汪藻词亦美赡,一时不为流传者,曾为张邦昌雪罪故也。"(《古今词话》)有辑本《浮溪词》,存词四首。

点绛唇

新月娟娟,夜寒江静山衔斗。起来搔首,梅影横窗瘦。　　好个霜天,闲却传杯手。君知否?乱鸦啼后,归兴浓于酒。

注释

〔娟娟〕美好貌。　〔斗〕星斗。

解读

上片,深夜之际的"起来搔首",透露出词人遭受排挤的苦闷;下片,欲饮无友,寒鸦乱啼,加重了词人辞官归隐之情。《能改斋漫录》载,当时有人问词人:"归兴浓于酒,何以在乱鸦啼后?"词人回答:"无奈这一队畜生聒噪何!"可知,"乱鸦"乃指他的政敌。黄苏云:"霜天无酒,落寞可知,写来却蕴藉。"(《蓼园词选》)

万俟咏

万俟咏(生卒年不详),字雅言,自号大梁词隐。周邦彦任大晟府提举官时,他与徐伸、晁端礼、田为、晁冲之等人都是大晟府制撰。这一职位决定了其词的两个特点,一是自度曲颇多,二是应制词颇多。万俟咏曾自名词集为《胜萱丽藻》,其中分"雅词"和"侧艳"两体,后因召试入官,以侧艳体无赖太甚,自削之。再编成集,分五体,周邦彦为之取名《大声集》并序,今不传。现经赵万里所辑,得词仅二十七首。王灼云:万俟咏词"源流从柳氏来"(《碧鸡漫志》)。

诉 衷 情
送 春

一鞭清晓喜还家,宿醉困流霞。夜来小雨新霁,双燕舞风斜。　　山不尽,水无涯,望中赊。送春滋味,念远情怀,分付杨花。

注释

〔流霞〕泛指美酒。　〔赊〕空阔意。

解读

此词写远别回乡的喜悦心情。首句除点明"还家"主旨外,还交代了出发之时间、马行之轻捷、内心之喜悦。次句是补叙,因想到即将回到家中,难抑兴怀,把盏欢饮,以至今朝登程,宿酒未消。接下"夜来"二句,又转到眼前景象,在这幅小雨初霁、双燕飞舞的景色中,无疑已融入了词人的满怀喜悦。过片以三个短句联结造成较快的节奏,反映出一路的欢快与轻松。就在即将到家之际,词人更是兴奋不已,面对蒙蒙扑面的柳絮说道:当年客中的那些送春、念远的凄凉况味,由你去发落吧。全词清新和雅,语淡情深,为送春词开了一个新的意境。

朱敦儒

朱敦儒(1081—1159),字希真,号岩壑,洛阳(今属河南)人。早年就过着隐居的生活。绍兴五年(1135)赐进士出身,出任秘书省正字等职。后因与主战派来往,被弹劾罢官。宋人汪莘云:"余于词,所喜爱者三人焉。盖至东坡而一变,其豪妙之气,隐隐然流出言外,天然绝世,不假振作。二变而为朱希真,多尘外之想,虽杂以微尘,而其清气自不可没。三变而为辛稼轩,乃写其胸中事,尤好称渊明。此词之三变也。"(《方壶诗余自序》)指出了朱词"尘外之想""清气"的特征以及继承了苏词的风格、开一代风气。有词集《樵歌》。

念奴娇

插天翠柳,被何人、推上一轮明月?照我藤床凉似水,飞入瑶台琼阙。雾冷笙箫,风轻环佩,玉锁无人挈。闲云收尽,海光天影相接。

谁信有药长生,素娥新炼就,飞霜凝雪。打碎珊瑚,争似看、仙桂扶疏横绝。洗尽凡心,满身清露,冷浸萧萧发。明朝尘世,记取休向人说。

注释

〔瑶台琼阙〕指月宫。 〔玉锁〕玉制门锁。 〔擘〕抽取。〔素娥〕嫦娥,据说因偷吃长生不死之药而奔月宫。

解读

朱敦儒的一生,做官的时间很短,大半生隐居在江湖之中,他那旷达通脱、不以爵禄萦心的个性,使他的词很自然形成清旷超逸的特点。这首《念奴娇》便颇有代表性。词人在藤床上仰看明月,先突发奇想:一轮明月是何人推上柳梢?随之展开幻想,描述了"飞入瑶台琼阙"后的身之所感、耳之所闻、目之所见。下片融入嫦娥奔月的动人神话,勾画出一个仙桂扶疏的美丽纯洁的境界。词人由此而有"洗尽凡心"、清旷脱俗之感。全词以清遒之笔写清旷之怀,想象奇特,风神飘逸,与当时笼罩词坛的典雅精工的词风截然异趣。

鹧鸪天

西都作

我是清都山水郎,天教分付与疏狂。曾批给雨支风券,累上留云借月章。 诗万首,酒千觞,几曾着眼看侯王!玉楼金阙慵归去,且插梅花醉洛阳。

注释

〔西都〕洛阳。北宋以开封为都城,洛阳为西京,也称西都。〔清都〕道教所谓天帝的居所。 〔山水郎〕管理山水的郎官。〔疏狂〕狂放不羁,不受礼法约束。 〔累上〕多次上奏。〔玉楼金阙〕指汴京华美巍峨的宫殿。据《宋史·文苑传》记载,宋钦宗靖康年间,曾召朱敦儒至京师,将处以学官,他坚辞不就。

解读

读朱敦儒的这首词就像读李白诗。这位西都"疏狂"之士,替天帝掌管着山水,批阅"给雨支风"的文券,屡上"留云借月"的奏章。他不恋仕途,不慕王侯,纵情诗酒,常常醉插梅花招摇过市。作者以奇特的想象、浪漫的手法,展现了自己狂放不羁的个性。与李白一样,朱敦儒也是个性情中人,他热爱自由,鄙薄功名,长期过着侣渔樵、盟鸥鹭、闲饮酒、醉吟诗的生活。如果说李白是诗中之仙的话,朱敦儒就是词中之仙。

相 见 欢

金陵城上西楼,倚清秋。万里夕阳垂地,大江流。 中原乱,簪缨散,几时收?试倩悲风吹泪,过扬州。

注释

〔金陵〕今江苏南京。 〔中原乱〕指靖康事变后金人占领中原地区。 〔簪缨〕贵族官僚的帽饰。这里用来代人。

解读

此系词人南渡后登金陵城西楼所作。上片写登楼所见。万里清秋,夕阳遍地,滚滚长江,不尽东流。如此壮阔之景,为下面的抒情做好了铺垫。下片写登楼所感。"中原乱,簪缨散",一"乱"一"散",高度概括金兵入侵、山河破碎的现状。"几时收",出以问句,感慨更深。最后以一长句寄托亡国之痛和对中原父老的深切怀念。全词一气流注,无多转折,遣词命意,不事藻绘,被陈廷焯称为"笔力雄大,气韵苍凉,悲歌慷慨,情见乎词"(《云韶集》)。

赵 佶

赵佶(1082—1135),即宋徽宗。在位之时不理国政,整日沉湎于苑囿宫观,过着荒淫的生活。其时金人雄起北方,于宣和七年(1125)灭辽后,便乘胜攻宋。面对这一局势,他匆忙传位于太子赵恒(即钦宗)。靖康二年(1127)金人破汴京,将其掳往东北荒寒之境,最后死于金五国城(今黑龙江依兰)。赵佶以帝王之尊,降为阶下囚,生活环境的剧烈变化,使其词饱含了沉痛与凄伤,正如徐釚所说:"哀情哽咽,仿佛南唐后主,令人不忍多听。"(《词苑丛谈》)有辑本《宋徽宗词》。

眼 儿 媚

玉京曾忆昔繁华,万里帝王家。琼林玉殿,朝喧弦管,暮列笙琶。　　花城人去今萧索,春梦绕胡沙。家山何处?忍听羌笛,吹彻梅花。

注释

〔玉京〕指汴京。　〔"忍听"二句〕李白《青溪夜半闻笛》:"羌笛梅花引,吴溪陇水清。寒山秋浦月,肠断玉关声。"

解读

这首词作于被掳之后,吐诉了这个亡国之君绵绵不尽的故国之思。上片追忆当年京城山林岩壑、殿阁楼亭之美观及朝奏管弦、暮弹笙琶之纵乐,但以一"昔"字,点明这些繁华富贵的生活已全成虚幻。下片顺势转入抒写被执囚居的凄凉悲苦。"家山何处"的设问,并不回答,而是以羌笛吹奏《梅花落》的乐声作结,使全词幽怨之情,绵绵不尽。整首词采用强烈的对比手法,在今昔盛衰的情境里,对亡国之痛发出了深切的悲叹。

燕 山 亭

北行见杏花

裁剪冰绡,轻叠数重,淡著燕脂匀注。新样靓妆,艳溢香融,羞杀蕊珠宫女。易得凋零,更多少、无情风雨。愁苦。问院落凄凉,几番春暮。　　凭寄离恨重重,这双燕,何曾会人言语。天遥地远,万水千山,知他故宫何处。怎不思量,除梦里、有时曾去。无据。和梦也新来不做。

注释

〔冰绡〕洁白的薄绢。　〔燕脂〕即胭脂。　〔靓(jìng)妆〕

美丽的妆饰。〔蕊珠宫〕道家所说的天上仙宫。〔无据〕靠不住。〔和〕连。

解读

据宋人《朝野遗记》称,此为徽宗绝笔。全词借咏杏花的盛开与凋零,抒发个人身世的感慨及追恋故国的哀痛。上片先写杏花之艳丽浓郁,"易得"陡转,写杏花在无情风雨的摧残下渐渐凋零。接下"几番春暮"的哀叹,将怜花与怜己之情紧紧地交织在一起。下片直抒亡国之悲。欲托燕子传寄离恨,然燕子不会人语,此一悲;天遥地远,万水千山,望不到故宫何处,此二悲;故国不见,则只能借梦魂来相会,然最近连好梦也难做成,此三悲。如此三悲,可谓一字一泪,如泣如诉,直将其无奈之心、凄惨之情、眷念之意淋漓尽致地倾诉而出。梁启超云:"昔人谓宋徽宗为李后主后身,此词感均顽艳,亦不减'帘外雨潺潺'诸作。"(见《艺蘅馆词选》)

李 纲

李纲(1083—1140),字伯纪,邵武(今属福建)人。政和二年(1112)进士。靖康元年(1126)金兵南侵汴京时,以尚书右丞为亲征行营使,登城督战,击退金兵,但不久就遭投降派排挤。高宗即位初,一度起用为相,力图收复失地,在职七十五天即被罢免。其词多咏史寄慨之作。有《梁溪词》。

六 幺 令

次韵贺方回《金陵怀古》,鄱阳席上作。

长江千里,烟淡水云阔。歌沉玉树,古寺空有疏钟发。六代兴亡如梦,苒苒惊时月。兵戈凌灭,豪华销尽,几见银蟾自圆缺。　　潮落潮生波渺,江树森如发。谁念迁客归来,老大伤名节。纵使岁寒途远,此志应难夺。高楼谁设,倚阑凝望,独立渔翁满江雪。

注释

〔玉树〕指南朝陈后主所制《玉树后庭花》曲。　〔六代〕指三国吴、东晋、宋、齐、梁、陈六朝,它们先后建都于金陵。　〔银蟾〕月亮。 〔森〕茂密。 〔岁寒〕借指恶劣的环境。

解读

此词大约写于词人在南宋初年遭贬之后,抒发郁结在胸中的忠愤不平之气及坚持抗战的决心。作者面对烟波浩渺的千里长江,引起了对六朝兴亡的深深悲慨,又联想到眼下中原沦落、身遭排挤的现实,感情渐渐激昂起来,表示纵然环境再险恶,抗金复国之志也"难夺"。作品最后用柳宗元《江雪》诗中"独钓寒江雪"的渔翁自喻,表明自己忠贞坚强的意志。全词怀古伤今,慷慨多气,耿耿报国忠心跃然纸上,可谓南宋辛派爱国豪放词的先声。

李清照

　　李清照(1084—约1151),号易安居士,济南(今属山东)人。父亲是齐鲁间有名的学者,母亲是状元王拱辰的孙女,在这样的家庭氛围之中,她从小就受到文学艺术的熏陶,诗、词、文、赋、画样样出色。自嫁给太学生赵明诚后,夫妻间互相比诗、比词,常连明诚也自叹弗如。其词以南渡为界,分前后两期,前期多写离愁别思,风格缠绵婉转,后期则转为伤时感旧,风格凄凉哀苦。李调元称其词"盖不徒俯视巾帼,直欲压倒须眉"(《雨村词话》)。有《漱玉词》。

渔 家 傲

　　天接云涛连晓雾,星河欲转千帆舞。仿佛梦魂归帝所,闻天语,殷勤问我归何处。

　　我报路长嗟日暮,学诗谩有惊人句。九万里风鹏正举。风休住,蓬舟吹取三山去。

注 释

〔星河〕银河。　〔帝所〕天帝所居之地。　〔谩有〕空有。〔"九万里"句〕典出《庄子·逍遥游》:"鹏之徙于南冥也,水击三千里,抟扶摇而上者九万里。"〔蓬舟〕谓轻如蓬草的小舟。〔三山〕古代传说中在海上的蓬莱、方丈、瀛洲三座仙山。

解读

这首作品在《漱玉词》中是一个独特的存在,作为婉约派女词人的李清照,此词写得语豪气盛,奔放旷达,意境阔大,"无一毫钗粉气"(黄苏《蓼园词选》)。全词是记梦。上片写天空漫游,云涛翻腾,星河灿烂,繁星闪烁,是梦中所遇奇景。飘然而至天宫,天帝殷勤相问,是梦中所遇奇事。下片是对天帝所问的回答:所去之处路途迢远而时不我与,所写诗句语虽惊人却于事无补,不过我要像大鹏那样乘长风高飞远举,向"三山"仙境而去。词的主旨表现了词人对现实生活的不满与对美好理想的追求。

如 梦 令

昨夜雨疏风骤,浓睡不消残酒。试问卷帘人,却道海棠依旧。知否?知否?应是绿肥红瘦。

注释

〔残酒〕此指残醉。 〔卷帘人〕正在卷帘的侍婢。

解读

这首小令就如一出短剧。时间:一个风雨已歇的早晨。地点:面对院落的闺房。人物:女主人与女仆。剧情:残醉未消的

知否？知否？应是绿肥红瘦。

女主人于破晓之际醒来,想到昨夜的风吹雨打,殷勤探问海棠消息。正在卷帘的女仆漫不经心地答道:"还是原样儿。"女主人责之曰:"哪里还会原样,该是绿肥红瘦。"短短三十三个字,有情景,有对话,有交代,有铺垫,人物的心境神态展现无遗,堪称绝唱。

凤凰台上忆吹箫

香冷金猊,被翻红浪,起来慵自梳头。任宝奁尘满,日上帘钩。生怕离怀别苦,多少事、欲说还休。新来瘦,非干病酒,不是悲秋。

休休,这回去也,千万遍《阳关》,也则难留。念武陵人远,烟锁秦楼。惟有楼前流水,应念我、终日凝眸。凝眸处,从今又添,一段新愁。

注释

〔金猊(ní)〕狮子形铜香炉。猊,狻猊,即狮子。 〔红浪〕形容被子未铺之情状。 〔宝奁〕华贵的镜匣。 〔《阳关》〕即《渭城曲》,唐宋时取王维《送元二使安西》的诗意而谱就。 〔武陵人远〕用陶渊明《桃花源记》所写武陵(今湖南常德)渔人深入桃花源典故,写丈夫之远去。同时牵合刘晨、阮肇入天台山采药遇仙女故事,见南朝宋刘义庆《幽明录》。 〔秦楼〕一称凤台、凤楼。《列仙传》载,春秋时人萧史善吹箫,作凤鸣。秦穆公以女

惟有楼前流水,应念我、终日凝眸。

弄玉妻之,为筑凤台以居,一夕吹箫引凤,夫妇乘之而去。

解读

这首词写与丈夫的离别。上片写将别愁情,起首五句展示了一个慵懒少妇的神态。她不仅慵懒,更因为怕触及"离怀别苦"的话题而"欲说还休"。"新来瘦"三句,虽不直言近来消瘦的缘由,而其因自明,颇耐寻味,所以陈廷焯称为"婉转曲折,煞是妙绝"(《白雨斋词话》)。下片写别后孤况,共有三层意思。第一层:《阳关》万遍,也未曾留住,只能由他离去。第二层:人既远,楼也寂,只得索居独处。第三层:楼前流水,留下我终日凝眸的眼神,而旧愁未消,如今又添一段新愁。上片的由"慵"到"瘦",下片的由"念"到"愁",层层推进,步步深入,可谓善于描摹者也,再现了一个闺中思妇的孤寂凄凉之状。

一 剪 梅

红藕香残玉簟秋。轻解罗裳,独上兰舟。云中谁寄锦书来,雁字回时,月满西楼。
花自飘零水自流。一种相思,两处闲愁。此情无计可消除,才下眉头,却上心头。

注释

〔玉簟(diàn)〕华贵的竹席。 〔兰舟〕木兰舟。 〔锦书〕

书信的美称。　〔雁字〕大雁在空中排成的"一"字或"人"字。《汉书·苏武传》有托称雁足传书的故事。

解读

相传,李清照因思念负笈远游的丈夫而写此词。词上片写自己清秋时节的孤寂无聊,白天独上兰舟以排遣愁苦情怀,夜晚独倚西楼以盼望鸿雁传书。下片从落花飘零、流水长逝想到岁月无情、年华易老,更添相思之苦。虽则千方百计地加以排解,可下了眉头,却又上了心头。全词感情深挚而语言明白如画。"才下眉头,却上心头"脱胎于范仲淹《御街行》的"都来此事,眉间心上,无计相回避",但另出巧思,更具艺术魅力。

醉　花　阴

薄雾浓云愁永昼,瑞脑消金兽。佳节又重阳,玉枕纱厨,半夜凉初透。　　东篱把酒黄昏后,有暗香盈袖。莫道不消魂,帘卷西风,人比黄花瘦。

注释

〔瑞脑〕香料。　〔金兽〕兽形铜香炉。　〔重阳〕重阳节。在农历九月初九。　〔纱厨〕即碧纱厨,形似厨形的纱帐。

解读

此词作于重阳,其时李清照的丈夫赵明诚正负笈远游,每逢佳节倍思亲,词人焚香独坐,柔肠寸断。黄昏之际,她终于无法忍受离愁的煎熬,到"东篱"边"把酒"浇愁。然而更令她销魂的是,人竟比篱边的菊花还要消瘦。全词的构思颇见新巧,深刻地传达出女主人公销魂荡魄的相思之苦。尤其是末尾"帘卷西风,人比黄花瘦",在渲染愁情上,出神入化,极尽能事。

念 奴 娇

萧条庭院,又斜风细雨,重门须闭。宠柳娇花寒食近,种种恼人天气。险韵诗成,扶头酒醒,别是闲滋味。征鸿过尽,万千心事难寄。

楼上几日春寒,帘垂四面,玉阑干慵倚。被冷香消新梦觉,不许愁人不起。清露晨流,新桐初引,多少游春意。日高烟敛,更看今日晴未。

注释

〔险韵〕以冷僻字押韵。 〔扶头酒〕易醉之酒。贺铸《南乡子》:"易醉扶头酒,难逢敌手棋。"〔引〕滋长。

解读

此词是丈夫远别后所写。上片写本是萧条的庭院,在斜风细雨的恼人天气里,只得重门深闭,以作诗饮酒来排遣自己落寞的心情。可诗成酒醒,反添闲愁。欲传音信于远人,却征鸿过尽,心事难寄。下片仍承上意,续写春寒春愁。从庭院来到楼上,见到的还是恼人天气。几日春寒,栏杆慵倚,欲沉醉于梦乡,却又被冷香消,不得不起。而见到庭院"清露晨流,新桐初引"的景色,又感受到春天勃勃的生机,一下子在心中涌出"游春意"。当然,能否成行,尚未可知,还要看"今日晴未"。全词忽悲忽喜,婉转有致,表现了闺中女子复杂多变的春情。

永 遇 乐

　　落日熔金,暮云合璧,人在何处?染柳烟浓,吹梅笛怨,春意知几许!元宵佳节,融和天气,次第岂无风雨?来相召、香车宝马,谢他酒朋诗侣。　　中州盛日,闺门多暇,记得偏重三五。铺翠冠儿,撚金雪柳,簇带争济楚。如今憔悴,风鬟霜鬓,怕见夜间出去。不如向、帘儿底下,听人笑语。

注释

〔熔金〕形容落日的余晖像熔解的金子。　〔合璧〕形容四周暮云连成一片,如玉块相合。　〔染柳烟浓〕指柳树为浓浓的烟霭所笼罩。　〔吹梅笛怨〕笛子吹奏出哀怨的《梅花落》曲调。

〔次第〕转眼。　〔中州〕本指今河南之地,此专指汴京(今河南开封)。　〔三五〕指正月十五元宵节。　〔铺翠〕饰有翠鸟羽毛。　〔撚金雪柳〕妇女的一种装饰物,大约以丝绸或彩纸制成。　〔簇带〕宋时俗语,即插戴。　〔济楚〕整齐。　〔风鬟霜鬓〕发鬓散乱,两鬓如霜。　〔怕见〕懒得。

解读

此词是作者晚年寓居南方时作。当时南宋已较为安定,元宵佳节,一派繁荣热闹,而作者内心充满了国破家亡的凄凉,于此已毫无意兴,情怀冷淡。面对日落月升的晴空景象,她兴起的却是"人在何处"的感叹;面对柳色含烟、春意盎然的"融和天气",她提出的却是"次第岂无风雨"的疑问,从中深切地反映出一个忧患余生者的脆弱的内心世界。接着她又将往昔在汴京欢庆元宵、盛装出游的热闹非凡的景况,与如今风鬟霜鬓、憔悴不堪的凄凉作鲜明的对比,最后发出"不如向、帘儿底下,听人笑语"的无限悲慨。全词感情凄切沉痛,河山之思、亡国之痛、身世之悲隐然言外。南宋末年词人刘辰翁在其《永遇乐》词题序中写道:"诵李易安《永遇乐》,为之涕下。""每闻此词,辄不自堪。"可见此词感人之深,影响之大。

武　陵　春

春　晚

风住尘香花已尽,日晚倦梳头。物是人非

事事休,欲语泪先流。　　闻说双溪春尚好,也拟泛轻舟。只恐双溪舴艋舟,载不动,许多愁。

注释

〔双溪〕浙江金华城南有东港、南港两条河水汇流而过,汇流处,人称双溪,是著名的风景区。　〔舴艋(zé měng)舟〕形如蚱蜢的小船。

解读

靖康难起,金人的笳鼓打破了李清照的美满生活。在颠沛流离中,丈夫病死,所珍藏的金石书画也丧失殆尽,孑然一身的她只得赴金华投依弟弟。此词便作于避乱金华时。上片以"物是人非"一语高度概括了自己国破家亡的双重悲痛,正是万事皆休,悲不自胜,因而平时日晚犹懒梳头,欲语却先泪流。下片宕开,通过"闻说""也拟""只恐"等几组虚词,表现自己欲泛舟游春的心理活动,感情又深入一层。"只恐双溪舴艋舟,载不动,许多愁",化无形之愁为有形之物,再以舴艋舟反衬,比喻极为形象新颖,屡为后人所模仿。

声声慢

寻寻觅觅,冷冷清清,凄凄惨惨戚戚。乍

暖还寒时候,最难将息。三杯两盏淡酒,怎敌他、晚来风急。雁过也,最伤心,却是旧时相识。　　满地黄花堆积,憔悴损,如今有谁堪摘。守著窗儿,独自怎生得黑?梧桐更兼细雨,到黄昏、点点滴滴。这次第,怎一个、愁字了得。

注释

〔将息〕调养。　〔这次第〕这许多情况。

解读

此词最为人赞誉的是开首叠字的运用,乍读之,似是信手拈来,细味之,乃觉用心安排。丈夫远别,如有所失,故"寻寻"。寻寻不见,心中仍未信其别,故又"觅觅"。觅者,仔细寻找之谓也。觅无所得,则信矣,始有"冷冷清清"之感。冷清之感渐蹙而凝于心,故"凄凄"。凝于心而心不堪任,故继之于"惨惨"。惨惨之情不能忍,故终之于"戚戚"。仅十四字,就将凄惨冷清之境、愁苦难堪之情细微地、富有层次地传达了出来。以下更是将与愁苦有关情事一一铺开:"乍暖还寒",身体难适;"晚来风急",薄酒难当;旧雁重过,无从寄书;黄花满地,无心采摘;倚窗独坐,日长难熬;梧桐滴雨,终夜不绝。在这些愁事的层层进逼下,词人绝望地倾吐出"这次第,怎一个、愁字了得"的心声。明代茅暎评曰:"情景婉转,真是绝唱。"(《词的》)

吕本中

吕本中(1084—1145),字居仁,世称东莱先生,寿州(今安徽寿县)人。绍兴六年(1136)赐进士出身。历官中书舍人、权直学士院。在国难之际,曾不顾触怒当时奸臣秦桧,向高宗陈述恢复中原大计,终因得罪秦桧而被罢官。其诗受黄庭坚、陈师道影响,在宋代诗坛颇有名气。作词虽不多,然亦有思致,时人曾季貍称为"浑然天成,不减唐《花间》之作"(《艇斋诗话》)。有《紫微词》。

采桑子

恨君不似江楼月,南北东西。南北东西,只有相随无别离。　　恨君却似江楼月,暂满还亏。暂满还亏,待得团圆是几时?

注释

〔亏〕犹缺。

解读

词写离情,上下片均以"恨"字开头,既"恨君"不似江楼明月之相随无别,又"恨君"却似江楼明月之暂满还亏。全词构思巧妙,语言清新,比喻贴切,尤其是利用《采桑子》词调的复叠的特点,使词带有鲜明的民歌色彩。沈际飞说:"语语无饰,似女子口

授,不由笔写者。情语不在艳而在真,此也。"(《草堂诗余别集》)

南 歌 子

　　驿路侵斜月,溪桥度晓霜。短篱残菊一枝黄,正是乱山深处过重阳。　　旅枕元无梦,寒更每自长。只言江左好风光,不道中原归思转凄凉。

注释

〔元〕同"原"。　〔江左〕即南宋统治的东南地区。　〔不道〕不料。　〔转〕反而。

解读

北宋灭亡后,词人流寓江左,此作便是抒发羁旅途中的愁思。上片先于驿路之"斜月""晓霜",微露行役之艰辛,然后从路途所见"短篱残菊一枝黄"生出感慨:"乱山深处过重阳。"下片写旅枕难寐,倍感夜长,而引起"中原归思",心情更为凄凉。词人的故乡在寿州(今安徽寿县),而词中思的却是中原,这就使全词的感慨极为深沉,词境明显地要高于一般的羁旅行役之作。

向子諲

向子諲(1085—1152),字伯恭,号芗林居士,临江(今属江西)人。元符时,以恩荫补官。建炎三年(1129)知潭州(今湖南长沙)时,遭金兵围攻,他率军民坚守,与金兵血战八昼夜,城陷,督兵巷战。陈与义诗句"稍喜长沙向延阁,疲兵敢犯犬羊锋"(《伤春》),便是称赞他这种敢于抗敌的精神。后因反对和议忤秦桧,辞官归隐。其《酒边词》,以南渡为界,分"江南新词"和"江北旧词"。刘师培云:"向子諲《酒边词》,眷恋旧君,伤时念乱,例以古诗,亦子建、少陵之亚,此儒家之词也。"(《论文杂记》)

秦 楼 月

芳菲歇,故园目断伤心切。伤心切,无边烟水,无穷山色。　　可堪更近乾龙节,眼中泪尽空啼血。空啼血,子规声外,晓风残月。

注释
〔芳菲歇〕谓花草凋零。　〔乾龙节〕孟元老《东京梦华录》:"钦宗四月十三日生,为乾龙节。"〔子规〕杜鹃鸟。

解读
此词是乾龙节将近有感而作。上片写在百花凋谢的暮春,登高远眺中原故国,然注入眼中的却是无边的烟水、无穷的山色,因而感到伤心欲绝。下片写钦宗的生日已越来越近,而他此时却身陷金廷,囚居北方。在这种山河易主、帝王被掳的伤感日子里,真令人眼中泪尽而啼血。在晓风残月、杜鹃声中,倍增哀怨。此词虽是小令,意蕴却颇深厚,词人通过对故园的思念,表达了沉痛的国土沦陷之悲。

阮 郎 归

绍兴乙卯大雪行鄱阳道中

江南江北雪漫漫,遥知易水寒。同云深处望三关,断肠山又山。　　天可老,海能翻,消除此恨难。频闻遣使问平安,几时鸾辂还?

注释

〔绍兴乙卯〕宋高宗绍兴五年(1135)。　〔同云〕即彤云,指将雪之时天空的阴云。　〔三关〕即淤口关、益津关(均在今河北霸州市)、瓦桥关(在今河北雄县)。五代周显德六年(959),世宗北取瀛、莫等州,以三关与契丹分界。这里泛指北方的关隘。　〔鸾辂〕天子的车驾。这里代指徽、钦二帝。

解读

这是一首伤悼旧君之作。上片写行进在大雪迷漫的鄱阳道上,联想到被囚禁在漠北苦寒之地的徽、钦二帝,柔肠寸断。"易水"源出河北,词人一方面借此点出北方国土的沦陷,另一方面取荆轲之所歌"风萧萧兮易水寒"句意,增添悲愤之感。下片倾诉内心不可抑制的亡国之恨,用"天可老,海能翻"来反衬此恨的难解难消,最后以盼想徽、钦二帝早日归还作结。徽宗赵佶于这年四月死于金五国城,其所以未能重回宋廷,与高宗生怕保不住皇位不无关系。因此"几时鸾辂还"的发问,当含寓对南宋统治者的鞭笞之意。

陈与义

陈与义(1090—1139),字去非,号简斋,洛阳(今属河南)人。徽宗赵佶时曾任太学博士。金兵攻陷汴京,遂避乱襄汉,转湖湘,逾岭峤,于高宗绍兴元年(1131),到达当时朝廷所在地绍兴府,历官翰林学士、参知政事。其词与朱敦儒的风格相近,颇有清旷之气。而作于南渡后的词,在清旷中带上了较多的悲怆。纪昀称其词"吐语天拔,不作柳軃莺娇之态,亦无蔬笋之气,殆于首首可传,不能以篇帙之少而废之"(《四库全书总目提要》)。有《无住词》。

虞 美 人

大光祖席,醉中赋长短句。

张帆欲去仍搔首,更醉君家酒。吟诗日日待春风,及至桃花开后却匆匆。　　歌声频为行人咽,记著尊前雪。明朝酒醒大江流,满载一船离恨向衡州。

注 释

〔大光〕席益,字大光,洛阳人,陈与义同乡,曾知郢州。

〔祖席〕设宴送别。 〔搔首〕即搔首踟蹰。 〔匆匆〕指仓促动身离去。 〔雪〕为"雪儿"之省,代指歌妓。

解读

此是建炎四年(1130)初,作者在湖南衡山县留别友人席大光之作。开端写不得不去又不忍即去的矛盾情感,"吟诗"二句,道出了依依惜别之情。过片描绘饯别席上主客的凄恻情景,"明朝"二句,设想别后离恨,词人把离恨喻作有重量、有体积之物,将"满载一船"而去,可想见其感情的深挚沉郁。这两句从苏轼《虞美人》词"无情汴水自东流,只载一船离恨向西州"中化出,然通过"大江"与"一船"的对举及"满载"的浓墨刻画,全词的气势更为悲壮,情致更为凄怆,我们还能深切地感受到词人的身世飘零之叹。

临 江 仙

夜登小阁,忆洛中旧游。

忆昔午桥桥上饮,坐中多是豪英。长沟流月去无声。杏花疏影里,吹笛到天明。 二十余年如一梦,此身虽在堪惊。闲登小阁看新晴。古今多少事,渔唱起三更。

注释

〔午桥〕在今河南洛阳。唐裴度曾建别墅于此。 〔长沟〕

流经午桥的溪水。

解读

此词约作于绍兴五年(1135)前后。陈与义为洛阳人,此时历经南渡的颠沛流离,寓居湖州青墩镇。这首词是抒发身世的感慨。上片追忆往昔在洛阳时良朋聚集的豪情雅兴。其中"杏花"二句,清婉绮丽,自然而然,为历来所称颂。过片以"二十余年如一梦"承上转下,抒发感慨。词人抚今思昔,恍若做了一场噩梦,此身虽在,余悸犹存。本欲以赏新晴月夜来排遣愁怀,然登上小阁,却又兴起沧海桑田、今古兴亡之感。在艺术表现上,上片忆旧,意气豪爽,笔力奇放,下片抒情,苍凉慷慨,思远意长,就如陈廷焯所评:"笔意超旷,逼近大苏。"(《白雨斋词话》)

张元幹

张元幹(1091—约1170),字仲宗,自号芦川居士、真隐山人,福州(今属福建)人。为人刚直豪爽,年轻时就有词名,南宋周必大称他"在政和、宣和间已有能乐府声"(《益公题跋》)。靖康元年(1126)的民族存亡之际,他毅然投笔从戎,到抗金名臣李纲的幕下任行营属官。绍兴元年(1131)因不满秦桧当权,辞官归隐。后因送胡铨《贺新郎》词被秦桧除名削籍。其词多写时事,既有慷慨激昂之调,亦有清丽婉秀之音。陈廷焯云:"仲宗词,亦婉转,亦劲直,大踏步便出去,却极尽儒雅风流之致。"(《云韶集》)有《芦川词》。

贺 新 郎
寄李伯纪丞相

曳杖危楼去。斗垂天,沧波万顷,月流烟渚。扫尽浮云风不定,未放扁舟夜渡。宿雁落、寒芦深处。怅望关河空吊影,正人间、鼻息鸣鼍鼓。谁伴我,醉中舞。　　十年一梦扬州路。倚高寒,愁生故国,气吞骄虏。要斩楼兰三尺剑,遗恨琵琶旧语。谩暗涩、铜华尘土。

唤取谪仙平章看。过苕溪、尚许垂纶否?风浩荡,欲飞举。

注释

〔李伯纪〕李纲,字伯纪,高宗即位初曾起用为丞相。 〔烟渚〕烟波笼罩的小洲。 〔鼍(tuó)鼓〕鼍皮蒙的鼓。此指鼾声如鼓。 〔"谁伴我"二句〕用东晋祖逖和刘琨闻鸡起舞的故事,事见《晋书·祖逖传》。 〔十年〕建炎三年(1129)金兵占领扬州,距作者写此词,其间相隔十年。 〔高寒〕指高楼。 〔要斩楼兰〕据《汉书·傅介子传》载,汉昭帝时,西域楼兰王勾结匈奴,多次杀害汉使。元凤四年(前77),傅介子出使楼兰,斩其王,以功封侯。此句表明作者抗金报国的雄心。 〔琵琶旧语〕杜甫咏王昭君出塞嫁匈奴,有"千载琵琶作胡语,分明怨恨曲中论"之句。作者借此表露宋金和议将成千古遗恨。 〔暗涩〕一作"暗拭"。 〔铜华〕指剑上的铜锈。 〔谪仙〕唐诗人李白,人称谪仙。 〔平章〕评论。 〔苕溪〕源出浙江天目山,流入太湖,为当时文人的游赏之地。 〔垂纶〕垂钓。

解读

绍兴八年(1138),被罢官的抗金名臣李纲得知高宗赵构向金拜表称臣,慨然上书反对。张元幹得知后,立即作此词寄李纲,对他的抗金主张表示坚决的支持。词上片从曳杖登楼入题,先描绘一幅冷落寂静的秋江夜景,然后以"怅望"陡转,抒发与李纲天各一方的孤单无侣之情。过片由"十年一梦"引出南渡来的情势,并借助典故抒发渴望抗金御敌的雄心与对卖国投降行径的愤慨。最后以李白比李纲,希望他不要退隐,应再展宏图。全词忠愤满腔,风格豪迈,正如纪昀对其词所评:"慷慨悲凉,数百年后尚想其抑塞磊落之气。"(《四库全书总目提要》)

贺　新　郎

送胡邦衡待制

梦绕神州路。怅秋风、连营画角,故宫离黍。底事昆仑倾砥柱,九地黄流乱注。聚万落千村狐兔。天意从来高难问,况人情、老易悲难诉。更南浦,送君去。　　凉生岸柳催残暑。耿斜河、疏星淡月,断云微度。万里江山知何处?回首对床夜语。雁不到、书成谁与?目尽青天怀今古,肯儿曹、恩怨相尔汝?举大白,听金缕。

注释

〔胡邦衡〕胡铨,字邦衡。　〔神州〕这里专指中原沦陷区。〔故宫〕指北宋汴京(今河南开封市)。　〔离黍〕语出《诗经·王风·黍离》:"彼黍离离。"黍,小米。离离,庄稼排列得整齐的样子。《毛诗序》说,周平王东迁后,有位士大夫经过西周故都,见宫殿已为平地,长满庄稼,遂写下此诗。后世文人常以"黍离"一词表现故国之思。 〔"底事"二句〕比喻北宋王朝崩溃,金兵在中原到处乱窜。底事,为什么。昆仑,昆仑山。相传昆仑山有铜柱,其高入天,称为天柱。古人认为黄河源出昆仑山。九地,遍地。黄流乱注,黄河的水泛滥成灾。 〔狐兔〕指金兵。〔"天意"二句〕杜甫《暮春江陵送马大卿公恩命追赴阙下》诗:"天意高难问,人情老易悲。" 〔南浦〕泛指送别之地。 〔耿〕明亮。 〔斜河〕天河斜转,表示夜已深沉。 〔回首〕回忆。〔对床夜语〕知己朋友深夜谈心。 〔儿曹〕儿辈。 〔尔汝〕至友间不讲客套,径以你我相称,叫作"尔汝交"。韩愈《听颖师弹琴》:"昵昵儿女语,恩怨相尔汝。" 〔大白〕酒杯。 〔金缕〕即《金缕曲》,《贺新郎》词调之别名。

解 读

绍兴八年(1138),秦桧与金议和,金派出使臣,竟称江南诏谕使。消息传来,朝野震动。身为枢密院编修官的胡铨愤然上书,要求斩秦桧以谢天下,然朝廷将其贬为福州签判。四年后,秦桧再以"饰非横议"罪,将其押送新州管制。在秦桧的淫威下,对胡铨之贬,一时士大夫避嫌畏祸,唯恐去之不速。张元幹就是在这种恶劣的政治气氛中写下此词为胡铨送行。词上片述时事,下片叙别情。述时事则愤慨悲壮,叙别情则沉挚苍凉。其中"天意"二句,直接表明对最高统治者奉行投降政策的不满;"目尽"二句,则言明同情胡铨乃是出于政治立场的相同而非朋友私情。全词慷慨愤激之情、忠义奋发之气跃然纸上,至今读来犹凛

然有生气。正如张德瀛所评:"拔地倚天,句句欲活。"(《词徵》)

瑞鹧鸪
彭德器出示胡邦衡新句次韵

白衣苍狗变浮云,千古功名一聚尘。好是悲歌将进酒,不妨同赋惜余春。　　风光全似中原日,臭味要须我辈人。雨后飞花知底数,醉来赢取自由身。

注释

〔彭德器〕生平事迹不详。张元幹在《彭德器画赞》中称其"气节劲而议论公,心术正而识度远"。　〔胡邦衡〕胡铨,字邦衡。　〔"白衣"句〕杜甫《可叹》诗:"天上浮云似白衣,斯须改变如苍狗。"　〔"好是"二句〕将进酒、惜余春均是词调名。这里同时借用字面的意义。　〔臭(xiù)味〕即气味。臭,通"嗅"。〔要须〕总须。　〔底数〕多少。

解读

胡铨因反对秦桧与金和议而被谪后,"一时士大夫畏罪钳舌,莫敢与立谈"(岳珂《桯史》)。张元幹却不避嫌畏祸,这首和胡铨词,便是作于这样的政治背景中。世事浮云,功名尘土,与其悲歌《将进酒》自伤不遇之怨,不如同赋《惜余春》自寻晚年之乐。上片貌似以旷达语劝慰胡铨,实际是抒发对他所处境遇的强烈不满。下片,词人从中原风光写起,言时势虽变,但我辈之人仍意趣相投,抗金之志不移,可朝廷前途如花飞减春,内心的忧患唯有在醉梦中才得摆脱逃避。全词强烈地表达出词人的愤世之情与忧国之心,风格清丽婉秀。

胡 铨

胡铨(1102—1180),字邦衡,号澹庵,庐陵(今江西吉安)人。建炎二年(1128)进士,任枢密院编修官。因反对秦桧与金议和,被贬为福州签判。后除名,被押送新州(今广东新兴)管制,又远送吉阳军(今海南岛南部),流落近二十年。桧死,移衡州。孝宗时,历官至权兵部侍郎。有《澹庵词》。

好 事 近

富贵本无心,何事故乡轻别?空使猿惊鹤怨,误薜萝秋月。　　囊锥刚要出头来,不道甚时节。欲驾巾车归去,有豺狼当辙。

注释

〔猿惊鹤怨〕南朝孔稚圭《北山移文》:"蕙帐空兮夜鹤怨,山人去兮晓猿惊。"　〔薜萝〕指隐者之居。　〔囊锥出头〕据《史记·平原君列传》载,毛遂向平原君自荐其能,说自己像锥子放在布囊里,会颖脱而出,而并不是仅仅露出锥尖而已。　〔豺狼当辙〕《后汉书·张纲传》载,东汉顺帝时,梁冀专权,张纲斥为"豺狼当路"。此指秦桧当权误国。

解读

绍兴八年(1138),胡铨因上书高宗乞斩投降误国的秦桧等三人之头而被贬福州签判。四年后,秦桧再以"饰非横议"罪,将其押送新州管制。此词便是在新州所作。上片写自己离乡谋官,白白耽误了山中佳景。作者的口吻看似自悔自责,但字里行间透露的却是"道不同,不相与谋"的坚定。下片写自己囊锥出头,有心报国,却未悟世道,反遭陷害。如今欲驾车归隐,又有豺狼横道。作者于此虽未明言,但显然是将矛头直指当权误国的秦桧。秦桧的私党郡守张棣也闻出了词中"讥讪"的味道,向朝廷检举,胡铨因此被送到更偏僻的海南岛。

岳 飞

岳飞(1103—1141),字鹏举,相州汤阴(今属河南)人。南宋抗金名将。他一生戎马征战,以恢复为己任,为南宋朝廷收复了湖北、河南、陕西等大片土地。金人闻风丧胆,曾感叹说:"撼山易,撼岳家将难。"后因反对和议,被秦桧以"莫须有"的罪名诬陷致死。其词强烈地表现出时代与民族的追求。陈廷焯云:"鄂王一代精忠,读其词如见其人。"(《云韶集》)存词三首。

小 重 山

昨夜寒蛩不住鸣,惊回千里梦,已三更。起来独自绕阶行,人悄悄,帘外月胧明。

白首为功名,旧山松竹老,阻归程。欲将心事付瑶琴,知音少,弦断有谁听。

注释

〔蛩(qióng)〕蟋蟀。 〔旧山〕指故乡。 〔"知音"二句〕《吕氏春秋·本味》载,春秋时伯牙鼓琴,钟子期能够从琴音中听出其志在高山或志在流水。钟子期死后,伯牙破琴绝弦,终身不复鼓琴。事又见《列子·汤问》。

欲将心事付瑶琴，知音少，弦断有谁听。

解 读

绍兴八年(1138)，高宗决意求和，岳飞及其他主战派大臣纷纷上书反对和议，然高宗还是接受了称臣纳贡的和议条件，派秦桧代表自己跪受金朝诏书。在这种形势下，岳飞抑制不住内心的忧愤，写下此词。上片写三更之际正做着收复中原的好梦，却被寒蛩惊回，于是怀着无比惆怅的心情，独自一人在庭院里徘徊。下片写岁月如流，白首无成，故乡遥隔，欲归不得，而令人更为伤心的是知音难遇。词上片透露的是作者理想与现实的矛盾以及遭受压抑的心情；下片表现的是抗金之志难酬的郁闷以及对主和派投降政策的不满。全词以委婉低沉之笔来抒写爱国情志，沉郁凄怆，含具很强的艺术感染力。

满 江 红

写 怀

怒发冲冠，凭栏处、潇潇雨歇。抬望眼、仰天长啸，壮怀激烈。三十功名尘与土，八千里路云和月。莫等闲、白了少年头，空悲切。

靖康耻，犹未雪。臣子恨，何时灭！驾长车踏破，贺兰山缺。壮志饥餐胡虏肉，笑谈渴饮匈奴血。待从头、收拾旧山河，朝天阙。

注释

〔"三十"二句〕谓自己已经三十多岁，在战场上披星戴月，转战八千余里，而得到的功名，却与尘土一样微不足道。〔靖康耻〕靖康为宋钦宗年号。靖康二年(1127)，金兵攻陷汴京，掳徽、钦二帝,中原失陷,北宋灭亡。　〔贺兰山〕在今宁夏与内蒙古的交界处,当时被金兵占领。　〔天阙〕皇帝居住的地方。

解读

绍兴四年(1134),岳飞由鄂州(今属湖北)统兵北上,克复了襄阳六郡。这是南宋建立政权以来第一次收复大片失地,捷报传来,朝野上下,群情振奋。岳飞也因功晋升为清远军节度使,其时年仅三十二岁。这首词大约作于此时,抒发了对敌寇的无比痛恨、为国雪耻报仇的炽烈心情和收复中原的坚定意志。一片忠愤,横溢言外。尤其是词中"三十功名尘与土,八千里路云和月""莫等闲、白了少年头,空悲切""壮志饥餐胡虏肉,笑谈渴饮匈奴血"等句,所表现出的不求功名、不辞辛劳、珍重年华、以身许国的强烈的爱国主义精神及豪情满怀、气欲凌云、横扫骄虏、决战决胜的大无畏英雄气概,令人肃然起敬,一个忠心耿耿、大义凛然、气贯日月的抗金英雄形象仿佛就在眼前。故沈际飞评为"胆量、意见、文章悉无今古"(《草堂诗余正集》)。

朱淑真

朱淑真(生卒年不详),号幽栖居士,钱塘(今浙江杭州)人。天生丽质,颖慧异常,善诗词,工绘画,晓音律,还写得一手银钩精楷,可谓才色冠一时。然而被迫与一个满身俗气、毫无文学细胞的官吏为妻,郁郁寡欢,抱恨而终。其词以情胜,在风格上呈现出凄绝芊绵的特点,具有很高的艺术价值。陈霆称其词:"凡皆清楚流丽,有才士所不到,而彼顾优然道之,是安可易其为妇人语也。"(《渚山堂词话》)陈廷焯云:"朱淑真词,才力不逮易安,然规模唐、五代,不失分寸。"(《白雨斋词话》)有《断肠词》。

江 城 子

斜风细雨作春寒,对尊前,忆前欢。曾把梨花,寂寞泪阑干。芳草断烟南浦路,和别泪,看青山。　　昨宵结得梦夤缘,水云间,悄无言。争奈醒来,愁恨又依然。展转衾裯空懊恼,天易见,见伊难。

注释

〔"曾把"二句〕化用白居易《长恨歌》:"玉容寂寞泪阑干,梨花一枝春带雨。"梨花,形容女子美丽的面容。　〔夤缘〕此处当据《广韵》释为"连"的意思。

解读

这是一首相思词。上片写自己在斜风细雨的春日之中,借酒驱寒,然独对孤尊,却勾想起当日与情人离聚时种种悲欢的情景。下片写分别之后欢情唯有在梦中相续,但梦醒之后,往往倍增凄凉。最后她发出绝望的哀鸣:"天易见,见伊难。"全词沉痛深挚,哀怨凄婉,令人不忍卒读。

蝶　恋　花

送　春

楼外垂杨千万缕,欲系青春,少住春还去。犹自风前飘柳絮,随春且看归何处?　　绿满山川闻杜宇,便做无情,莫也愁人苦。把酒送春春不语,黄昏却下潇潇雨。

注释

〔青春〕春天。　〔杜宇〕即杜鹃鸟。

解读

全词通过女主人公由设想系春、随春,最后又无可奈何地送春的心理变化,表现了深深的惜春之情。结合词人的身世,我们在这惜春之情的背后,分明能看出词人对自己韶华虚掷的悲叹,对自己不幸遭遇的哀怜。

陆 游

陆游(1125—1210),字务观,号放翁,越州山阴(今浙江绍兴)人。南宋诗坛最著名的诗人之一,有"小李白"之称。其词与诗一样,随着一生的经历而有明显的演变:早年才情勃发,词求工巧;中年任职蜀中,词充满了爱国主义色彩;晚年退居故乡,以觞咏自娱,词风转为闲适恬淡。刘克庄把陆游词分为三类:"激昂慷慨者,稼轩不能过;飘逸高妙者,与陈简斋、朱希真相颉颃;流丽绵密者,欲出晏叔原、贺方回之上。"(《后村诗话续编》)其所说的三种风格,比照陆游三个阶段的作品,大致相似。有《放翁词》。

蝶 恋 花

桐叶晨飘蛩夜语。旅思秋光,黯黯长安路。忽记横戈盘马处,散关清渭应如故。
江海轻舟今已具。一卷兵书,叹息无人付。早信此生终不遇,当年悔草《长杨赋》。

注释

〔蛩(qióng)〕蟋蟀。 〔散关〕即大散关,在今陕西宝鸡西南大散岭上。 〔清渭〕指渭河,源出甘肃渭源鸟鼠山,东流经宝鸡、西安,至华阴入黄河。　〔长杨赋〕汉扬雄作。汉成帝在长杨宫令人博兽取乐,扬雄作此赋讽谏。

解读

陆游与辛弃疾同属豪放词派,但风格各有特点。稼轩词气壮,如惊雷怒涛,雄视千古;放翁词气敛,如秋风夜雨,万籁呼号。此词便颇显放翁词之特色。上片追忆当年戎马生涯,虽写战争场面,只点到为止,不像辛词作有声有色的描写。下片感叹目前岁月虚度,先是"叹息",再是"悔草",虽露出愤愤不平之慨,但表现婉转,不像辛词作激昂慷慨的抒发。陆游正是以这种深沉的词风,在豪放词派中别树一帜。

钗　头　凤

　　红酥手,黄縢酒,满城春色宫墙柳。东风恶,欢情薄。一怀愁绪,几年离索。错,错,错!

　　春如旧,人空瘦,泪痕红浥鲛绡透。桃花落,闲池阁。山盟虽在,锦书难托。莫,莫,莫!

注释

〔红酥〕指肤色的红润。　〔黄縢酒〕即黄封酒。宋时官家所酿的酒以黄纸封口。　〔离索〕离散。　〔红〕红泪,指泪水浸胭脂而染红。　〔浥(yì)〕沾湿。　〔鲛绡〕传说中鲛人所织的绡。南朝梁任昉《述异记》:"南海出鲛绡纱,泉先(指鲛人)潜织,一名龙纱。其价百余金。以为服,入水不濡。"〔锦书〕指书信,引用前秦窦滔妻苏蕙用锦织成回文诗赠丈夫的故事。见《晋书·列女传》。

解读

这首词记录了陆游与唐琬的爱情悲剧。陆与唐从小青梅竹马,缔结良缘后,伉俪之间,情深意笃。不料唐琬却不为陆母所容,陆游被迫与唐离异。后唐琬改嫁,陆游亦另娶。数年后的一个春天,两人邂逅于禹迹寺南的沈园,唐琬遣人送酒肴致意。陆游怅然久之,遂题此词于园壁。词开端三句叙往日欢游,"东风恶,欢情薄"暗点婚变。正是婚变,才造成"一怀愁绪,几年离索",于是作者连用三"错"字,表示自己悔恨之深。下片先写唐琬悲伤的形象,再写自己冷落的情怀,眼下纵然是"山盟虽在",但已"锦书难托",于是作者连用三"莫"字,表示自己绝望之深。全词感情真挚而郁厚,令人不能读竟。

秋 波 媚

七月十六晚登高兴亭望长安南山

秋到边城角声哀,烽火照高台。悲歌击筑,凭高酹酒,此兴悠哉! 多情谁似南山月,特地暮云开。灞桥烟柳,曲江池馆,应待人来。

注释

〔高兴亭〕作者《重九无菊有感》诗自注:"高兴亭在南郑子城西北,正对南山。"〔南山〕即终南山。〔烽火〕此指报前线无事的平安烽火。作者《辛丑正月三日雪》诗自注:"予从戎日,尝大雪中登兴元城上高兴亭,待平安火至。"〔筑〕古乐器。〔酹酒〕以酒洒地而祭。〔灞桥〕在陕西长安东,古人多在此折柳赠别。〔曲江〕在陕西长安东南,为游览胜地。

解读

乾道八年(1172),陆游受四川宣抚使王炎之聘,到南郑襄理军务。王炎是一位主战派大臣,奋发有为,陆游在其麾下,对抗金前途充满了信心。此词便作于到达南郑当年的七月十六日。作者登上南郑子城西北的高兴亭,遥望长安终南山,写下了这首洋溢着爱国激情的词篇。上片写自己身处边城秋色,耳闻悲壮号角,目睹平安烽火,不禁高歌酹酒,豪气满怀。下片运用拟人手法,通过南山之月的多情、灞桥烟柳、曲江池馆的期待,表达收复长安的信心。全词感情激昂,节奏轻快,读后自能为作者乐观的情绪所感染。

卜算子

咏梅

驿外断桥边,寂寞开无主。已是黄昏独自愁,更著风和雨。　　无意苦争春,一任群芳妒。零落成泥碾作尘，只有香如故。

解读

这首词借梅花以言志。上片写梅的处境遭遇：它开在驿外断桥之旁，寂寞孤独，无人欣赏，黄昏之际风雨相摧，更见凄凉。下片写梅的品格精神：它无意争春斗艳，虽遭群芳相妒而不屑一顾；它不怕零落凋谢，即便化泥成尘而清香如故。作者通过对梅花的赞美，表达了自己的志趣与情操。

汉 宫 春
初自南郑来成都作

羽箭雕弓，忆呼鹰古垒，截虎平川。吹笳暮归野帐，雪压青毡。淋漓醉墨，看龙蛇飞落蛮笺。人误许，诗情将略，一时才气超然。

何事又作南来，看重阳药市，元夕灯山。花时万人乐处，欹帽垂鞭。闻歌感旧，尚时时流涕尊前。君记取，封侯事在，功名不信由天。

注释

〔古垒〕古代之营垒。　〔野帐〕野外的帐幕。　〔龙蛇〕喻草书笔势。　〔蛮笺〕蜀地所产的一种笺纸。　〔将略〕指用兵之韬略。　〔元夕灯山〕正月十五元宵节之夜,各种花灯罗列,犹如山集。

解读

乾道八年(1172),陆游在宋金西北边界的四川南郑襄理军务,然仅半年多,便被改任成都府路安抚司参议官。从前线调往后方,又担任着一个空闲的官职,对于这位时刻准备为收复中原而战斗的词人来说,内心十分苦闷,此词便是在这种背景下而作。词上下阕分别写南郑与成都的两种不同的生活。南郑的生活是佩箭挽弓,呼鹰打猎,奋戈刺虎,暮宿野帐,酒酣挥笔,何等豪气;而成都的生活则是欹帽策马,看药市,赏灯山,观花会,听唱曲,何等无聊。词中"何事又作南来"表明对朝廷的不满;"封侯事在,功名不信由天",表明自己要披坚执锐,奔赴疆场,实现抗金之志。

夜　游　宫

记梦寄师伯浑

雪晓清笳乱起,梦游处、不知何地。铁骑无声望似水。想关河,雁门西,青海际。

睡觉寒灯里,漏声断、月斜窗纸。自许封侯在万里。有谁知,鬓虽残,心未死。

注释

〔师伯浑〕名浑甫,四川眉山人,陆游的朋友,颇有才华,隐居不仕。 〔清笳〕凄清的胡笳声。 〔雁门〕雁门关,在山西代县西北。 〔青海〕青海湖。 〔"自许"句〕《后汉书·班超传》载班超语:"大丈夫无它志略,犹当效傅介子、张骞立功异域,以取封侯,安能久事笔砚间乎?"

解读

此词作于作者从南郑前线被召回成都的第二年。词上片写梦境,下片抒实感,倾诉了报国无门的悲愤。全篇的艺术构思与语言层次颇为疏放,然这种疏放并不让人有一泻无余之感,作者一方面通过梦境的雄壮与梦醒的凄凉形成文势上的跌宕,另一方面利用《夜游宫》词牌上下片结尾处句短节促的特点,加强声势上的顿挫,从而使全词在放笔挥洒中显得深沉峭劲。

诉 衷 情

当年万里觅封侯,匹马戍梁州。关河梦断何处,尘暗旧貂裘。 胡未灭,鬓先秋,泪空流。此身谁料,心在天山,身老沧洲。

注释

〔梁州〕今陕西南郑一带。 〔貂裘〕貂皮衣服。《战国策·秦策》载,苏秦说秦王,"书十上而不行,黑貂之裘敝,黄金百斤尽,资用乏绝,去秦而归"。〔天山〕即祁连山。这里指抗金前线。〔沧洲〕指隐士住的地方。

解读

此词作于词人晚年退居山阴时。开端即追忆南郑时期的从军生活,"万里"与"匹马"的对举,凸显出词人当年金戈铁马的英雄气概。紧接着以"梦断"折回眼前,现实的"尘暗旧貂裘"与梦境的"匹马戍梁州"形成了强烈的反差。下片直接抒发悲愤之情。"胡未灭,鬓先秋,泪空流"三句层层深入,倾吐出内心的失望与痛苦。可词人并没有就此为止,"此身谁料,心在天山,身老沧洲",感情由悲而愤,使全词有了深广的历史内容。

范成大

范成大(1126—1193),字致能,号石湖居士,苏州吴县(今属江苏)人。自幼家境贫寒,于绍兴二十四年(1154)进士及第,此后经历了三十年左右的仕宦生涯,官至参知政事。淳熙九年(1182)辞官,归隐石湖。其词多写湖山清赏之趣及农家田园生活,间亦以社会政治生活为题材。杨万里曾评范成大诗云:"大篇决流,短章敛芒,缛而不酿,缩而不俭。清新妩丽,奄有鲍谢;奔逸俊伟,穷追太白。"(《石湖先生文集序》)将此语移评其词小令与长调的艺术风格,亦是十分合适。有《石湖词》。

霜天晓角

梅

晚晴风歇,一夜春威折。脉脉花疏天淡,云来去,数枝雪。　　胜绝,愁亦绝。此情谁共说。惟有两行低雁,知人倚、画楼月。

注释
〔春威〕春寒的威力。

解读
此词以"梅"为题,写赏花之人的孤寂情怀。上片以淡淡的天、疏疏的梅勾勒出一幅梅花初开的盛景。"天淡",故闲云来去;"花疏",故数枝如雪。下片写此景胜绝,亦使人愁绝。人之"愁绝",乃是因为月夜倚楼情怀无人可诉,唯有雁知。全词清疏淡远,不假雕琢,有秦观小词风味。

眼 儿 媚

萍乡道中乍晴,卧舆中困甚,小憩柳塘。

酣酣日脚紫烟浮,妍暖破轻裘。困人天色,醉人花气,午梦扶头。　　春慵恰似春塘水,一片縠纹愁。溶溶泄泄,东风无力,欲皱还休。

注释

〔舆〕轿。　〔酣酣〕形容景色的妍艳。　〔日脚〕穿过云层向下照射的日光。　〔紫烟〕映照日光的地表上升腾的水汽。〔妍暖〕和暖,轻暖。　〔破轻裘〕谓敞开薄袄。〔扶头〕本指一种使人易醉的酒,也状醉态。　〔縠(hú)纹〕有皱纹的纱布。　〔溶溶泄(yì)泄〕水缓缓晃动的样子。

解读

乾道九年(1173),作者调知静江府、广西经略安抚使,赴任途中过江西萍乡,时雨方晴,乘轿困乏,歇息于柳塘畔,即兴写下此词。上片写乘舆道上,地气浮腾,春意融融,再加上花香醉人,令人昏昏思睡。下片描绘春慵情态,那困意就像一池春水在微风中荡漾,迷离恍惚,欲皱还休,不可捉摸。全词笔触细腻,语言秀丽,词意清婉,尤其是刻画春日倦怠无力之情态,入妙传神,真如沈际飞所评:"字字软温,着其气息即醉。"(《草堂诗余别集》)

张孝祥

张孝祥(1132—1169),字安国,号于湖居士,历阳乌江(今安徽和县)人。绍兴二十四年(1154)进士第一。登第之初,即上疏言岳飞之冤,因而为秦桧所忌恨。秦桧死,始得隆遇。后曾支持张浚北伐、反对隆兴和议而两度被罢官。其词强烈地反映出当时国难时代爱国志士的民族意识,并最出色地继承了苏轼雄放旷逸的词风,从而为豪放词过渡到辛弃疾作了最后的铺垫。其同时代人汤衡在《张紫微雅词序》中说:"自仇池(即苏轼)仙去,能继其轨者,非公其谁与哉?"有《于湖词》。

六 州 歌 头

长淮望断,关塞莽然平。征尘暗,霜风劲,悄边声。黯销凝。追想当年事,殆天数,非人力;洙泗上,弦歌地,亦膻腥。隔水毡乡,落日牛羊下,区脱纵横。看名王宵猎,骑火一川明。笳鼓悲鸣,遣人惊。　　念腰中箭,匣中剑,空埃蠹,竟何成。时易失,心徒壮,岁将零。渺神京。干羽方怀远,静烽燧,且休兵。冠盖使,纷驰骛,若为情?闻道中原遗老,常南望、翠葆霓旌。若行人到此,忠愤气填膺,有泪如倾。

注释

〔莽然平〕指关塞埋没在一片草木丛中。 〔洙泗〕洙水和泗水,均流经山东曲阜。这里指孔子故乡。 〔弦歌地〕这里指孔子讲学之所。 〔区(ōu)脱〕胡人侦察的土室。这里指金兵的哨所。 〔埃〕生尘。 〔蠹(dù)〕生虫。 〔神京〕指北宋都城汴京。 〔干羽〕舞者所执的盾和雉尾。 〔怀远〕安抚边远部族,指当时朝廷与金人讲和。 〔烽燧〕黑夜举火曰烽,白天升烟曰燧。古代边境作报警之用。 〔驰骛(wù)〕奔走。 〔翠葆〕天子之旗,翠羽为饰。 〔霓旌〕五彩的旌旗,为天子所用。

解读

隆兴元年(1163),张浚挥师北伐,兵败符离,朝廷主和派因而得势,酝酿着屈辱的"隆兴和议"。张孝祥有感于此,在一次建康留守的宴席上写下这首悲愤满腔之作。全词倾诉了对朝廷屈辱求和行为的痛愤,抒发了自己报国之志难遂的悲哀。艺术上,作者采取对比手法——一面是边备不修,戍守无人,一面是哨所林立,金主夜猎;一面是孔子故乡,膻腥满地,一面是志士剑箭,尘封虫蛀;一面是中原遗老,盼望着王师北伐,一面是朝廷使臣,忙碌于屈膝求和——将感情表现得极为慷慨悲壮,一种骏发踔厉之气,令人振起。陈廷焯评曰:"淋漓痛快,笔酣墨饱,读之令人起舞。"(《白雨斋词话》)据《朝野遗记》云:"张魏公(即张浚)读之,罢席而入。"可见感人之深。

念 奴 娇

过洞庭

洞庭青草,近中秋,更无一点风色。玉鉴琼田三万顷,着我扁舟一叶。素月分辉,明河共影,表里俱澄澈。悠然心会,妙处难与君说。

应念岭海经年,孤光自照,肝胆皆冰雪。短发萧疏襟袖冷,稳泛沧溟空阔。尽吸西江,细斟北斗,万象为宾客。叩舷独啸,不知今夕何夕。

注释

〔洞庭青草〕湖南洞庭湖与青草湖。唐宋时两湖间有沙洲相隔,水涨则连成一片。 〔玉鉴琼田〕形容月光下的湖面。〔岭海〕两广之地,北靠五岭,南临南海,故称岭海。 〔萧疏〕稀落。 〔沧溟〕茫茫大水。 〔西江〕西来的大江。 〔细斟北斗〕北斗星座状如酌酒之斗。《楚辞·东君》:"援北斗兮酌桂浆。"〔万象〕天地间万物。

解读

此词作于乾道二年(1166),当时作者因遭谗言中伤而被罢官,从广西北归。路经洞庭湖时,节近中秋,作者泛舟夜渡,触景

玉鉴琼田三万顷,着我扁舟一叶。

生情,纵笔直书,写下此词。词上片先描绘一个清奇的境界:辽阔的洞庭湖上,风平浪静,在月光的映照下,表里一片澄澈。此时着一叶扁舟,泛入其中,感觉到自己的心灵与美妙的大自然已融为一体。下片的"孤光"二句,表明自己纯洁坦白的襟怀;"尽吸"三句,显示自己驱遣造化的豪逸。正是有此心胸,所以超然绝俗,叩舷而歌,"不知今夕何夕"。从词中可以感受到,作者当时虽身处逆境,并不戚戚于怀,宠辱得失已全然置之度外。全词洋溢的感情、雄奇的笔势、高旷的襟怀、潇洒的意度,唯苏轼《念奴娇·中秋》等词可比肩。

辛弃疾

辛弃疾(1140—1207),字幼安,号稼轩,历城(今属山东济南)人。二十一岁参加耿京的抗金义军,为掌书记,不久投归南宋,先后在江西、湖北、湖南、福建、浙东等地担任地方官,积极从事抗金事业。其间遭到主和派的疑忌,被免官闲居达二十年之久。其词多表现"金戈铁马,气吞万里如虎"(《永遇乐》)的英雄报国之怀与"却将万字平戎策,换得东家种树书"(《鹧鸪天》)的沉痛失志之情。风格沉雄豪壮,于唐宋诸大家之外,别树一帜。刘克庄云:"公所作,大声镗鞳,小声铿鍧,横绝六合,扫空万里,自有苍生以来所无。"(《辛稼轩集序》)有《稼轩长短句》。

摸 鱼 儿

淳熙己亥,自湖北漕移湖南,同官王正之置酒小山亭,为赋。

更能消、几番风雨,匆匆春又归去。惜春长怕花开早,何况落红无数。春且住,见说道、天涯芳草无归路。怨春不语。算只有殷勤,画檐蛛网,尽日惹飞絮。　　长门事,准拟佳期又误。蛾眉曾有人妒。千金纵买相如赋,脉脉此情谁诉。君莫舞,君不见、玉环飞燕皆尘土!闲愁最苦。休去倚危栏,斜阳正在、烟柳断肠处。

注释

〔漕〕漕司的简称,掌管钱粮的官。宋代称转运使为漕司。 〔"算只有"三句〕意谓只有画檐下的蜘蛛殷勤地结网,去粘住纷飞的柳絮,力图留下春色。 〔长门事〕据《文选·长门赋序》载,陈皇后由于得幸于汉武帝而遭妒,因此失宠而幽居长门宫,闻司马相如善文,便以千金请司马相如作《长门赋》。武帝读后感悟,陈皇后因而再度得宠。 〔玉环飞燕〕玉环,杨贵妃的小名。飞燕,赵飞燕,汉成帝皇后。两人均以善舞和善妒著称,并都死于非命。

解读

这首词是淳熙六年(1179)辛弃疾由湖北转运副使调往湖南时作。词上片借惜春、留春、怨春,抒发自己流年空度、志不得伸的感慨;下片以陈皇后的失宠暗喻自己所受的冷遇,以玉环、飞燕的可悲结局警告弄权误国、骄横一世的权贵奸小,以斜阳、烟柳点出朝廷日薄西山、前途黯淡的趋势。全篇看似写春怨春愁,实际上抒发的是对国事的忧愤。作者将这种沉痛悲壮的忧国愤世之情以哀怨缠绵的形式表现出来,加强了全词感人的深度。陈廷焯云:"词意殊怨,然姿态生动,极沉郁顿挫之致。"(《白雨斋词话》)

水 龙 吟

登建康赏心亭

楚天千里清秋,水随天去秋无际。遥岑远目,献愁供恨,玉簪螺髻。落日楼头,断鸿声里,江南游子。把吴钩看了,栏干拍遍,无人会,登临意。　　休说鲈鱼堪脍,尽西风、季鹰归未?求田问舍,怕应羞见,刘郎才气。可惜流年,忧愁风雨,树犹如此。倩何人唤取,红巾翠袖,揾英雄泪?

注释

〔建康〕今江苏南京,为六朝京城。　〔赏心亭〕位于建康下水门上,下临秦淮,尽观览之胜。　〔遥岑(cén)〕即远山。〔玉簪螺髻〕形容群山。　〔吴钩〕宝刀名。　〔"休说"二句〕据《世说新语·识鉴》载,西晋张季鹰(翰)在洛阳做官,见秋风起,乃思吴中菰菜羹和鲈鱼脍,遂辞官回家。　〔"求田"三句〕据《三国志·魏书·陈登传》载,许汜对刘备说,自己去见陈登时,陈登很久不理他,并自己睡大床,让许汜卧下床。刘备听后表示,陈登关心的是国家大事,而你去"求田问舍",自然要受冷遇。若是我,更要睡到百尺楼上,让你睡在地下,岂止相差上下床呢?

〔树犹如此〕据《世说新语·言语》载,东晋桓温北伐,途经金城,见自己过去种的柳树已有十围之粗,便感叹说:"木犹如此,人何以堪!"〔红巾翠袖〕代指女子。

解读

淳熙元年(1174),辛弃疾应叶衡之聘在建康任江东安抚司参议官,借登建康城西赏心亭游览之际,抒发了自己岁月蹉跎、壮志难酬的愤慨与痛苦。全词充分显示了辛词特有的沉郁豪壮的风格。无边秋色,壮丽江山,吴钩看了,栏干拍遍,胸怀报国大志,耻于归隐谋私,气度何其豪,何其壮;悲恨塞胸,无人会意,国家艰危,无路请缨,虚度年华光阴,空洒英雄之泪,感情何其郁,何其沉。豪气郁情,一时并集,将词的壮美发挥到了极致。陈廷焯云:"雄劲可喜。一结风流悲壮。"(《词则》)

念 奴 娇

书东流村壁

野棠花落,又匆匆过了,清明时节。划地东风欺客梦,一枕云屏寒怯。曲岸持觞,垂杨系马,此地曾轻别。楼空人去,旧游飞燕能说。

闻道绮陌东头,行人长见,帘底纤纤月。旧恨春江流不断,新恨云山千叠。料得明朝,尊前重见,镜里花难折。也应惊问:近来多少华发?

注释

〔东流〕旧县名，即今安徽东至。　〔刬(chǎn)地〕无端，平白无故地。　〔绮陌〕繁华的街衢。　〔纤纤月〕喻美人足。

解读

淳熙五年(1178)，作者自江西安抚使召为大理少卿，于赴任途中，泊驻于池州东流县境，因忆想起当年在此地的一段艳遇，而有此作。首五句写旧地重游，好景已失，触物伤感，春寒惊梦。"曲岸持觞"三句折入本题，追忆当年之别离。"楼空人去"二句转回眼前，抒发今昔之悲。过片承"人去"写佳人今日踪迹，"绮陌""帘底"见出此女已有他属，故"旧恨"又添"新恨"。"料得"三句感叹佳人已成镜花水月，不复可得。末尾转到对方，以惊见华发收束。全词虽言情事，然花落春去的无奈、伊人他属的伤怀、老景将至的悲叹，分明已融进了作者的身世之感，所以陈廷焯称此词"悲而壮，是陈其年之祖"(《云韶集》)。

鹧 鸪 天

鹅湖归，病起作。

枕簟溪堂冷欲秋，断云依水晚来收。红莲相倚浑如醉，白鸟无言定自愁。　书咄咄，且休休，一丘一壑也风流。不知筋力衰多少，但觉新来懒上楼。

注释

〔鹅湖〕山名,在江西铅山县东北十五里。山上有湖,晋朝人龚氏曾在湖中养鹅,故名鹅湖。山下有鹅湖寺,景色幽美宜人,辛弃疾罢官乡居时常来此游玩。 〔溪堂〕水边楼台亭阁,供人游赏休息。 〔书咄咄〕刘义庆《世说新语·黜免》载,殷浩被黜免后,终日用手指在空中书画"咄咄怪事"四字。 〔休休〕《旧唐书·司空图传》载,司空图隐居中条山,作亭名"休休"。一说,休休,安闲自得貌。《诗经·唐风·蟋蟀》:"好乐无荒,良士休休。"〔一丘一壑〕丘壑,指山水幽深的所在,常指隐居的地方。《太平御览》七九《苻子》:"(黄帝)谓容成子曰:'吾将钓于壑,栖于一丘。'"

解读

此系辛弃疾罢官闲居上饶期间的一次病后所作。政治上的失意再加上病愈初起,面对江村晚景,词人的心情颇为低沉。首句写欲秋未秋的凉意,次句写云散雾消的寂寞,三四句的"浑如醉""定自愁",则直接将己之忧伤倾注于眼前景物,被沈际飞称为"生派愁怨与花鸟,却自然"(《草堂诗余正集》)。换头三句借三个典故自慰自解:何必心有不平,书空咄咄,姑且隐居山林,安享清闲。语似旷达,实则悲凉。结尾二句紧扣题意"病起",发岁月蹉跎、老之将至之慨。

菩萨蛮

书江西造口壁

郁孤台下清江水,中间多少行人泪。西北望长安,可怜无数山。　　青山遮不住,毕竟东流去。江晚正愁予,山深闻鹧鸪。

注释

〔造口〕一名皂口,在今江西万安县西南。 〔郁孤台〕在今江西赣州市西北。 〔清江〕指赣江。 〔长安〕此指北宋都城汴京。 〔鹧鸪〕鸟名,叫声似"行不得也哥哥"。

解读

靖康之难,宋室南渡,两年后金兵又兵分两路大举南侵,其中一路从湖北进军江西,隆祐太后由南昌仓皇出走,至赣江造口弃船登陆,才幸免于难。四十多年后,辛弃疾身临造口,追忆往事,因此感兴,遂题词于壁。上片写登上郁孤台,俯瞰清江,尤能感到其中还流淌着无数难民的家国之泪。向北遥望故都,无奈群山遮目。下片写纵有青山阻隔,但江水滚滚东流,势不可当。暮色生愁,远处又传来"行不得也哥哥"的鹧鸪叫声。周济《宋四家词选》称此词"惜水怨山",说的就是它的比兴手法。全词八句,前两句以"清江水"起兴,三四句表达收回故土受到阻挠的愤恨,五六句比喻抗金事业永不放弃的意志,最后吐露北伐大计困

难重重的忧伤,既写出了时代的悲剧,也写出了英雄的感慨。卓人月云:"忠愤之气,拂拂指端。"(《古今词统》)

祝英台近

晚春

宝钗分,桃叶渡,烟柳暗南浦。怕上层楼,十日九风雨。断肠片片飞红,都无人管,更谁劝、啼莺声住。　　鬓边觑,试把花卜归期,才簪又重数。罗帐灯昏,哽咽梦中语:是他春带愁来,春归何处?却不解、带将愁去。

注释

〔宝钗分〕指别离时分钗留赠。此乃古人赠别习俗。　〔桃叶渡〕渡口名,在今江苏南京秦淮河与青溪合流处,相传东晋王献之与妾桃叶曾在此分别,故称。　〔花卜归期〕以花瓣的多少,占行人归家的日期。

解读

此系伤春伤别之作。上片写送别情殷。南浦桃叶渡,分钗赠郎君,这是别时光景,一"暗"字,已寓黯然销魂之意。怕上层楼,怕见飞红,怕闻莺啼,这是别后凄苦,种种伤春情绪,皆由一"分"字引出。下片写望归心切。花卜归期,才簪重数,是思妇之痴态；愁随春来，不随春去，是思妇之痴语。痴态痴语，道尽痴妇满腹痴情。沈谦谓"稼轩词以激扬奋厉为工，至'宝钗分，桃叶渡'一曲，昵狎温柔，魂销意尽。才人伎俩，真不可测"（《填词杂说》），道出了辛词风格的多样性。

青玉案

元　夕

东风夜放花千树，更吹落，星如雨。宝马雕车香满路。凤箫声动，玉壶光转，一夜鱼龙舞。

蛾儿雪柳黄金缕，笑语盈盈暗香去。众里寻他千百度。蓦然回首，那人却在，灯火阑珊处。

注释

〔花千树〕形容花灯之盛。唐苏味道《正月十五夜》："火树银花合，星桥铁锁开。"　〔玉壶〕指月亮。　〔鱼龙舞〕指舞鱼灯、龙灯之类。　〔蛾儿、雪柳、黄金缕〕三件都是当时妇女头上所戴之饰物。　〔阑珊〕稀落。

解读

词题"元夕"，即正月十五元宵节。上片写都城元夕盛况：花灯千树，就如天星吹落；游人如织，宝马雕车满街；灯月交辉，笙箫歌舞彻夜。下片写观灯女郎，盛装丽饰，笑语盈盈，香气袭人，然而意中人杳然无影。千寻万觅中,偶然回头,伊人竟在灯火冷清之处。细味全词,前面所渲染的种种热闹气氛,都是反衬之笔,是为突出在灯火稀落处的女子。梁启超说此词"自怜幽独,伤心人别有怀抱"(《艺蘅馆词选》引),揭示了它的真正内涵。结合辛弃疾的生平遭遇,"那人"正是词人在政治失意和人生挫折之后,不愿同流合污、随波逐流,甘愿寂寞处之的写照。

清　平　乐

村　居

茅檐低小,溪上青青草。醉里吴音相媚好,白发谁家翁媪?　　大儿锄豆溪东,中儿正织鸡笼。最喜小儿无赖,溪头卧剥莲蓬。

注释

〔吴音〕吴地方言。　〔媚好〕绵软好听。　〔媪(ǎo)〕老妇。　〔无赖〕此处指顽皮。

解读

两宋词坛,将农村题材写出特色的,一是北宋的苏轼,一是南宋的辛弃疾。在苏轼笔下,乡村生活的主角不再是渔夫,而是"牛衣古柳卖黄瓜"的老汉;不再是莲娃,而是"旋抹红妆看使君"的村姑。辛弃疾更是将视野转向乡风民俗与农家生活,在他的笔下,脚下的路不再是小园香径,而是"羊肠九折";闻到的味不再是兰花香,而是"稻花香"。这首词便是惟妙惟肖地描写一户农家老少五口人的生活情态。醉里闲谈的翁媪,豆地除草的老大,编织鸡笼的中男,卧剥莲蓬的小儿,就像一幅充满了浓郁乡村生活气息的风俗画。

贺 新 郎

同父见和,再用前韵。

老大那堪说。似而今、元龙臭味,孟公瓜葛。我病君来高歌饮,惊散楼头飞雪。笑富贵、千钧如发。硬语盘空谁来听?记当时、只有西窗月。重进酒,换鸣瑟。　　事无两样人心别。问渠侬:神州毕竟,几番离合?汗血盐车无人顾,千里空收骏骨。正目断、关河路绝。我最怜君中宵舞,道"男儿到死心如铁"。看试手,补天裂。

注 释

〔元龙〕三国陈登字,许汜称其"湖海之士,豪气不除"。〔臭味〕谓气味相投。　〔孟公〕西汉陈遵字。《汉书·游侠列传》称其嗜酒好客,为人推重。　〔瓜葛〕比谓亲友互相牵连。〔千钧如发〕视千钧之重如一发之轻。〔硬语盘空〕指不合时人口味的言论。韩愈《荐士》诗："横空盘硬语,妥帖力排奡。" 〔渠侬〕他人,他们,古吴语所称。此指当政者。 〔离合〕当为偏义复词,重在"离",指中原被占。 〔汗血盐车〕以良马拖笨车喻埋没人才。汗血,大宛良马,汗出如血,日行千里。 〔"千里"句〕《战国策·燕策》载,某人出千金重价买千里马,三年没有买到,看到一匹好马已死,用五百金买了它的骨头。不到一年,就买到三匹千里马。后人用这个故事来比喻急切求贤。 〔中宵舞〕用东晋祖逖和刘琨闻鸡起舞的故事,事见《晋书·祖逖传》。 〔补天裂〕用女娲炼石补天的神话喻收复中原大业。

解读

淳熙十五年(1188),陈亮自浙江东阳到江西上饶带湖访辛弃疾,晤谈十日而归。辛先作一《贺新郎》赠陈,陈次韵以和,辛再用原调原韵作此篇。首句感慨自己退居多年,世事不堪说。接着以陈登、陈遵喻陈亮,表同志之谊。"我病"以下追记当时相会情景,高歌痛饮,话语激切,豪气贯天,然却只有明月能够理解。过片指责南宋统治集团对金妥协,词人直接向他们发问:还要让神州分裂多久?"汗血"二句感慨自己投闲置散的处境。面对破碎山河,难平心中之情,故转而将希望寄托在陈亮身上,期待补天大业的完成。全词淋漓悲壮,顿挫盘郁,是唱和词中的佳品。

鹧鸪天

代人赋

陌上柔桑破嫩芽,东邻蚕种已生些。平冈细草鸣黄犊,斜日寒林点暮鸦。　　山远近,路横斜,青旗沽酒有人家。城中桃李愁风雨,春在溪头荠菜花。

注释

〔破嫩芽〕冒出了嫩芽。　〔点〕用作动词。　〔荠菜〕草本植物,花白色,其嫩茎可食。

解读

此词题为"代人赋",表达的却是作者自己的感情。上片以柔桑、幼蚕、细草、黄犊,织就了初春江南的图画,末句向暮之时,斜日寒林、点点鸦阵的描写又将眼前之景化为旷远的意境。下片由风光转写人事。远近之山,横斜之路,山村酒店,青旗飘飘,面对如此美景,作者悟出了这样一个哲理:美丽娇艳者害怕风雨,平凡朴素者却有旺盛的生命力。从作者对"城中桃李"与"溪头荠菜花"的褒贬之中我们可以看出他那不以撤职闲居为苦的顽强不屈精神和崇尚朴素清新的美学思想。

西 江 月

夜行黄沙道中

　　明月别枝惊鹊,清风半夜鸣蝉。稻花香里说丰年,听取蛙声一片。　　七八个星天外,两三点雨山前。旧时茅店社林边,路转溪桥忽见。

注释

〔黄沙〕黄沙岭,在今江西上饶西四十里。岭高约五十米。岭下有两泉,水自石中流出,可灌溉十余亩田。　〔别枝〕指旁逸横出的树枝。　〔社林〕社庙旁边的树林。

解读

这首词描写山村夏夜景色。上片着重写听觉,词人在鹊惊、蝉鸣、蛙喧的合奏中,闻到一片稻花的香气。下片着重写视觉,词人在疏星、微雨、溪流的伴随下,忽遇旧时熟悉的茅店。全词笔调灵动轻快,将眼前常景写得情趣盎然,令人感受到词人心情的闲适。陈廷焯云:"所闻所见,信手拈来都成异采,总由笔力胜故也。"(《词则》)

贺 新 郎

别茂嘉十二弟

　　绿树听鹈鴂,更那堪、鹧鸪声住,杜鹃声

切。啼到春归无寻处,苦恨芳菲都歇。算未抵、人间离别。马上琵琶关塞黑,更长门翠辇辞金阙。看燕燕,送归妾。　　将军百战身名裂。向河梁、回头万里,故人长绝。易水萧萧西风冷,满座衣冠似雪。正壮士、悲歌未彻。啼鸟还知如许恨,料不啼清泪长啼血。谁共我,醉明月?

注释

〔茂嘉〕辛弃疾族弟。　〔鹈鴂(tí jué)〕此处指伯劳鸟。〔芳菲〕花香。　〔马上琵琶〕王昭君出塞嫁匈奴事。石崇《王明君辞序》:"昔公主嫁乌孙,令琵琶马上作乐,以慰其道路之思。其送明君(即昭君),亦必尔也。"〔长门〕指陈皇后失宠于汉武帝后,黜居长门宫。　〔金阙〕皇帝所居的宫殿。　〔"看燕燕"二句〕《诗经·邶风》有《燕燕》诗,据说是卫庄公妻庄姜送庄公妾戴妫时所作,诗有"之子于归,远送于野。瞻望弗及,泣涕如雨"等语。　〔"将军"三句〕将军,指汉代李陵。李陵抗击匈奴,身经百战,最后势穷而降,身败名裂。相传李陵在匈奴送别苏武归汉时作有"携手上河梁""长当从此别"等诗句。　〔"易水"三句〕战国时燕太子丹在易水边送荆轲入秦行刺秦始皇,送行者都穿戴白衣冠,荆轲临行唱道:"风萧萧兮易水寒,壮士一去兮不复还。"彻,结束。

解读

辛茂嘉是勉力抗金而重节气者,以罪谪徙,辛弃疾借送别而发家国之感。开首以鸟啼起兴,一气奔赴,渲染出强烈的离别气氛。"算未抵、人间离别",一笔勾转,承上启下,点出离别本旨,然后极力铺排别恨数事:王昭君辞汉嫁匈奴,陈皇后失宠居长门,卫庄姜挥泪送戴妫,李陵异域别苏武,太子丹易水诀荆轲,并将自己心中无处发泄的一腔怨愤融入其中,以磅礴恢宏的气势,冲破上下片之间须换意的定格,连络而下,直至"啼鸟还知如许恨"收束,歇拍二句归到送弟题意。全词在这种龙腾虎跃、别开生面的结构中,显示出荡气回肠的力量。王国维评曰:"章法绝妙,且语语有境界,此能品而几于神者。"(《人间词话》)

贺 新 郎

邑中园亭,仆皆为赋此词。一日,独坐停云,水声山色竞来相娱,意溪山欲援例者,遂作数语,庶几仿佛渊明思亲友之意云。

甚矣吾衰矣。怅平生、交游零落,只今余几!白发空垂三千丈,一笑人间万事。问何物、能令公喜?我见青山多妩媚,料青山见我应如是。情与貌,略相似。　　一尊搔首东窗里。想渊明、《停云》诗就,此时风味。江左沉酣求名者,岂识浊醪妙理。回首叫、云飞风起。不恨古人吾不见,恨古人、不见吾狂耳。知我者,二三子。

注释

〔邑中〕指江西铅山县境内。 〔停云〕停云堂,作者晚年住铅山期思时所建。 〔思亲友〕陶渊明《停云》诗序:"停云,思亲友也。"〔"甚矣"句〕出《论语·述而》:"子曰:'甚矣,吾衰也。久矣,吾不复梦见周公。'"〔"问何物"句〕改用《世说新语·宠礼》中语。公,作者自称。 〔搔首东窗〕出陶渊明《停云》诗:"静寄东轩,春醪独抚。良朋悠邈,搔首延伫。"〔"江左"二句〕本于苏轼《和陶渊明饮酒》诗"江左风流人,醉中亦求名"及杜甫《晦日寻崔戢李封》诗"浊醪有妙理,庶用慰沉浮"。江左,即江东,今长江下游一带。浊醪(láo)妙理,饮酒之理。浊醪,即浊酒。古时米酒呈乳白色,似浑浊,故称。 〔"不恨"二句〕语本《南史·张融传》:"融常叹曰:'不恨我不见古人,所恨古人不见我。'"〔二三子〕语出《论语》。

解读

此词系受陶渊明《停云》诗的启发,借以寓身世之感。首句用孔子原话,亦含己"道"难行之意,继而感叹知交无多,年光老去,只能以青山为友,表其虽孤寂却不甘之心情。换头借用陶诗成句,继以陶为异代之相知,顺势抨击求名而不知至理的庸夫。

己虽好饮,却未忘呼唤风云,再用古人成句表壮志被抑而不得已之狂,最后又以《论语》中语呼应开头交游零落,感慨同道之少。此词泄郁抒愤,很能体现"稼轩敛雄心,抗高调,变温婉,成悲凉"(周济《宋四家词选目录序论》)的风貌。

丑奴儿

书博山道中壁

少年不识愁滋味,爱上层楼。爱上层楼,为赋新词强说愁。　　而今识尽愁滋味,欲说还休。欲说还休,却道天凉好个秋。

注释

〔博山〕地名,在今江西境内。

解读

此词系作者被罢官后闲居上饶带湖时所作,当时他经常往来博山道中,遂题词于壁。全篇以"愁"字贯穿。上片写当年涉世未深,不知愁为何物,为赋新词,强为言愁。下片写如今涉世即深,饱尝愁苦滋味,无限感慨,欲说还休。结合作者的处境与遭遇来看,那无法言说的愁,显然是遭受投降派排挤、英雄报国无门之愁。

破 阵 子

为陈同甫赋壮词以寄

醉里挑灯看剑,梦回吹角连营。八百里分麾下炙,五十弦翻塞外声。沙场秋点兵。

马作的卢飞快,弓如霹雳弦惊。了却君王天下事,赢得生前身后名。可怜白发生。

注释

〔陈同甫〕陈亮,字同甫。 〔梦回〕梦醒。 〔八百里〕指牛。见《世说新语·汰侈》。 〔麾(huī)下〕部下。 〔炙〕烤肉。 〔五十弦〕指瑟。这里泛指乐器。 〔翻〕演奏。 〔的卢〕一种烈性快马。 〔君王天下事〕指抗金复国的大业。

解读

此是寄挚友陈亮之作。自开首"醉里"起,至下片"赢得"止的九句,写万里平戎,一气奔注,豪壮淋漓,使人仿佛身临其境。末句"可怜白发生"陡转,文势极为矫健,忠愤悲激之气在这顿挫之中喷射而出。

鹧 鸪 天

有客慨然谈功名,因追念少年时事,戏作。

壮岁旌旗拥万夫,锦襜突骑渡江初。燕兵

夜娖银胡䩗,汉箭朝飞金仆姑。　　追往事,叹今吾,春风不染白髭须。却将万字平戎策,换得东家种树书。

注释

〔"壮岁"二句〕指绍兴三十二年(1162),作者与耿京统领抗金义军,决策南向,作者奉表归宋时,叛徒张安国杀耿京而降金,作者回途中闻知这一消息,立即率五十骑趋金营,生擒张安国,投归南宋。见《宋史·辛弃疾传》。壮岁,少壮之时,作者时年二十三岁。锦襜(chān)突骑(jì),穿锦衣的精锐骑兵。〔"燕兵"句〕意谓自己领军连夜整治武器,清早即对敌兵出击。燕兵,指抗金义军,因多为北方人,故泛言为"燕"。娖(chuò),整治,整理。银胡䩗(lù),银色的箭袋。〔汉〕汉朝,指宋兵。〔金仆姑〕箭名。〔"春风"句〕指青春岁月去而不返。〔万字平戎策〕指作者所写的《美芹十论》《九议》等。万字,犹"万言书"。平戎策,平定外族入侵的策略。

解读

这是辛弃疾抚今追昔、痛定思痛之作。上片追忆青年时代得知义军领袖耿京被害,立即带领五十人马,闯进金营,擒获叛徒张安国,然后领万余骑,突破金兵包围,南归宋朝的战斗经历。过片六字承上启下,继而转写年光抛人,被迫闲退归耕,委婉传达出被废置不用的深沉慨叹。上片慷慨发越,气势飞动,三四句对仗极工,"燕兵""汉箭"分从地域、国家作一事之互文,不乏深意;"夜妮""朝飞"以早承晚,于对偶中见一气流转。下片以"往事"对"今吾",词意转折,"平戎策"换"种树书",感慨自现,故陈廷焯《白雨斋词话》对此有"郁而厚"之评。

永遇乐

京口北固亭怀古

千古江山,英雄无觅,孙仲谋处。舞榭歌台,风流总被,雨打风吹去。斜阳草树,寻常巷陌,人道寄奴曾住。想当年,金戈铁马,气吞万里如虎。　　元嘉草草,封狼居胥,赢得仓皇北顾。四十三年,望中犹记,烽火扬州路。可堪回首,佛狸祠下,一片神鸦社鼓。凭谁问:廉颇老矣,尚能饭否?

注释

〔京口〕今江苏镇江。　〔北固亭〕在镇江城北北固山上。〔孙仲谋〕三国时吴国国主孙权,字仲谋。他承父兄基业,曾建都京口。　〔风流〕英雄当年的流风余韵。　〔寄奴〕南朝时宋武帝刘裕小字寄奴。　〔"元嘉"三句〕刘裕之子宋文帝刘义隆于元嘉年间,命王玄谟北伐后魏,企图建立汉代霍去病大破匈奴、封狼居胥山而还般的功绩,终因准备不足而仓皇败退。封,古代在山上筑坛祭天的仪式。狼居胥,又名狼山,在今内蒙古西北。〔四十三年〕指四十三年前(1162)作者率众南归。此前作者在扬州以北的金统治区抗金作战。〔佛狸祠〕后魏太武帝小字佛狸。他率军击败南朝宋文帝军队后,追击至长江北岸瓜步山(在今江苏六合),在山上建立行宫,后称佛狸祠。〔神鸦〕祭祀之后,飞来啄食祭品的乌鸦被视为神鸦。〔社鼓〕社日祭神时的鼓声。〔"凭谁问"三句〕战国时赵国名将廉颇,晚年遭谗出奔魏国。赵王想重新起用他,便派使者前往了解他的健康情况。他当场吃了一斗米饭、十斤肉,并披甲上马,表示还能战斗。但使者受奸臣的贿赂,回去对赵王谎称:廉颇虽能吃饭,但一餐饭间三次上厕所解手。赵王信以为真,没有起用他。

解读

开禧元年(1205),六十六岁的辛弃疾被任命为镇江知府。此时韩侂胄正筹划出兵北伐。辛弃疾对此事,一方面予以积极的支持,因为这正合自己的夙愿,另一方面意识到韩侂胄冒昧行事,很难有所作为,所以在登京口北固亭时写此词以寄意。词上片作者面对雄伟江山,追怀曾在此处累破北兵的历史英雄孙权和刘裕;下片先回顾南朝宋文帝元嘉年间的轻率北伐,暗劝韩侂胄要吸取教训,然后转到自己南归后的不堪回首的往事,最后以廉颇自比,表明年虽衰老,但报效国家的雄心犹在。作者通过一连串典故的运用,将英雄人物与自己的思想感情交融在一起,造成全词深宏博大的意境、纵横排宕的气势,体现出沉雄豪壮的"稼轩风"。杨慎评曰:"辛词当以京口北固亭怀古《永遇乐》为第一。"(《词苑萃编》引)

南乡子

登京口北固亭有怀

何处望神州？满眼风光北固楼。千古兴亡多少事？悠悠。不尽长江滚滚流。　　年少万兜鍪，坐断东南战未休。天下英雄谁敌手？曹刘。生子当如孙仲谋。

注释

〔神州〕中国。此指为金人所占的中原地区。　〔年少〕代指孙权。　〔兜鍪(móu)〕头盔，此指士兵。　〔坐断〕占据。〔孙仲谋〕孙权，字仲谋。《三国志·吴书·吴主传》裴松之注引《吴历》：曹操见东吴军容整肃，喟然叹曰："生子当如孙仲谋，刘景升儿子若豚犬耳。"

解读

京口，即镇江，三国时孙权坐镇于此，抗衡曹刘。宋宁宗嘉泰三年(1203)六月，辛弃疾被起用为绍兴知府兼浙东安抚使，次年移知长江防线的京口，此词便是登京口北固亭而作。上片写登楼所见所感。虽眼前风光无限，可神州不知何处，唯见不尽长江，滚滚东流，不由兴起盛衰兴亡的感慨。下片承"千古兴亡"而来，写当年英雄孙权，年轻有为，胆识非凡，统率千军万马，雄踞东南。末句借曹操之口赞叹孙权，实则表达自己要像孙仲谋那样奋发有为，使敌手折服的豪情。

陈 亮

陈亮(1143—1194),字同甫,号龙川,婺州永康(今属浙江)人。绍熙四年(1193)进士。为人豪侠,喜谈兵,议论英伟磊落,下笔万言立就。曾五次上书,极力反对屈辱苟安,主张北伐中原,收复失地,并提出了一系列抗金中兴的具体方略。当时权贵恨其直言不讳,故百般构陷,使其多次身陷囹圄。作词豪气纵横,长于议论,带有很强的现实意义,甚至"可作中兴露布读"(陈廷焯《白雨斋词话》)。有《龙川词》。

水 调 歌 头
送章德茂大卿使虏

不见南师久,漫说北群空。当场只手,毕竟还我万夫雄。自笑堂堂汉使,得似洋洋河水,依旧只流东?且复穹庐拜,会向藁街逢。

尧之都,舜之壤,禹之封。于中应有,一个半个耻臣戎。万里腥膻如许,千古英灵安在?磅礴几时通?胡运何须问,赫日自当中。

注释

〔章德茂〕章森,字德茂,绍兴三十年(1160)进士,试户部尚书。于孝宗淳熙十一年(1184)、十二年(1185)两度出使金国。 〔南师〕南宋军队。 〔北群空〕喻能征善战的人才。韩愈《送石处士序》:"伯乐一过冀北之野,而马群遂空。"〔只手〕谓一人只身出使,单枪匹马。 〔万夫雄〕言有万夫不敌之勇。〔"自笑"三句〕意谓我堂堂汉使,岂会长此向金屈辱求和,如江河之水永归大海? 〔穹庐〕北方游牧民族所居毡帐。这里借指金廷。 〔藁(gǎo)街〕汉长安城街名。汉将陈汤曾斩匈奴郅支单于之首悬于藁街。〔万里腥膻〕谓中原地区为金兵所占领。金人为游牧民族,故有腥膻之气。 〔磅礴〕指郁积于胸的民族正气。

解读

南宋自孝宗与金订立"隆兴和议"后,每逢岁末及金主生辰,须派使臣去金庆贺。这首词便作于淳熙十二年(1185)章森出使金国贺金世宗完颜雍生辰之际。词上片赞赏章森以力敌万夫的气概只身承担起朝廷使命,并指出,向金人朝拜只是暂时之事,终有一日将悬敌酋之首于藁街。下片讽斥屈节求和的朝廷官员,表达对收复失地的强烈愿望,最后指出,金人的气数即将完结,而宋朝则国运方隆,有如烈日当空。全词忠愤之气,随笔涌出,精警奇肆、磅礴雄杰,读之可以振衰起懦。

念 奴 娇

登多景楼

危楼还望,叹此意、今古几人曾会?鬼设神施,浑认作、天限南疆北界。一水横陈,连冈三面,做出争雄势。六朝何事,只成门户私计!

因笑王谢诸人,登高怀远,也学英雄涕。凭却江山管不到,河洛腥膻无际。正好长驱,不须反顾,寻取中流誓。小儿破贼,势成宁问强对!

注释

〔多景楼〕在今江苏镇江北固山甘露寺内,北临长江,这一带历来是兵家必争之地。 〔还〕通"环"。 〔鬼设神施〕指镇江一带的山川形势险要,像鬼斧神工的特意安排。 〔"只成"句〕指六朝统治者为保住家族私利,划江自守,只成偏安之局。

〔"因笑"三句〕刘义庆《世说新语·言语》载:"过江诸人,每至美日,辄相邀新亭,藉卉饮宴。周侯中坐而叹曰:'风景不殊,正自有河山之异。'皆相视流泪。惟王丞相愀然变色曰:'当共勠力王室,克复神州,何至作楚囚相对!'"王谢诸人,指东晋世家大族的上层人物,此处借以讽刺当时南宋上层统治集团中的空谈者。

〔凭却〕依仗着。 〔河洛〕黄河与洛水流域,指中原地带。〔中流誓〕《晋书·祖逖传》载,祖逖统兵北伐时,渡江至中流,击楫而誓曰:"祖逖不能清中原而复济者,有如大江。"〔小儿破贼〕《世说新语·雅量》载,淝水之战,谢安之弟谢石、侄谢玄大破秦苻坚兵八十万。捷书至,谢安正与客人下棋,看书毕,默然无言,依旧对局。客问淮上利害,答曰:"小儿辈大破贼。"意色举止,不异于常。 〔彊对〕犹言强敌。彊,同"强"。

解读

淳熙十四年(1187),一贯采取妥协投降政策的高宗赵构病卒,陈亮寄希望于孝宗可以有所作为,为寻找向孝宗陈述北伐策略的理论依据,他于次年亲赴长江沿岸的金陵(南京)、京口(镇江)一带考察地势。这首词便作于此时。词上片描写京口形势,作者指出,自古以来,很少有人真正领会这险要地形的意义,因此,鬼设神施的雄奇江山,被认为是天然划分的南北疆界。实际上,京口北临长江,三面山冈环绕,正是志士争雄、北进中原的要塞,而六朝错把它当作被动防守的屏障。词下片抒发感慨,东晋士大夫只知新亭对泣,无北伐行动,致使中原长期沦于敌手。山河之势,正有利于我北伐中原,无须退缩不前。眼下就可长驱千里,扫清河洛,强敌有甚可惧?全词议论纵横,感愤淋漓,"可作中兴露布读"(陈廷焯《白雨斋词话》)。

刘 过

刘过(1154—1206),字改之,号龙洲道人,吉州太和(今江西泰和)人。性疏豪,重义气,博学经史百氏之书,好谈盛衰治乱之变。力主北伐,曾向宰相上书,陈述恢复中原的方略,但在那文恬武嬉的时代,这种主张自然得不到采纳,于是乃浪迹江湖,与辛弃疾、陆游、陈亮等人有着较深的交往。作词多壮语,盖学稼轩豪纵恣肆之风。刘熙载云:"刘改之词,狂逸之中自饶俊致,虽沉着不及稼轩,足以自成一家。"(《艺概》)有《龙洲词》。

唐 多 令

安远楼小集,侑觞歌板之姬黄其姓者,乞词于龙洲道人,为赋此《唐多令》。同柳阜之、刘去非、石民瞻、周嘉仲、陈孟参、孟容,时八月五日也。

芦叶满汀洲,寒沙带浅流。二十年重过南楼。柳下系船犹未稳,能几日,又中秋。
黄鹤断矶头,故人曾到否?旧江山浑是新愁。欲买桂花同载酒,终不似、少年游!

注释
〔侑觞〕劝酒。 〔黄鹤矶〕位于武昌西北,上有黄鹤楼。

解读

这首词作于武昌安远楼(即词中所谓南楼)。武昌系南宋与金必争之地,二十年前作者曾上此楼,如今中秋之际,胜地重游,睹河山破碎,伤故友凋零,不由兴起"旧江山浑是新愁"之感。末三句作者又将身世之感织入其中,感慨尤显深厚。在艺术表现上,上片先着一对偶句,再选用"重""犹""能""又"等虚字,使词情极为婉转。下片以疏俊之笔抒写感慨,"旧江山浑是新愁"句,感情看似不甚强烈,却蕴含了极深的思致。本有旧恨为一层,又添新愁为一层,旧恨新愁已达"浑是"的程度为一层,如此三层,将今昔之感与家国之恨抒发得淋漓尽致。全词感情苍凉,用笔婉转,造语俊爽,在当时便"楚中歌者竞唱之"(《词苑丛谈》),并一直受到后人赞赏。

六州歌头

题岳鄂王庙

中兴诸将,谁是万人英?身草莽,人虽死,气填膺,尚如生。年少起河朔,弓两石,剑三尺,定襄汉,开虢洛,洗洞庭。北望帝京,狡兔依然在,良犬先烹。过旧时营垒,荆鄂有遗民。忆故将军,泪如倾。　　说当年事,知恨苦:不奉诏,伪耶真?臣有罪,陛下圣,可鉴临,一片心。万古分茅土,终不到,旧奸臣。人世夜,白日照,忽开明。衮珮冕圭百拜,九泉下、荣感君恩。看年年三月,满地野花春,卤簿迎神。

注释

〔万人英〕万人之英。 〔身草莽〕指岳飞出身贫寒。 〔河朔〕黄河以北地区。 〔弓两石〕指膂力过人,能开两石之弓。 〔"定襄汉"三句〕高宗绍兴初,岳飞先后平定襄阳、汉阳等六郡,剿灭洞庭湖的杨幺起义军,收复虢州(今河南灵宝)、洛京(今河南洛阳)、东虢(今河南荥阳)一带大片国土。 〔北望帝京〕指岳飞北伐,已离汴京四十五里。 〔"狡兔"二句〕《史记·淮阴侯列传》:"狡兔死,良狗烹。" 〔不奉诏〕系秦桧诬构岳飞所谓谋反罪状。 〔分茅土〕古代君主授封王侯的仪式。用茅草包社坛某方之土授受封者,以示其为某方王侯。 〔"衮珮"二句〕意谓九泉之下英雄有知,穿着衮服,系着佩玉,戴着冠冕,持着圭璧叩拜君王的加封立庙之恩。 〔卤簿〕天子出驾时的仪仗。此指每年三月,人们以隆重的仪式,在鄂王庙前祭奠英雄的神灵。

解读

抗金名将岳飞在高宗时为秦桧所害。孝宗为其昭雪,并建岳庙于鄂(今武昌)。宁宗嘉泰四年(1204),又追封其为鄂王。此词便是作者在嘉泰四年游鄂王庙时所作。上片开端以问代赞,称岳飞为中兴诸将最杰出之英雄,其人虽死,但忠愤之气不灭。接下历叙岳飞生平以至遇难,"狡兔依然在,良犬先烹",倾诉了对朝廷残害忠良的愤慨。下片先是婉责高宗的昏庸与怒骂奸臣的误国,再是颂扬孝宗的平反之举与宁宗的追封之行,最后写岳飞死后得到人民的敬仰。全词感情慷慨激昂,用笔明快跌宕,是作者既出色又有分量的豪放之作。

姜 夔

姜夔(约1155—约1221),字尧章,自号白石道人,鄱阳人。工诗词,善翰墨,尤精通乐律。庆元三年(1197)曾向朝廷进献《大乐议》《琴瑟考古图》,希望能够改正国家的乐典,因受太常乐官的嫉妒而未被采用,后又考进士不中,以布衣终身。一生往来于苏、杭、扬、淮的名流公卿、雅士骚人之间,过着清客的生活。有词集《白石道人歌曲》,存词八十四首,其中十七首为自度新腔。张炎说:"姜白石词如野云孤飞,去留无迹。""不惟清空,又且骚雅,读之使人神观飞越。"(《词源》)这是对姜词颇允惬,亦是颇有代表性的评价。

江 梅 引

丙辰之冬,予留梁溪。将诣淮而不得,因梦思以述志。

人间离别易多时,见梅枝,忽相思。几度小窗幽梦手同携。今夜梦中无觅处,漫徘徊,寒侵被,尚未知。　　湿红恨墨浅封题,宝筝空,无雁飞。俊游巷陌,算空有、古木斜晖。旧约扁舟,心事已成非。歌罢淮南春草赋,又萋萋。漂零客,泪满衣。

注释

〔丙辰〕宋宁宗庆元二年(1196)。 〔梁溪〕无锡的别称。 〔淮〕这里指淮河以南,今皖北合肥一带。 〔"湿红"句〕用晏幾道《思远人》"泪弹不尽临窗滴,就砚旋研墨。渐写到别来,此情深处,红笺为无色"词意。湿红,指美人的眼泪。 〔无雁飞〕指无雁传书。 〔淮南春草赋〕指淮南小山《招隐士》中赋春草之句:"王孙游兮不归,春草生兮萋萋。"

解读

这是一首追忆昔日情人之作。词上片写见梅忆人,然伊人往日数度入梦相见,今日梦中已无觅处,只觉寒气透入衾被;下片写欲寄彩笺,然音问难通,旧游之地,人去楼空,前约已成泡影,唯有泪满衣襟。在唐宋词中,恋情总被写得相当浓艳,即便是周邦彦词,也不免露出脂粉气、妮子态。白石这首恋情词却表现得相当雅正,既没有丝毫艳情的成分,与软媚的情调也完全绝缘。所以王国维指出:"古今词人格调之高,无如白石。"(《人间词话》)黄昇也认为,姜词之"高处有美成所不能及"(《中兴以来绝妙词选》),其所"不能及"之处,就在于此。

点 绛 唇

丁未冬过吴松作

燕雁无心,太湖西畔随云去。数峰清苦,商略黄昏雨。　　第四桥边,拟共天随住。今何许?凭栏怀古,残柳参差舞。

注释

〔燕雁〕可释为燕子与大雁,或燕(yān)地来的雁。冬天无雁,更无燕,可看作"托物起兴"之辞。 〔清苦〕状山之荒寒、寂寥。 〔商略〕原为商讨之意,此作酝酿解。 〔第四桥〕指吴江城外的甘泉桥,以泉水被品评为天下第四而得名,见乾隆《苏州府志》。 〔天随〕晚唐诗人陆龟蒙,号天随子,晚年隐居松江甫里。

解读

宋孝宗淳熙十四年丁未(1187)冬,姜夔从湖州往苏州见范成大,道经吴松(今江苏吴江)时,心仪曾在此地隐居的晚唐诗人陆龟蒙,乃作此词。首二句托物起兴而自况,表现出对闲适生活的向往,次二句的"清苦""商略",移情于物,神理自出,营造出红尘不到、四顾苍茫之境。过片二句直言仰慕陆龟蒙的隐逸之志,呼应上片的"无心""随云"。结三句又回到眼前景,感时伤事。陈廷焯《白雨斋词话》分析说:"至结处云'今何许?凭栏怀古,残柳参差舞',感时伤事,只用'今何许'三字提唱,'凭栏怀古'下,仅以'残柳'五字咏叹了之,无穷哀感,都在虚处。令读者吊古伤今,不能自止,洵推绝调。"可为卓见。

鹧鸪天

正月十一日观灯

巷陌风光纵赏时,笼纱未出马先嘶。白头居士无呵殿,只有乘肩小女随。　　花满市,月侵衣,少年情事老来悲。沙河塘上春寒浅,看了游人缓缓归。

注释

〔正月十一日〕元宵节前。周密《武林旧事》载临安元宵节前要迤逦试灯,谓之"预赏"。　〔巷陌〕街道。　〔笼纱〕纱制的灯笼。　〔白头居士〕作者自称。　〔呵殿〕前呵后殿,指前呼后拥的随从。　〔乘肩〕坐在大人肩上的孩子。又《武林旧事·元夕》载,灯节舞队中亦有"乘肩小女"。倘为后者,则以之拟"呵殿"而解嘲。　〔花〕指花灯。　〔沙河塘〕在钱塘(今杭州)南五里。南宋定都临安后,此处渐成繁华地区。

解读

此词写元宵节前试灯时的观感,抒发了身世之慨。起二句写临安元宵节前预赏花灯的盛况,富贵人家的气派跃然而出,正如况周颐所说:"'笼纱未出马先嘶',七字写出华贵气象,却淡隽不涉俗。"(《蕙风词话》)"白头"二句转写自身寂寥,与富贵者对照明显,然"乘肩小女"又流露温情。过片三句从灯月交映之盛,转入自身的悲慨,作者年轻时曾有合肥情遇之事,少、老对照确非虚语。最后写夜深灯散、游人渐归,在整个由盛而衰的过程中,乐景哀情,亦至此缓缓而止。

鹧 鸪 天

元夕有所梦

肥水东流无尽期,当初不合种相思。梦中未比丹青见,暗里忽惊山鸟啼。　　春未绿,鬓先丝。人间别久不成悲。谁教岁岁红莲夜,两处沉吟各自知。

注释

〔肥水〕《太平寰宇记》载:"庐州合肥县,肥水出县西南八十里蓝家山东南,流入于巢湖。"〔红莲〕灯。

解读

这是一首怀念旧日恋人的情词,约作于宋宁宗庆元三年(1197)。作者先写初遇之地,点出"种相思"是在合肥,"种"字极形象,且见相思之坚牢,而"不合"二字貌似后悔而情实难移,更见相思对心灵的折磨。久别难见,只能梦中重逢,时岁已久,梦中容颜尚不如画中之清晰可见,而梦境又被鸟声所扰,梦亦不能久留,相思之情更深一层。换头写春尚未至,鬓丝已白,既切"元夕",又写出自己羁旅漂泊,岁月蹉跎。"人间别久不成悲"一句,作者的感情达到了高潮,七字中饱含了深沉的悲慨和外淡内深的情感体验。最后以每年元夕花灯满城之时,两地沉吟,怀想无穷作结,韵味尤显悠长深厚。

庆 宫 春

绍熙辛亥除夕,予别石湖归吴兴,雪后夜过垂虹,尝赋诗云:"笠泽茫茫雁影微,玉峰重叠护云衣。长桥寂寞春寒夜,只有诗人一舸归。"后五年冬,复与俞商卿、张平甫、铦朴翁自封禺同载诣梁溪,道经吴松。山寒天迥,云浪四合。中夕相呼步垂虹,星斗下垂,错杂渔火,朔吹凛凛,卮酒不能支。朴翁以衾自缠,犹相与行吟。因赋此阕,盖过旬涂稿乃定。朴翁咎余无益,然意所耽,不能自已也。平甫、商卿、朴翁皆工于诗,所出奇诡,予亦强追逐之。此行既归,各得五十余解。

　　双桨莼波,一蓑松雨,暮愁渐满空阔。呼我盟鸥,翩翩欲下,背人还过木末。那回归去,荡云雪、孤舟夜发。伤心重见,依约眉山,黛痕低压。　　采香径里春寒,老子婆娑,自歌谁答。垂虹西望,飘然引去,此兴平生难遏。酒醒波远,政凝想、明珰素袜。如今安在,唯有阑干,伴人一霎。

注释

〔绍熙辛亥〕宋光宗绍熙二年(1191)。　〔石湖〕即范成大。范成大晚年隐居苏州西南的石湖,自号石湖居士。　〔垂虹〕吴江的利往桥。因上有垂虹亭,也叫垂虹桥。　〔俞商卿〕俞灏,字商卿,绍熙四年(1193)进士。　〔张平甫〕张鉴,字平甫,张镃的异母弟。　〔铦朴翁〕葛天民,字朴翁,出家为僧时,曾取名义铦。　〔封禺〕封山和禺山,在今浙江德清县西南。　〔梁溪〕无锡的别称。　〔吴松〕今江苏吴江。　〔中夕〕半夜。　〔卮(zhī)酒〕杯酒。卮,古代酒器。　〔解〕诗词一首亦称一解。〔莼波〕生有莼菜的水面。　〔盟鸥〕同我有旧交的鸥鸟。　〔木末〕树梢。　〔眉山〕眼眉似的远山。　〔采香径〕位于苏州香山旁的一条小溪。据《苏州府志》载,吴王种香于香山,使美人泛舟于溪以采香。　〔老子〕作者自称。　〔婆娑〕徘徊。　〔政〕同"正"。　〔明珰素袜〕代指所思的美人。明珰,明珠耳坠。

解读

庆元二年(1196)冬,词人借朋友乘舟从封禺诣梁溪张鉴别墅,经吴江垂虹桥,想起往事,因赋此词。上片从眼前莼波松雨、鸥鸟飞翔、湖面空阔、日暮天寒的景象,回忆起昔年与美人同舟、雪夜泛湖的情景;过片续忆当日溪边起舞高歌、乘舟飘然远去的逸兴,然后以"酒醒波远"折到眼前"明珰素袜"之不见的寂寞惆怅。全词写景清超,写情旷放,意境飘逸空灵,正如刘熙载所说:"姜白石词幽韵冷香,令人挹之无尽;拟诸形容,在乐则琴,在花则梅也。"(《艺概》)

念 奴 娇

予客武陵,湖北宪治在焉。古城野水,乔木参天。余与二三友日荡舟其间,薄荷花而饮,意象幽闲,不类人境。秋水且涸,荷叶出地寻丈,因列坐其下,上不见日,清风徐来,绿云自动。间于疏处窥见游人画船,亦一乐也。揭来吴兴,数得相羊荷花中。又夜泛西湖,光景奇绝。故以此句写之。

闹红一舸,记来时、尝与鸳鸯为侣。三十六陂人未到,水佩风裳无数。翠叶吹凉,玉容销酒,更洒菰蒲雨。嫣然摇动,冷香飞上诗句。　　日暮。青盖亭亭,情人不见,争忍凌波去?只恐舞衣寒易落,愁入西风南浦。高柳垂阴,老鱼吹浪,留我花间住。田田多少,几回沙际归路。

注释
〔武陵〕今湖南常德。　〔湖北宪治〕湖北提点刑狱的官署。

嫣然摇动,冷香飞上诗句。

〔薄〕靠近。　〔寻〕八尺。　〔挈(qiè)来〕来到。挈,发语词。　〔相羊〕徜徉,徘徊。　〔闹红一舸(gě)〕一叶轻舟荡漾在红色的荷花中。　〔三十六陂〕极言水塘之多。陂,水塘。〔水佩风裳〕犹水叶风荷,语本李贺《苏小小墓》诗:"风为裳,水为珮。"珮,同"佩"。　〔玉容销酒〕荷花微红之色如美人脸上酒意才消的红晕。　〔菰蒲〕浅水植物。　〔青盖亭亭〕荷叶如绿色的伞盖亭亭耸立。　〔凌波〕形容女子步履轻盈。本曹植《洛神赋》"凌波微步"。　〔田田〕荷叶相连貌。古乐府:"江南可采莲,莲叶何田田。"

解读

从题序可知,词人由湘而浙,深感荷花美好,而有是作。上片写荷花至盛至美。首句写泛舟赏荷,次句写鸳鸯伴船戏水,以下写荷叶、荷花,描绘了一派花叶红翠、嫣然摇动、冷香幽静的迷人景象。于是诗人诗兴大发,写出了优美的诗篇。下片转写荷花的衰败。先以拟人手法写荷花将残,继而言荷叶零落愁人。盛时已去,连高柳、老鱼都知劝人留步花间,游人暮归,犹不时依恋沙堤边的田田荷叶。全词在盛衰对照中,写众芳零落,实有美人迟暮的寄寓,可体会出其中的身世之叹。作者用拟人手法,亦花亦人,诱人联想,体现出特有的"清空"风神。

扬 州 慢

淳熙丙申至日,予过维扬,夜雪初霁,荠麦弥望。入其城则四顾萧条,寒水自碧。暮色渐起,戍角悲吟。予怀怆然,感慨今昔,因自度此曲。千岩老人以为有黍离之悲也。

淮左名都,竹西佳处,解鞍少驻初程。过春风十里,尽荠麦青青。自胡马窥江去后,废池乔木,犹厌言兵。渐黄昏,清角吹寒,都在空城。　　杜郎俊赏,算而今、重到须惊。纵豆蔻词工,青楼梦好,难赋深情。二十四桥仍在,波心荡、冷月无声。念桥边红药,年年知为谁生。

注 释

〔淳熙丙申至日〕宋孝宗淳熙三年(1176)冬至日。　〔维扬〕即扬州。　〔荠麦〕野生的麦子。　〔戍角〕军营的号角。　〔千岩老人〕南宋诗人萧德藻,自号千岩老人。作者是他的侄女婿。　〔黍离〕《诗经·王风》篇名。诗中感慨故都荒废,宫殿遗址上禾黍丛生,进而悲痛西周的覆亡。　〔淮左〕宋时在淮扬一带设置淮南东路和淮南西路,淮南东路亦称"淮左"。　〔竹

〔西〕竹西亭,位于扬州城东禅智寺旁。 〔春风十里〕形容以前十分繁华的扬州街道。杜牧《赠别》诗有"春风十里扬州路"之句。 〔胡马窥江〕指金兵于宋高宗建炎三年(1129)和绍兴三十一年(1161)两次南侵,占领扬州等地。 〔杜郎〕唐诗人杜牧。他游赏扬州时写过不少描写扬州的诗篇。 〔豆蔻〕杜牧《赠别》诗有"娉娉袅袅十三余,豆蔻梢头二月初"之句。 〔青楼梦〕杜牧《遣怀》诗有"十年一觉扬州梦,赢得青楼薄幸名"之句。 〔二十四桥〕桥名。旧址在今扬州西郊。 〔红药〕即芍药花。

解读

绍兴三十一年(1161),金人南侵,兵败采石,遂移军扬州烧杀掳掠,致使这座商贾云集、珠帘十里的繁华都会顿为荠麦丛生的空城。时隔十五年,姜夔过扬州,仍是一片衰败的景象。在"四顾萧条,寒水自碧。暮色渐起,戍角悲吟"的氛围中,他满怀怆然,因度此曲,抒发黍离之悲。上片描写初到扬州所见的残破荒凉之状,下片用杜牧游赏扬州典故并化用其题咏扬州诗句表达今昔盛衰之感。全词感情沉痛,出语温厚,极合骚雅之义。陈廷焯评"自胡马窥江去后"以下几句云:"数语写尽兵燹后情景逼真;'犹厌言兵'四字,包括无限伤乱语,他人累千百言,亦无此韵味。"(《白雨斋词话》)

长亭怨慢

予颇喜自制曲,初率意为长短句,然后协以律,故前后阕多不同。桓大司马云:"昔年种柳,依依汉南;今看摇落,凄怆江潭;树犹如此,人何以堪!"此语予深爱之。

渐吹尽、枝头香絮,是处人家,绿深门户。远浦萦回,暮帆零乱向何许?阅人多矣,谁得似长亭树。树若有情时,不会得青青如此。

日暮,望高城不见,只见乱山无数。韦郎去也,怎忘得玉环分付。第一是早早归来,怕红萼无人为主。算空有并刀,难剪离愁千缕。

注释

〔桓大司马〕即晋代大司马桓温。以下所引"昔年种柳"六句,均出庾信《枯树赋》而非桓温所言。 〔"韦郎"二句〕据《云溪友议》载,唐韦皋游江夏,与青衣侍女玉箫有情,临别留玉指环一枚,约定五年或七年来娶。后八年不至,玉箫绝食而死。多年后韦得一歌姬,酷似玉箫,中指肉隐如玉环。 〔红萼〕此处喻指少女。 〔并刀〕并州(今山西太原)的剪刀,以锋利著名。

解读

作者在青年时代曾与合肥一位弹琵琶的女子相恋,赤栏桥畔,垂杨缕下,留有他们爱情的足迹。后当他再到合肥时,恋人已经离去。这段情事使姜夔终生难以忘怀,此首《长亭怨慢》便是追忆之作。"合肥巷陌皆种柳"(姜夔《凄凉犯》序),故上阕环绕"柳"字写景,由柳絮吹尽、柳荫浓绿引出"远浦""暮帆",再借柳伤别,以青青柳色之无情反衬自己惜别之深情。下阕怀人。先化用欧阳詹"高城已不见,况复城中人"诗意,叙写初别的伤怀,再以"韦郎"自喻,追忆情人的嘱咐,最后以离愁难解作结。全词如陈廷焯所评:"哀怨无端,无中生有,海枯石烂之情。"(《词则》)

暗 香

辛亥之冬,予载雪诣石湖。止既月,授简索句,且征新声,作此两曲。石湖把玩不已,使工妓隶习之,音节谐婉,乃名之曰《暗香》《疏影》。

旧时月色,算几番照我,梅边吹笛。唤起玉人,不管清寒与攀摘。何逊而今渐老,都忘却、春风词笔。但怪得、竹外疏花,香冷入瑶席。　　江国,正寂寂。叹寄与路遥,夜雪初积。翠尊易泣,红萼无言耿相忆。长记曾携手处,千树压、西湖寒碧。又片片、吹尽也,几时见得。

注释

〔辛亥〕宋光宗绍熙二年(1191)。 〔石湖〕即范成大。范成大晚年隐居苏州西南的石湖,自号石湖居士。 〔征新声〕征求新的词调。 〔工妓〕乐工,歌女。 〔隶习〕学习。 〔玉人〕美人。 〔何逊〕南朝梁诗人,曾在扬州作过《咏早梅》诗。〔江国〕水乡。 〔翠尊〕碧绿的酒杯。 〔红萼〕红梅。 〔耿〕心怀不安的样子。

解读

此词借咏梅以怀人。上片以"旧时月色"落笔,回忆往日与恋人月下赏梅吹笛的情事,"何逊"句陡转,折入现状,写而今年华渐老,风情尽失,然疏花幽香又不时来袭,犹不能不兴感。过片荡开,写欲折梅赠远而不得,唯有满怀怅恨,对梅饮酒,追念所思。接下从"相忆"转到"长记",怀想当年千树香雪中与玉人携手的韵事,最后以梅花将谢、玉人难见收束。全词从石湖之梅写到西湖之梅,就梅花盛开与衰落,或追忆旧情,或发抒今悲,结构回旋曲折,笔墨空灵飞舞,一片神行,不犯死执。

疏　　影

苔枝缀玉,有翠禽小小,枝上同宿。客里

相逢,篱角黄昏,无言自倚修竹。昭君不惯胡沙远,但暗忆、江南江北。想佩环、月夜归来,化作此花幽独。　　犹记深宫旧事,那人正睡里,飞近蛾绿。莫似春风,不管盈盈,早与安排金屋。还教一片随波去,又却怨、玉龙哀曲。等恁时、重觅幽香,已入小窗横幅。

注释

〔苔枝〕长满藓苔的梅枝。　〔"有翠禽"二句〕据《龙城录》载,隋代赵师雄行经罗浮山,于梅林中遇一美人,与之对饮,又有一绿衣童子笑歌戏舞。师雄醉卧醒来,见枝上有翠禽相顾。原来美人便是梅花神,绿衣童子是翠鸟所幻化。　〔"无言"句〕暗用杜甫《佳人》"天寒翠袖薄,日暮倚修竹"诗意。　〔"昭君"四句〕用杜甫《咏怀古迹》之三"画图省识春风面,环佩空归月夜魂"诗意。佩环,借指王昭君。　〔"犹记"三句〕用宋武帝女寿阳公主梅妆事。见欧阳修《诉衷情》词注。蛾绿,女子的眉黛。〔盈盈〕形容女子仪态优美。这里借指梅花。　〔金屋〕据《汉武故事》载,汉武帝少时,姑母指其女问曰:"阿娇好否?"武帝答曰:"若得阿娇作妇,当以金屋贮之。"　〔玉龙〕笛名。　〔哀曲〕指《梅花落》曲。　〔恁时〕那时。

解读

此词借咏梅暗伤徽钦二帝被掳、后宫嫔妃北迁之旧事,正如郑文焯所指出:"此盖伤二帝蒙尘,诸后妃相从北辕,沦落胡地,故以昭君托喻,发言哀断。"(《白石道人歌曲》校)词中"昭君"二句颇能见出旨意:一方面词人以此暗合徽宗词之"春梦绕胡沙,家山何处,忍听羌笛,吹彻梅花"(《眼儿媚》),令人兴起故国之思;另一方面词人将眼前清怨的梅花比为身陷异域的旧宫嫔妃之怨魂,令人兴起离乱之悲。全词一共用了五个典故:前三句用赵师雄罗浮山遇仙女事;接下三句用杜甫《佳人》"天寒翠袖薄,日暮倚修竹"诗意;"昭君"以下至上片结束,用王昭君嫁匈奴事,字面多出自杜甫《咏怀古迹》诗。下片"蛾绿"用宋武帝女寿阳公主梅妆事,"金屋"用汉武帝金屋藏娇事。这些典故的运用,似借以咏梅而实非咏梅,非咏梅又句句与梅有关,极尽比兴之妙。毛晋曾说白石词"有裁云缝月之妙手"(《白石词跋》),于此便可见出。

戴复古

戴复古(1167—?),字式之,号石屏,台州黄岩(今属浙江)人。一生清苦,仕途未通,浪游于江湖间,足迹几遍南中国。曾从陆游学诗,为江湖派重要诗人。其《减字木兰花》词之"流落江湖成白首,历尽间关,赢得虚名满世间",便是自身写照。其词多写"一片忧国丹心"(《大江西上曲》),风格始以绵丽为主,后逐渐趋于豪迈奔放。纪昀称其词"音韵天成,不费斧凿""以诗为词,时出新意,无一语蹈袭也"(《四库全书总目提要》)。有《石屏词》。

水调歌头

题李季允侍郎鄂州吞云楼

轮奂半天上,胜概压南楼。筹边独坐,岂欲登览快双眸。浪说胸吞云梦,直把气吞残虏,西北望神州。百载一机会,人事恨悠悠。

骑黄鹤,赋鹦鹉,谩风流。岳王祠畔,杨柳烟锁古今愁。整顿乾坤手段,指授英雄方略,雅志若为酬。杯酒不在手,双鬓恐惊秋。

注释

〔李季允〕名埴,眉州丹棱(今属四川)人,曾任礼部侍郎。 〔鄂州〕今武汉武昌。 〔轮奂〕华美壮观。 〔南楼〕位于武昌黄鹤山上。 〔胸吞云梦〕司马相如《子虚赋》:"吞若云梦者八九于其胸中,曾不蒂芥。"言齐国地域辽阔,吞下八九个云梦泽还不觉其有。吞云楼之名即出于此。云梦泽,楚大泽名,方圆九百里。 〔骑黄鹤〕崔颢《黄鹤楼》诗:"昔人已乘黄鹤去,此地空余黄鹤楼。" 〔赋鹦鹉〕后汉祢衡曾在此作《鹦鹉赋》。 〔若为〕怎能。

解读

嘉定十四年(1221),李季允出任沿江制置副使兼知鄂州。是年,金兵曾侵扰黄州、蕲州一带,为南宋军队击退,但朝廷不准乘胜进军,此词大约作于这一背景之中。作者先描绘吞云楼的雄伟壮观,然后指出李季允修筑此楼并非为观赏美景,而是为筹划边防大事。"浪说"三句就楼名展开,述说登上此楼,北望中原,有气吞残虏之气势。接下一顿宕,言当前正有南渡百年来收复中原的好机会,却被延误,使人遗恨不尽。过片缅怀古迹,从骑黄鹤的仙人到赋鹦鹉的名士再到抗金名将岳飞,"整顿"三句惋惜李季允如今空有整顿天下的才干谋略,最后以伤今作结,"杯酒"句言近旨远,含有深意。全词笔势遒劲跌宕,抒情深挚迫切,字里行间,跳动着一颗忧时忧国之心。

史达祖

史达祖(生卒年不详),字邦卿,号梅溪,汴(今河南开封)人。因进仕不得,遂投身权门,韩侂胄当国时,曾作其堂吏。韩败被杀,其亦受黥刑,贬死于贫困之中。作词祖述清真,又取法白石,风格清丽,尤以咏物词为佳,有极妍尽态之妙。纪昀称其词"清词丽句,在宋季颇属铮铮,亦未可以其人掩其文矣"(《四库全书总目提要》)。有《梅溪词》。

绮罗香

咏春雨

做冷欺花,将烟困柳,千里偷催春暮。尽日冥迷,愁里欲飞还住。惊粉重、蝶宿西园,喜泥润、燕归南浦。最妨它,佳约风流,钿车不到杜陵路。　　沉沉江上望极,还被春潮晚急,难寻官渡。隐约遥峰,和泪谢娘眉妩。临断岸、新绿生时,是落红、带愁流处。记当日、门掩梨花,剪灯深夜语。

注释

〔西园〕泛指园林。　〔南浦〕泛指水滨。　〔杜陵〕汉宣帝陵墓所在地，位于长安城南，是唐代郊游胜地之一。这里泛指游乐处。〔官渡〕官府设置的渡口。〔谢娘〕唐代歌妓谢秋娘。这里泛指一般歌女。〔眉妩〕双眉娇媚可爱。〔门掩梨花〕刘方平《春怨》诗："寂寞空庭春欲晚，梨花满地不开门。"

解读

此系作者自度曲，通篇未着一"雨"字，而无字不与题依。"做冷欺花，将烟困柳"，意谓春雨像是酝酿寒意以欺凌百花，又像是在纺烟织雾以困绕杨柳，仅此八字已将春雨写活。"千里偷催春暮"点明时序，着一"偷"字，传出春雨无声的脚步，可谓摄住春雨之魂。"尽日"二句，刻画春雨迷离欲飞的情态尤为细切。随后以蝶因粉重而惊、燕因泥润而喜、人因受阻而佳约成空的各侧面，写春雨中的景致。下片从庭院之雨转到郊野之雨，春潮晚急、野渡无人，引起怀人之情，因而见到被雨模糊隐约的远山，以为是女子之泪沾眉湿，然后引出落红新绿，既切春雨，又含送春念远之情，最后以西窗听雨怀人作结。全词景中传情，摹写入神，句句清隽可思。李攀龙评曰："语语淋漓，在在润泽。"(《草堂诗余隽》)

双　双　燕

咏　燕

过春社了，度帘幕中间，去年尘冷。差池欲往，试入旧巢相并。还相雕梁藻井，又软语商量不定。飘然快拂花梢,翠尾分开红影。

芳径,芹泥雨润。爱贴地争飞,竞夸轻俊。红楼归晚,看足柳昏花暝。应自栖香正稳,便忘了、天涯芳信。愁损翠黛双蛾,日日画栏独凭。

注释

〔春社〕春分前后祭祀土神的日子。相传春社时燕来,秋社时燕去。 〔尘冷〕指旧巢已积满灰尘,显得清冷。 〔差(cī)池〕燕子尾翼张舒不齐貌。 〔相〕细看。 〔藻井〕古建筑饰有各种纹彩的井栏状天花板。 〔红影〕指花影。 〔芹泥〕种植芹菜的泥土。因其湿润,故常为燕子衔以筑巢。 〔天涯芳信〕相传燕能传书信。

解读

此词系作者自度曲,通首不见一"燕"字,而句句是在说燕。作者以"过春社了"指明燕子的活动时间,以"帘幕""雕梁藻井""芳径"点出燕子的生活环境,以"飘然快拂""竞夸轻俊"形容燕飞时的轻捷身影,以"翠尾"描摹燕子的艳丽色彩,可谓刻画精巧细致。词中共两次写燕飞,先是"拂花",有游赏之乐,故曰"飘然",后是"贴地",有竞夸之意,故曰"轻俊",又以"差池"写飞而未住之状,"相并"写试入未稳之刻,真如黄昇所赞"形容尽矣"(《中兴以来绝妙词选》)。作者咏燕,又将生气灌注其中,既写

还相雕梁藻井,又软语商量不定。

出燕子择居徘徊之状,又写出燕子定巢乐居之情,并用燕子双双栖香正稳反衬玉人夜夜画栏独凭,反结"双双燕"本意,从而使全词不粘不脱,妙有远神,故王士禛曰:"咏物至此,人巧极天工矣。"(《花草蒙拾》)

黄 机

黄机(生卒年不详),字几仲,一作几叔,东阳(今属浙江)人。尝为州郡属吏,游踪多在吴楚间,常与岳珂以长调唱酬,纪昀称其词"沉郁苍凉,不复作草媚花香之语"(《四库全书总目提要》)。有《竹斋诗余》。

满 江 红

万灶貔貅,便直欲、扫清关洛。长淮路、夜亭警燧,晓营吹角。绿鬓将军思下马,黄头奴子惊闻鹤。想中原父老已心知,今非昨。

狂鲵剪,於菟缚;单于命,春冰薄。政人人自勇,翘关还槊。旗帜倚风飞电影,戈鋋射月明霜锷。且莫令、榆柳塞门秋,悲摇落。

注释

〔万灶貔貅(pí xiū)〕谓军队众多。貔貅,猛兽名,这里借指勇猛的军士。 〔关洛〕函谷关与洛水,这里借指占据中原地区的金兵。 〔长淮路〕指与金为界的淮河一带。 〔警燧〕举烽火传递寇警信号。 〔绿鬓将军〕谓敌军青壮年将领。绿鬓,黑发。〔下马〕指投降。〔黄头奴子〕谓敌军水兵。奴子,对敌人的轻蔑称呼。〔惊闻鹤〕苻坚在淝水之战被晋军打败后,听到风声鹤鸣,都以为是晋军。〔"狂鲵"二句〕狂鲵(ní)、於菟(wū tú),均比喻金朝统治者。鲵,大鱼名。於菟,老虎。〔单于〕古代匈奴的最高统治者称单于,这里借指金朝皇帝。〔翘关〕指举起城门闩门的横木。〔还槊〕挥舞长矛。〔飞电影〕形容旗帜在风中迅疾地飘动。〔铤(chán)〕即矛。〔霜锷〕锋刃洁白如霜。

解 读

宋理宗时代,金元正处于盛衰交替之际。得知金人的日趋衰乱,爱国志士们向朝廷大声疾呼,希望能够抓紧有利时机,收复失地,这首词表达的便是这一主题思想。作者先极言南宋百万雄兵,斗志昂扬,只待一声令下,便可进军中原,直扫北虏。接下指出,敌方官兵士气低落,只思投降,欲图恢复,缚杀金主,已非难事,何况现在正是人人自勇、军容壮盛、兵器精良的时候。最后希望统治者赶快振作起来,莫失良机,以免遗恨千年。全词豪迈奋扬,雄肆奔放,具有振奋人心的力量,可谓善学稼轩者。

刘克庄

刘克庄(1187—1269),字潜夫,号后村,莆田(今属福建)人。以荫入仕。淳祐六年(1246)赐进士出身。知建阳县令时,因写"东风谬掌花权柄,却忌孤高不主张"(《落梅》)诗句,被诬为讪谤权贵,免官达十年之久。此后又三次入朝,三次被劾。词的内容多写国家、民族的兴亡。毛晋评其词云:"所撰《别调》一卷,大率与辛稼轩相类。杨升庵谓其壮语足以立懦,余窃谓其雄力足以排奡。"(《后村别调跋》)所谓"立懦""排奡",都说明后村词笔力劲健肆放的艺术特点。有词集《后村别调》。

沁园春

梦孚若

何处相逢?登宝钗楼,访铜雀台。唤厨人斫就,东溟鲸脍;圉人呈罢,西极龙媒。天下英雄,使君与操,余子谁堪共酒杯?车千乘,载燕南赵北,剑客奇才。　　饮酣画鼓如雷,谁信被晨鸡轻唤回。叹年光过尽,功名未立;书生老去,机会方来。使李将军,遇高皇帝,万户侯何足道哉!披衣起,但凄凉感旧,慷慨生哀。

注释

〔孚若〕方信儒,字孚若,作者好友,曾三次出使金国,以口舌折强敌。然其仕途颇坎坷,年仅四十六而卒,未能大展抱负。〔宝钗楼〕故址在今陕西咸阳,汉武帝时所建。 〔铜雀台〕故址在今河北临漳,三国时曹操所建。 〔斫(zhuó)〕用刀砍。〔东溟〕东海。 〔脍(kuài)〕细切的肉片。 〔圉(yǔ)人〕养马的人。 〔龙媒〕指骏马。 〔"天下"二句〕据《三国志·蜀书·先主传》载,曹操有一次在酒席上对刘备说:"今天下英雄,唯使君与操耳。"〔燕南赵北〕今河北、山西一带。韩愈《送董邵南序》:"燕赵古称多感慨悲歌之士。" 〔"使李将军"三句〕据《史记·李将军列传》载,汉文帝对李广说:"惜乎,子不遇时!如令子当高帝时,万户侯岂足道哉!"

解读

此词系悼念之作。上片展示了一个奇幻的梦境:恍惚又与孚若相逢,一起登宝钗楼,游铜雀台,食东海鲸脍,乘西域骏马,还罗致了燕南赵北的无数剑客奇才。下片感叹孚若与自己"年光过尽,功名未立",正像李广将军那样生不逢时,唯有"凄凉感旧,慷慨生哀"。作者一方面发挥奇特想象,另一方面化用史传散文,使全词感情跌宕,议论酣畅,气势奔放,音节高亢,充分显示出豪放词的风格特色。

满 江 红

夜雨凉甚,忽动从戎之兴。

金甲琱戈,记当日辕门初立。磨盾鼻,一挥千纸,龙蛇犹湿。铁马晓嘶营壁冷,楼船夜渡风涛急。有谁怜、猿臂故将军,无功级?

平戎策,从军什;零落尽,慵收拾。把《茶经》《香传》,时时温习。生怕客谈榆塞事,且教儿诵《花间集》。叹臣之壮也不如人,今何及!

注释

〔琱〕同"雕"。 〔辕门〕军门。 〔磨盾鼻〕在盾牌鼻纽上磨墨。作者曾在军幕中负责草拟文书。 〔龙蛇〕形容写草书时的笔势如龙蛇飞舞。 〔"有谁怜"二句〕据《史记·李将军列传》载,汉代李广臂长如猿,善射,参加过七十多次抗击匈奴的战斗,但始终不得论功封侯。 〔从军什〕指描写从军生活的诗篇。 〔茶经〕唐陆羽著。 〔香传〕即《天香传》,宋丁谓著。 〔榆塞〕北方边塞。 〔花间集〕五代后蜀赵崇祚编选的一部词集,内容以流连光景为主,词风香软绮靡。

解读

作者二十二岁时,以恩补官,很想干一番事业,然仕途历经波折,一生做官时间总共不满四年,此词便是倾吐对仕途失意的满腹牢骚。由词中可以看到,作者曾在军营中经历过一段"铁马晓嘶营壁冷,楼船夜渡风涛急"的紧张而艰苦的战斗生活,而后则在家无聊到温习《茶经》《香传》,教小辈诵读《花间》小词。作者借用西汉李广将军的故事指出,自己从"磨盾鼻,一挥千纸"的豪迈到"生怕客谈榆塞事"的消沉,乃是由于朝廷对人才的不重视。作品结拍处,作者故作反语,抒发了报国无门、壮志难伸的辛酸与愤激之情。

贺 新 郎

送陈真州子华

北望神州路,试平章、这场公事,怎生分付?记得太行山百万,曾入宗爷驾驭。今把作握蛇骑虎。君去京东豪杰喜,想投戈下拜真吾父。谈笑里,定齐鲁。　　两河萧瑟惟狐兔。问当年、祖生去后,有人来否?多少新亭挥泪客,谁梦中原块土?算事业须由人做。应笑书生心胆怯,向车中、闭置如新妇。空目送、塞鸿去。

注 释

〔陈真州〕即陈铧,字子华,福建福州人,开禧元年(1205)进士,宝庆三年(1227)知真州(今江苏仪征)。 〔神州路〕此指中原沦陷地区。 〔平章〕评论。 〔这场公事〕指收复河山之大事。 〔"记得"二句〕熊克《中兴小记》:"自靖康以来,中原之民不从金者,于太行山相保聚。"陆游《老学庵笔记》:"建炎初,宗汝霖(泽)留守东京,群盗降附者百余万,皆谓汝霖曰宗爷爷,愿效死力。" 〔京东〕指汴京东部一带。宋时京东路辖境包括现在的山东、河南东部和江苏北部地区。 〔豪杰〕指抗金的义军将士。 〔真吾父〕据《宋史·岳飞传》载,张用在江西作乱,岳飞以书信晓谕,他得书后说:"真吾父也。"遂降。 〔两河〕指黄河南北。 〔祖生〕即祖逖,东晋名将,曾统兵北伐,收复黄河以南地区。这里借指宗泽、岳飞等抗金名将。 〔"多少"二句〕见陈亮《念奴娇》注。新亭,三国吴时所建,在今江苏南京市南,东晋时为名士游宴之所。 〔书生〕作者自谓。 〔闭置如新妇〕据《梁书·曹景宗传》载,曹景宗性情急躁,曾对人说:"今来扬州作贵人,动转不得。路行开车幔,小人辄言不可,闭置车中如三日新妇。遭此邑邑,使人无气。"

解读

此词借送陈子华知真州,表达收复中原的激切心情。词上片希望陈子华能像当年宗泽那样,招纳豪杰,联合各路义军,以收复齐鲁等北方失地;下片以东晋祖逖的故事鼓励陈子华此去要好好干出一番事业。当时南宋朝廷一方面对北方抗金义军持疑惧的态度,把他们看成是长蛇难握、猛虎难骑而不敢亲近;另一方面满足于半壁江山的现状,收复中原之心早已麻木,所以作者在词中以"今把作握蛇骑虎""多少新亭挥泪客,谁梦中原块土"等句,对朝廷进行了尖锐的谴责与讽刺,并大声疾呼:"算事业须由人做。"全词一扫送别之作彷徨歧路、儿女沾巾的俗态,洋溢着高昂的爱国精神,所以杨慎说此词"壮语亦可起懦"(《词品》)。

玉 楼 春
戏呈林节推乡兄

年年跃马长安市,客舍似家家似寄。青钱换酒日无何,红烛呼卢宵不寐。　　易挑锦妇机中字,难得玉人心下事。男儿西北有神州,莫滴水西桥畔泪!

注释

〔林节推〕姓林的节度推官。　〔长安市〕此指南宋都城临安的市集。　〔呼卢〕指赌博。因赌时大呼,故称。　〔锦妇〕《晋书·列女传》载:窦滔在苻坚时为秦州刺史,被徙流沙。苏氏思之,织锦为回文旋图诗以赠滔,宛转循环读之,其词凄婉。　〔水西桥〕泛指妓女聚居之所。

解读

此词虽云是戏赠同乡林姓推官,实际含有劝勉之意。上片写其放荡。年年冶游京中,客舍似家,日夜饮酒呼卢,豪情满怀,其行为之放纵可知。下片对其规劝。家妻真情易得,玉人心思难测,这是动之以情;男儿当立志恢复神州,莫为青楼女子滴泪,这是晓之以理。全词语虽谐谑,意则庄重,正如陈廷焯所言:"足以使懦夫有立志。"(《白雨斋词话》)

清 平 乐

五月十五夜玩月

风高浪快,万里骑蟾背。曾识姮娥真体态,素面原无粉黛。　　身游银阙珠宫,俯看积气蒙蒙。醉里偶摇桂树,人间唤作凉风。

注释

〔蟾〕蟾蜍,月的代称。　〔姮娥〕即嫦娥,传说中的月宫仙女。　〔银阙珠宫〕指月宫。　〔桂树〕传说月中有一棵五百丈的桂树,见段成式《酉阳杂俎》。

解读

古人咏月,多为望月、忆月,像这样的遨游月宫之作极为少见。词人设想自己骑上蟾蜍,借着高风快浪,飞抵月宫,见到的嫦娥体态轻盈,身姿窈窕,颜容素净,不施粉黛。他还设想自己在月宫中醉摇桂树,给人间带来阵阵凉风。全词构想新奇,情调浪漫,笔势飞动,被俞陛云赞为"一扫咏月陈言,奇逸之气,见于楮墨"(《宋词选释》)。

醉里偶摇桂树，人间唤作凉风。

吴文英

吴文英(约1212—约1272),字君特,号梦窗,四明(今浙江宁波)人。绍定年间曾入苏州仓幕,后受宰相吴潜的赏识,并以清客身份出入史宅之、贾似道等当时显贵之门。历来词评家对其词毁誉参半,毁之者以为晦涩堆垛,誉之者以为幽邃绵密。吴文英作词,大都是苦心经营,字面秾艳妍丽,结构绵密曲折,境界奇丽凄迷,故能于工丽的周邦彦与清空的姜夔之外,别开生面,独树一帜。纪昀云:"其天分不及周邦彦,而研炼之功过之。词家之有文英,亦如诗家之有李商隐也。"(《四库全书总目提要》)有《梦窗词》。

宴 清 都

连理海棠

绣幄鸳鸯柱,红情密,腻云低护秦树。芳根兼倚,花梢钿合,锦屏人妒。东风睡足交枝,正梦枕、瑶钗燕股。障滟蜡、满照欢丛,嫠蟾冷落羞度。　　人间万感幽单,华清惯浴,春盎风露。连鬟并暖,同心共结,向承恩处。凭谁为歌长恨?暗殿锁、秋灯夜语。叙旧期、不负春盟,红朝翠暮。

注释

〔绣幄〕指用来护花的彩绣大帐。 〔秦树〕《阅耕录》记载,秦中有双株海棠,高达十丈。秦中,乃古之长安一带,作者用此典暗隐李杨之事。 〔兼倚〕即鹣倚。鹣,比翼鸟。 〔钿合〕谓花枝交错如钿盒之致密无隙。 〔"东风"二句〕据《太真外传》载,一次唐玄宗登沉香亭,召杨妃,杨妃酒醉未醒,钗横鬓乱,不能再拜,玄宗曰:"岂是妃子醉耶?海棠睡未足也。"交枝,相交的枝柯。燕股,似燕尾分为两股的玉钗。 〔"障滟蜡"句〕用苏轼《海棠》诗"只恐夜深花睡去,高烧银烛照红妆"句意。滟蜡,指溶溶烛光。 〔嫠(lí)蟾〕指月中嫦娥。嫠,寡妇。嫦娥无夫,故云。 〔"华清"二句〕用白居易《长恨歌》"春寒赐浴华清池,温泉水滑洗凝脂"句意。 〔连鬟〕女子所梳双髻。 〔向承恩处〕用白居易《长恨歌》"始是新承恩泽时"句意。 〔"暗殿锁"句〕用白居易《长恨歌》"七月七日长生殿,夜半无人私语时"句意。 〔不负春盟〕指白居易《长恨歌》所云"在天愿作比翼鸟,在地愿为连理枝"。

解读

这首词咏连理海棠,因为唐玄宗曾有"岂是妃子醉耶?海棠睡未足也"(《太真外传》)之语,所以作者在咏连理海棠时,处处关合唐玄宗李隆基与杨贵妃之事。上片咏花。首句"鸳鸯柱"即指连理海棠。"红情""腻云"系形容海棠花之艳采与繁茂。"秦树"亦指连理海棠,但已暗隐李杨之事。"芳根"三句,说海棠之根相倚、枝交错,惹得闺中思妇羡妒不已。作者以"钿合"形容海棠花枝交错,乃唐玄宗曾以钿盒赠杨贵妃作为定情信物。"东风"二句,以美人神态描写海棠花之娇态,句意从《太真外传》化出。"障滟蜡"二句,意为明烛照花,嫦娥孤单冷落,因自惭而羞见连理海棠。换头六字以反衬之笔领起,以下皆就唐玄宗与杨贵妃之情事敷写。"华清"二句将贵妃出浴情态与海棠临风承露的鲜艳一起写出。"连鬟"三句花人合写,"连""并""同"又扣合题面"连理"。"凭谁"二句明用白居易《长恨歌》长生殿夜语事,末以人花双结。全词或以人托花,或以花拟人,思深而藻丽,笔奇而境迷,最能代表吴词风格。

浣 溪 沙

门隔花深梦旧游,夕阳无语燕归愁,玉纤香动小帘钩。　　落絮无声春堕泪,行云有影月含羞,东风临夜冷于秋。

注 释
〔玉纤〕如玉的纤手。

解 读
此是怀人感梦之作。上片先点出"梦旧游"及"门隔花深"之梦境,继而在日落燕归的氛围中,展现纤手偶见、帘钩晃动、香泽微闻而人不可迫视的凄迷之境,亦真亦幻,情意缠绵。下片的落絮无声似春之堕泪,行云有影如月之含羞,既将主观情感移注于客观物象,又以"堕泪""含羞"的分见相思、暌隔而义兼比兴。结句的"东风临夜"应"花深","冷于秋"乃梦醒后的感受,借一"冷"字渲染出心境的凄凉。

祝英台近

除夜立春

剪红情,裁绿意,花信上钗股。残日东风,不放岁华去。有人添烛西窗,不眠侵晓,笑声转、新年莺语。　　旧尊俎,玉纤曾擘黄柑,柔香系幽素。归梦湖边,还迷镜中路。可怜千点吴霜,寒销不尽,又相对、落梅如雨。

注释

〔"剪红情"二句〕指剪彩为红花绿叶。赵彦昭《奉和圣制立春日侍宴内殿出剪彩花应制》:"花随红意发,叶就绿情新。"〔花信〕即花期。　〔侵晓〕清晨。　〔尊俎〕盛酒和肉的器具,代指酒宴。　〔玉纤〕洁白纤细的手。　〔幽素〕指幽情素心。〔镜中路〕平静如镜的湖面。　〔吴霜〕比喻白发。

解读

除夕之日正值立春节气,词人有感于怀,写下此词。开首三句写妇女们裁红剪绿,制成花胜戴在头上,这是立春写照。"残日"二句写东风送来新春气息,而旧年将去未去,这是绾合了立春与除夕。"有人"三句写人们剪烛夜话,笑语喧喧,迎接新年到来,这是守岁之状。下片转写自身。"旧尊俎"三句写旧日立春情事,桌上的黄柑犹附有伊人当年"纤手破新橙"留下的柔香,往事不堪回首,幽情仍藏心头。"归梦"二句,写归计无着,归梦也难做成。末尾三句转到眼前,"千点吴霜"言年老发白,"寒销不尽"说除夜感受,"落梅如雨"对应立春时令。全词脉理细密,句句紧扣除夕立春。布局上,上片明写他人之乐,暗写己之孤独;下片以往日之温馨,反衬今日之凄凉。不同时空交织所形成的张力,使词人缠绵的情思倍加真切感人。

风 入 松

听风听雨过清明,愁草瘗花铭。楼前绿暗分携路,一丝柳,一寸柔情。料峭春寒中酒,交加晓梦啼莺。　　西园日日扫林亭,依旧赏新晴。黄蜂频扑秋千索,有当时、纤手香凝。惆怅双鸳不到,幽阶一夜苔生。

注释

〔瘗(yì)花铭〕庾信撰有《瘗花铭》。瘗,埋葬。　〔分携〕分手。〔中酒〕醉酒。〔交加〕纷多杂乱貌。〔双鸳〕女子的绣鞋。此指女子的踪迹。

解读

此词写对爱人的思念,其最大的特点是作者想象的奇特和笔法的新颖。比如上片"楼前绿暗分携路,一丝柳,一寸柔情",在写法上摆脱了俗套,不直写自己的情怀心绪,而是以万缕千丝的柳条来象征。柳一丝,情一寸;柳千尺,情无穷。透过柳的多情,我们可以对词人的情怀有更亲切更鲜明的感受。又如下片"黄蜂频扑秋千索,有当时、纤手香凝",见秋千而思纤手,见黄蜂频扑而恍惚余香尚凝。这种时间与空间的错综,并不是理性所能接受的,然而美人当日之容态,词人今日之深悲,正是在这种"无理"之中,以强烈而新鲜的感受向读者扑面袭来。谭献云:"此是梦窗极经意词,有五季遗响。"(《谭评词辨》)

莺 啼 序

残寒正欺病酒,掩沉香绣户。燕来晚、飞入西城,似说春事迟暮。画船载、清明过却,晴烟冉冉吴宫树。念羁情、游荡随风,化为轻絮。

十载西湖,傍柳系马,趁娇尘软雾。溯红渐、招入仙溪,锦儿偷寄幽素。倚银屏、春宽梦窄,断红湿、歌纨金缕。暝堤空,轻把斜阳,总还鸥鹭。　　幽兰旋老,杜若还生,水乡尚寄旅。别后访、六桥无信,事往花委,瘗玉埋香,几番风雨。长波妒盼,遥山羞黛,渔灯分影春江宿,记当时、短楫桃根渡。青楼仿佛,临分败壁题诗,泪墨惨淡尘土。　　危亭望极,草色天涯,叹鬓侵半苎。暗点检:离痕欢唾,尚染鲛绡,䌽凤迷归,破鸾慵舞。殷勤待写,书中长恨,蓝霞辽海沉过雁,漫相思、弹入哀筝柱。伤心千里江南,怨曲重招,断魂在否?

注释

〔吴宫〕泛指南宋宫苑。南宋京城临安旧属吴地,五代时吴越王建都于此,故云。　〔趁〕追逐。　〔娇尘软雾〕指所恋女子的车尘。　〔溯红〕沿着飘落花瓣的溪水而上。　〔仙溪〕据南朝宋刘义庆《幽明录》载,东汉刘晨与阮肇入天台山采药,沿溪而上,遇二仙女,被邀至家中。半年后回乡,子孙已过七代。后重入天台山访女,踪迹渺然。　〔锦儿〕钱塘妓女杨爱爱的侍婢。此处泛指侍婢。　〔断红〕泪珠。　〔歌纨〕唱歌时所用的绢扇。〔金缕〕金线绣成的舞衣。　〔杜若〕香草名。　〔六桥〕西湖外湖六桥,为苏轼所建,名映波、锁澜、望山、压堤、东浦、跨虹。〔瘗(yì)〕埋葬。　〔玉、香〕借指美人。　〔盼〕形容眼睛的美丽。　〔短楫桃根渡〕言送别爱人。桃根,原为晋王献之妾桃叶之妹,后亦作丽人之代称。南朝梁费昶《行路难》:"君不见长安客舍门,娼家少女名桃根。"〔苎〕白色的苎麻,比喻白发。〔鲛绡〕传说中鲛人所织之绡,比喻薄纱手绢。 〔䕩(duǒ)凤〕垂翅之凤。䕩,下垂貌。 〔破鸾〕见钱惟演《玉楼春》注。〔"伤心"句〕《楚辞·招魂》:"目极千里兮伤春心,魂兮归来哀江南。"

解读

此为作者自度曲,是词中最长调,计二百四十字。据夏承焘《吴梦窗系年》考证,吴文英曾在杭州娶一妾。从词中"别后访、六桥无信,事往花委,瘗玉埋香"诸句看,当为悼念杭州亡妾。词凡四片,第一片伤春,先从"残寒""病酒""燕来"忆想起西湖景色,再以羁情化絮点出幽眇愁思。第二片忆旧,追述当年在西湖那段令人销魂的艳遇。第三片寻迹,叙自己曾离杭他居,此次重访旧地,则佳人已逝,前欢不可复寻,从而生"人面桃花"之感。第四片凭吊,倾诉了信物仍在,芳踪不归;书欲寄而不达,魂已断而难招的悲痛之情。全词曲折尽致而舒卷自如,炼字琢句而真气贯穿。陈洵评云:"通体离合变幻,一片凄迷,细绎之,正字字有脉络,然得其门者寡矣。"(《海绡说词》)

踏　莎　行

润玉笼绡,檀樱倚扇。绣圈犹带脂香浅。榴心空叠舞裙红,艾枝应压愁鬟乱。　　午梦千山,窗阴一箭。香瘢新褪红丝腕。隔江人在雨声中,晚风菰叶生秋怨。

注释

〔润玉〕光润如玉的肌肤。 〔檀樱〕浅红色的樱桃小口。 〔绣圈〕绣花装饰。 〔艾枝〕旧俗端午节剪彩为小虎,粘艾叶以戴之。 〔香瘢〕手腕印痕。 〔红丝腕〕旧俗端午节以五彩丝系手臂,借以辟鬼邪。

解读

此词为端午怀人感梦之作。上片前三句写伊人容貌、服饰、姿态之美,后两句以"舞裙"暗示伊人身份,"艾枝"点明端午节令,而"犹带""空叠""应压"则知其人不在眼前。换头八字始说破上片全系梦境,"千山"言梦魂之遥远,"一箭"言梦醒之快速。"香瘢"句又拉回梦境,补写梦中伊人因瘦而腕上丝痕新褪。歇拍二句再折到现实,言午梦醒来,别无所见,唯有"雨声""晚风""菰叶"伴人凄寂而已。全词笔法或真或幻,境界奇丽凄迷,真有周济所谓"天光云影,摇荡绿波,抚玩无斁,追寻已远"(《介存斋论词杂著》)之美。

鹧 鸪 天

化度寺作

池上红衣伴倚阑,栖鸦常带夕阳还。殷云

度雨疏桐落,明月生凉宝扇间。　　乡梦窄,水天宽。小窗愁黛淡秋山。吴鸿好为传归信,杨柳闾门屋数间。

注释

〔化度寺〕据《杭州府志》:"化度寺在仁和县北江涨桥,原名水云,宋治平二年改。" 〔红衣〕指荷花。 〔殷云〕厚而黑的云。 〔愁黛淡秋山〕本《西京杂记》:"文君姣好,眉色如望远山。" 〔吴鸿〕指飞向吴地的大雁。 〔闾门〕苏州城西门,因像天门之有闾阖,故名。

解读

此词为作者在杭州怀苏州姬妾之作。起二句写自己在池边独倚栏杆,无人相伴,唯见归鸦带着夕阳之色还巢栖宿。三四句写浓云度雨,落于疏桐,天气生凉,明月当头,而知微见著,莫过于宝扇。过片"乡梦窄,水天宽",一梦一醒,惆怅之情可以想见。短短的乡梦醒后,见小窗秋山,如佳人之愁眉,遂由景及人,盼望吴雁能代传归信到杨柳闾门。近人陈洵说:"杨柳闾门,其去姬所居也。全神注定,是此一句。"(《海绡说词》)全词时空转换自由无迹,画面幽美,情味深远,是吴文英小令的代表作。

唐多令

何处合成愁？离人心上秋。纵芭蕉不雨也飕飕。却道晚凉天气好，有明月，怕登楼。

年事梦中休，花空烟水流。燕辞归、客尚淹留。垂柳不萦裙带住，漫长是、系行舟。

注释

〔心上秋〕即"愁"字。 〔"燕辞归"句〕用曹丕《燕歌行》"群燕辞归鹄南翔""君何淹留寄他方"句意。

解读

梦窗词讲究音律，务为醇雅，呈现出深曲密丽的美学趣味，像这首疏快之作，在其集中并不多见。开篇以拼字法道出"愁"字，点明词的悲秋伤别题旨，以下便承"离人心上秋"展开。蕉雨使人生愁，可对离人来说，"纵芭蕉不雨也飕飕"，这是进一层写法。晚凉天气甚好，可对离人来说，"有明月，怕登楼"，不说愁而愁更愁。过片二句叹往事如梦，欢情皆休，然后点出具体情事"燕辞归、客尚淹留"。伊人辞别离去，而"我"不得相随，那是可恨的垂柳不管把伊人的裙带系住，只管系住"我"的行舟，语似无理，却无理中见深情。周尔墉称此词"是极研炼出之者，看似俊快，其实深美"（《周批绝妙好词》）。

何处合成愁？离人心上秋。纵芭蕉不雨也飕飕。

陈人杰

陈人杰(1218—1243),一名经国,字刚父,号龟峰,长乐(今属福建)人。二十岁赴建康,应举不第,遂以幕客浪游两淮荆湘等地。其词全用《沁园春》调,抒写忧国伤时的沉痛之情与报国杀敌的激切之心,风格"悲而壮"(陈廷焯《云韶集》),是南宋后期地位仅次于刘克庄的辛派词人。有《龟峰词》。

沁 园 春

予弱冠之年,随牒江东漕闱,尝与友人暇日命酒层楼。不惟钟阜、石城之胜班班在目,而平淮如席,亦横陈樽俎间。既而北历淮山,自齐安溯江泛湖,薄游巴陵,又得登岳阳楼,以尽荆州之伟观。孙、刘虎视遗迹依然,山川草木,差强人意。洎回京师,日诣丰乐楼以观西湖。因诵友人"东南妩媚,雌了男儿"之句,叹息者久之。酒酣,大书东壁,以写胸中之勃郁。时嘉熙庚子秋季下浣也。

记上层楼,与岳阳楼,酾酒赋诗。望长山远水,荆州形胜;夕阳枯木,六代兴衰。扶起仲谋,唤回玄德,笑杀景升豚犬儿。归来也,对西湖叹息,是梦耶非? 诸君傅粉涂脂,问南北战争都不知。恨孤山霜重,梅凋老叶;平堤雨急,柳泣残丝。玉垒腾烟,珠淮飞浪,万里腥风送鼓鼙。原夫辈,算事今如此,安用毛锥!

注释

〔弱冠〕古代男子二十岁行冠礼,故用以指男子二十岁左右的年龄。弱,年少。 〔"随牒"句〕指参加江南东路转运司(治所在建康府,今江苏南京)举办的牒试。牒,即牒试,是一种由转运司主办,特别为官员子弟而设的考试。闱,试院。 〔钟阜〕即钟山。 〔石城〕即石头城,三国吴孙权所筑。 〔平淮如席〕淮河平静如席。 〔齐安〕黄州的古称,治所在今湖北黄冈。〔江〕指长江。 〔湖〕指洞庭湖。 〔薄〕语助词。 〔巴陵〕今湖南岳阳。 〔孙、刘〕孙权和刘备。 〔虎视〕如虎之雄视于天下。 〔嘉熙庚子〕理宗嘉熙四年(1240)。 〔下浣〕下旬。〔酾酒〕斟酒。 〔"扶起"三句〕仲谋,孙权,字仲谋。玄德,刘备,字玄德。景升豚犬儿,指刘表(字景升)的儿子刘琮,曹操曾把他比作"豚犬"。参见辛弃疾《南乡子》注。 〔平堤〕指西湖白堤与苏堤。 〔"玉垒"二句〕玉垒,玉垒山,在今四川都江堰市西。珠淮,指淮水,因产贡珠而称珠淮。当时这两地都遭蒙古军的进攻。 〔原夫辈〕泛指舞文弄墨的知识分子。 〔毛锥〕即毛笔。《五代史·史弘肇传》载史弘肇云:"安朝廷,定祸乱,直须长枪大剑,至如毛锥子,焉足用哉?"

解读

此词小序交代了本篇写于嘉熙四年(1240)杭州丰乐楼上,主旨是"写胸中之勃郁"。词中叙写了钟山、洞庭、西湖几次登楼的感兴,作者敬佩的是具有雄才大略的孙权和刘备,鄙弃的是庸懦无能、唯有投降的刘表之子刘琮。在作者眼里,南宋统治集团的文恬武嬉、醉生梦死与"景升豚犬儿"不无一致。令作者痛惜的是,国势已到如此飘摇动荡的地步,无人能来收拾这个局面。全词充满了对腐败堕落、不思进取的南宋朝廷的极大愤怒,具有强烈的批判性与谴责性,正义之气、悲壮之情,令人读来荡气回肠。

沁园春

丁酉岁感事

谁使神州,百年陆沉,青毡未还?怅晨星残月,北州豪杰,西风斜日,东帝江山。刘表坐谈,深源轻进,机会失之弹指间。伤心事,是年年冰合,在在风寒。　　说和说战都难,算未必江沱堪宴安。叹封侯心在,鳣鲸失水。平戎策就,虎豹当关。渠自无谋,事犹可做,更别残灯抽剑看。麒麟阁,岂中兴人物,不画儒冠?

注释

〔丁酉岁〕理宗嘉熙元年(1237)。 〔陆沉〕无水而沉,比喻土地被占领。《晋书·桓温传》载,西晋时,王衍任宰相,正值匈奴南侵,他清谈误国,丧失了很多土地。桓温说:"遂使神州陆沉,百年丘墟,王夷甫(王衍的字)诸人不得不任其责。" 〔青毡〕这里借喻中原故土。《晋书·王献之传》载,王献之夜卧斋中,有小偷入其室,尽盗其物。献之慢吞吞地说:"偷儿,青毡我家旧物,可特置之。"小偷惊走。 〔东帝〕喻岌岌可危的南宋。战国时,齐湣王称东帝,自恃国力,不审时势,后被燕将乐毅攻破临淄,他在出奔中被杀。 〔刘表坐谈〕三国时曹操攻柳城,刘备曾劝荆州牧刘表乘机袭击许昌,刘表未听,坐失良机,后悔之莫及。《三国志·魏书·郭嘉传》载,曹操的谋士郭嘉说:"(刘)表坐谈客耳!" 〔深源轻进〕据《晋书·殷浩传》载:东晋殷浩(字渊源,唐人因避高祖李渊讳,改"渊"为"深")虽都督五州军事,但只会高谈阔论,徒负虚名。曾发兵攻前秦,以收复中原,结果先锋倒戈,他仓皇弃军而逃。 〔"是年年"二句〕冰合、风寒,比喻南宋遭北方强敌的不断威胁与进攻。在在,处处的意思。 〔江沱〕代指江南一带。 〔鱣(zhān)鲸〕体积巨大的鱼。贾谊《吊屈原文》:"横江湖之鱣鲸兮,固将制于蝼蚁。" 〔事犹可做〕国事尚有可为。 〔麒麟阁〕汉宣帝号称中兴之主,曾命画霍光等十一位功臣的肖像于未央宫内麒麟阁上,以表扬他们的功绩。

解读

此词作于理宗嘉熙元年(1237),前三年蒙古军已灭金,前一年蒙古军开始向南宋进攻,腐败的南宋政权难以抵抗,成都、襄阳、枣阳等地接连失守。此词便是有感时势而作。开首三句怒斥误国之人,接下四句言国势衰微,然后指出由于长期以来统治者未能把握好时机,因此耽误了国家大事。过片分析时势,认为一味偷安江左非长久之策。随即转到自身,言自己虽有报国之志,却如"鳣鲸失水",难以施展才能;虽有平戎之策,却有"虎豹当关",不见用于当局。最后表示自己即便在这种处境之中,也不愿放弃努力。半夜挑灯看剑的行为描写与以麒麟阁上的图像自勉自励,将一腔爱国热忱全盘托出。全词情绪激烈,议论纵横,强烈地抨击了南宋统治者的苟且偷安、昏庸误国。

刘辰翁

刘辰翁(1232—1297),字会孟,号须溪,庐陵(今江西吉安)人。景定三年(1262)进士。曾任濂溪书院山长,宋亡不仕,隐居而终。其《摸鱼儿》词云:"钟情剩有词千首。"而今所存仅为三分之一(三百五十余首),多作于隐居之中。厉鹗《论词绝句》曾称"送春苦调刘须溪",道出了其亡国词的两个特点,即内容多系"送春",感情多系"苦调"。况周颐云:"须溪词,风格道上似稼轩,情辞跌宕似遗山。有时笔意俱化,纯任天倪,竟能略似坡公。往往独到之处,能以中锋达意,以中声赴节。"(《蕙风词话》)有《须溪词》。

柳梢青

春 感

铁马蒙毡,银花洒泪,春入愁城。笛里番腔,街头戏鼓,不是歌声。　　那堪独坐青灯,想故国、高台月明。辇下风光,山中岁月,海上心情。

注 释

〔铁马〕披着铁甲的战马。　〔蒙毡〕用毡毯蒙在马身以御寒。〔辇下〕指南宋故都临安。　〔山中〕其时作者隐居在山中。　〔海上心情〕临安沦陷后,一些爱国志士于闽、广沿海继续抗击元军。此句写作者对他们的关注。

解读

苏味道《正月十五夜》诗云:"火树银花合,星桥铁锁开。"从此词的"银花""月明"可知,这乃是一首元宵抒怀之作。尽管元宵之夜,街头仍可见"银花",可闻"戏鼓",但"铁马蒙毡"的时代背景,使得本是点缀节日气氛的花灯犹如是在抛洒着辛酸的眼泪,使得原为增添节日欢乐的歌声尽已变成刺人心灵的异族杂腔。全词抒发了沉痛的亡国之悲,并反映出元军入侵后的某些社会状况。

兰　陵　王

丙子送春

送春去,春去人间无路。秋千外,芳草连天,谁遣风沙暗南浦?依依甚意绪?漫忆海门飞絮。乱鸦过,斗转城荒,不见来时试灯处。

春去,最谁苦?但箭雁沉边,梁燕无主,杜鹃声里长门暮。想玉树凋土,泪盘如露。咸阳送客屡回顾,斜日未能度。　　春去,尚来否?正江令恨别,庾信愁赋。苏堤尽日风和雨。叹神游故国,花记前度。人生疏落,顾孺子,共夜语。

注释

〔丙子〕宋恭帝德祐二年(1276)。 〔南浦〕本指分别之地,此处暗指南宋国土。 〔海门飞絮〕借喻逃往海边的宋室君臣。 〔斗转〕北斗星移动了位置,暗示南宋王朝的灭亡。 〔箭雁沉边〕言被掳北去的南宋君臣有如中箭之雁,坠落到边远地方。 〔梁燕无主〕言南宋士大夫有如梁上燕子,失去屋主,流散失所。 〔长门〕即汉长门宫,此借指南宋故宫。 〔玉树凋土〕指为国捐躯者。据《世说新语·伤逝》载,庾亮死后,何充将他比作埋在土中的玉树。 〔泪盘如露〕汉武帝时,曾在建章殿前铸铜人,手托承露盘,称捧露仙人。李贺《金铜仙人辞汉歌序》:"魏明帝青龙元年八月,诏宫官牵车西取汉孝武捧露盘仙人,欲立置前殿。宫官既拆盘,仙人临载,乃潸然泪下。"此句意思是说泪水就像承露盘里的露水那样多。 〔"咸阳"句〕暗用李贺《金铜仙人辞汉歌》"衰兰送客咸阳道"诗意,言被掳北去的君臣,回顾旧都,依恋不舍。 〔"正江令"二句〕作者原注云:"二人皆北去。"江令,即江总,陈后主时仕至尚书令。陈亡,入隋北去。庾信本仕梁,后出使西魏而梁亡,被留长安,有《愁赋》,今仅存十数句。

解读

此词作于宋恭帝德祐二年(1276)。是年二月,元军攻占南宋都城临安,掳恭帝及太后北去,部分宗室、官吏、军队从海路而逃,亡国已成定局。所以作者送春,实际上是哀悼南宋的灭亡。词共分三片,皆以"春去"作起笔:上片指出流落海边的南宋政权已面临"无路"的境地;中片叙写举国上下亡国的悲痛;下片感叹春回无路,只能神游故国,在夜间与儿子共诉流落之苦。陈廷焯评云:"题是送春,词是悲宋,曲折说来,有多少眼泪。"(《云韶集》)

永 遇 乐

余自乙亥上元诵李易安《永遇乐》,为之涕下。今三年矣,每闻此词,辄不自堪。遂依其声,又托之易安自喻。虽辞情不及,而悲苦过之。

璧月初晴,黛云远淡,春事谁主?禁苑娇寒,湖堤倦暖,前度遽如许。香尘暗陌,华灯明昼,长是懒携手去。谁知道,断烟禁夜,满城似愁风雨。　宣和旧日,临安南渡,芳景犹自如故。缃帙流离,风鬟三五,能赋词最苦。江南无路,鄜州今夜,此苦又谁知否?空相对,残釭无寐,满村社鼓。

注释

〔乙亥〕宋恭宗德祐元年(1275)。　〔禁苑〕皇家花园。

〔断烟〕炊烟断续,指人口稀少。 〔禁夜〕宵禁。 〔宣和〕宋徽宗年号,当时北宋汴京(今河南开封)极为繁华。 〔缃帙〕贵重书籍。 〔风鬟三五〕李清照《永遇乐》词中有"中州盛日,闺门多暇,记得偏重三五""风鬟雾鬓,怕见夜间出去"。 〔鄜州〕今陕西富县。杜甫《月夜》诗:"今夜鄜州月,闺中只独看。"〔釭(gāng)〕灯。 〔社鼓〕春天村社祭祀的鼓声。

解读

据词序,作者在三年前的元宵节读李清照的《永遇乐》而"为之涕下",如今重闻此词,忍不住亡国伤痛,写下此篇。作者写此词时,元军占领临安已二年。上片写国家沦亡之悲。词人先以元夕夜景引出"春事谁主"的哀叹,再以"谁知道",展示往日临安"华灯明昼"的繁华与眼下"断烟禁夜"的凄凉,通过两幅画面的强烈反差,告诉人们江山早已无主。下片写流离失所之悲。词人从李清照当年情事说起,她在"靖康之难"中的遭遇虽苦,毕竟还能南渡,而自己所赖于安身的半壁江山已经失去。"江南无路",有家难归,当此元夕,唯有空对残灯,倾听满村社鼓。全词深切地表达出一个遗民的眷念故国之情,读之令人哽咽不胜。虽同写《永遇乐》,正如作者在序中所说,比李清照"悲苦过之"。

周 密

周密(1232—约1298),字公谨,号草窗、蘋洲、四水潜夫、弁阳老人等,济南(今属山东)人。宋末曾任义乌令。南宋灭亡后,隐居不仕,或以漫游吟啸自乐,或以辑录旧闻自任。有词集《蘋洲渔笛谱》《草窗词》各二卷。前期作品主要是寄情山水,吟花咏月,多伤感语;后期作品主要是故国之思,黍离之痛,多悲慨语。作词"以姜白石为模范,与吴梦窗同志友善"(刘毓崧《草窗词序》),并形成了自己醇雅清丽的词风。戈载云:"其词尽洗靡曼,独标清丽,有韶倩之色,有绵渺之思。"(《宋七家词选·草窗词后记》)

玉 京 秋

长安独客,又见西风,素月丹枫,凄然其为秋也,因调夹钟羽一解。

烟水阔。高林弄残照,晚蜩凄切。碧砧度韵,银床飘叶。衣湿桐阴露冷,采凉花,时赋秋雪。叹轻别,一襟幽事,砌蛩能说。　　客思吟商还怯。怨歌长、琼壶暗缺。翠扇恩疏,红衣香褪,翻成消歇。玉骨西风,恨最恨、闲却新凉时节。楚箫咽,谁倚西楼淡月。

注释

〔长安〕指南宋都城临安。 〔蜩(tiáo)〕蝉。 〔砧(zhēn)〕捣衣石。 〔度韵〕捣衣时砧声在空中传响。 〔银床〕指石井阑。 〔秋雪〕指芦花。 〔吟商〕商调曲。旧以商为五音中的金音,声凄厉,与肃杀的秋气相应。 〔琼壶暗缺〕据《世说新语·豪爽》载,东晋王敦每饮酒后,就诵读曹操"老骥伏枥,志在千里。烈士暮年,壮心不已"诗句,并用如意击打唾壶,壶口尽缺。 〔翠扇恩疏〕谓秋风起,秋扇弃捐,恩情中绝。 〔红衣〕荷花。 〔玉骨西风〕谓秋来玉体清爽高洁。

解读

此系作者暂居临安时的感秋之作。上片写自己在烟水苍茫、西风残照的晚景中,耳闻蜩声虫语,目睹落叶凉花,伤离感旧之情涌上心头。下片承别恨而逐层深入,叹往事消歇,恨时光易逝,悲箫声凄咽,心中一片黯然愁思。作者没有写明具体的人情物事,只是借助清寒的秋天景色来表达浓重的人生伤感,因而使全词显出一种清丽之质。谭献曾举此词云:"南渡词境高处,往往出于清真。"(《复堂词话》)

一萼红

登蓬莱阁有感

步深幽。正云黄天淡,雪意未全休。鉴曲寒沙,茂林烟草,俯仰千古悠悠。岁华晚、飘零渐远,谁念我、同载五湖舟? 磴古松斜,厓阴苔老,一片清愁。　　回首天涯归梦,几魂飞西浦,泪洒东州。故国山川,故园心眼,还似王粲登楼。最负他、秦鬟妆镜,好江山、何事此时游! 为唤狂吟老监,共赋销忧。

注 释

〔蓬莱阁〕旧址在今浙江绍兴卧龙山下,五代时吴越王钱镠所建。　〔鉴曲〕鉴湖曲折处。鉴湖,又名镜湖,在今浙江绍兴东南。　〔茂林〕指兰亭。王羲之《兰亭集序》:"此地有崇山峻岭,茂林修竹。"　〔五湖〕太湖。唐陆广微《吴地记》引《越绝书》逸文云:"西施亡吴国后,复归范蠡,同泛五湖而去。"　〔磴(dèng)〕山路的石级。　〔厓(yá)〕山边。　〔西浦、东州〕作者自注云:"阁在绍兴,西浦、东州皆其地。"　〔王粲登楼〕东汉末王粲避乱荆州时,曾作《登楼赋》抒发怀乡思归之情,赋中有"虽信美而非吾土"之叹。　〔秦鬟〕喻绍兴秦望山。　〔妆镜〕喻镜湖。　〔狂吟老监〕指唐诗人贺知章,绍兴人,晚年归隐,自称"四明狂客""秘书外监"。

解 读

据王沂孙《淡黄柳》(花边短笛)词可知,此词作于1276年冬日。这年元月,元军已侵入南宋京城临安。作者乃借登临怀古,发故国之思。阴云凝重,雪意未消,词人登上古阁,俯视鉴湖,沙寒水浅,远望兰亭,烟草迷蒙,千古悠悠,不胜感慨。于是转回现实,以五湖飘零,伤山河残碎,无处可依;以王粲登楼,叹江山易主,故土已非,最后折出"好江山、何事此时游"的悔痛。在词中,作者将一己之悲与亡国之恨、历史古迹与眼前现实交织错综在一起,故感慨苍茫,沉痛入骨,被推为周密词的压卷之作。

献 仙 音

吊雪香亭梅

松雪飘寒,岭云吹冻,红破数椒春浅。衬舞台荒,浣妆池冷,凄凉市朝轻换。叹花与人凋谢,依依岁华晚。　　共凄黯。问东风、几番吹梦?应惯识当年,翠屏金辇。一片古今愁,但废绿平烟空远。无语消魂,对斜阳衰草泪满。又西泠残笛,低送数声春怨。

注释

〔雪香亭〕位于杭州葛岭集芳园中,原属皇家,理宗时赐给贾似道。　〔红破〕指花开。　〔椒〕梅花蓓蕾状似花椒,故称。〔"衬舞台"二句〕衬舞台、浣妆池应是园中池台名。　〔西泠〕西湖西泠桥。

解读

此词题作吊梅,实是凭吊故国沦亡。在"红破春浅"的梅开季节,词人来到曾是御家园的雪香亭,所见却是一派"台荒""池冷"的凄凉景象,不由涌起"市朝轻换"的伤痛,发出"花与人凋谢"的悲叹。接下从"当年"落笔,通过当初皇帝后妃们坐金辇、遮翠屏往来游幸的繁华盛况与如今只残剩的寥寥几棵阅尽人世兴亡的古梅的对比,进一步抒发感慨。就在词人"无语消魂,对斜阳衰草泪满"的时刻,远处送来了数声《梅花落》笛曲。作者于词中寄寓了深深的兴亡盛衰之感,可谓是无一字不凄婉。

文天祥

文天祥(1236—1283),字履善,一字宋瑞,号文山,庐陵(今江西吉安)人。德祐二年(1276),被任为右丞相兼枢密使,进元营谈判,遭拘留,被解北上。后脱逃,又组织一支抗元武装,因力量悬殊过甚,于广东海丰兵败被执。囚于燕京四年,不屈而死。其词深雄苍秀。王国维云:"文文山词,风骨甚高,亦有境界。远在圣与、叔夏、公谨诸公之上。"(《人间词话》)有《文山乐府》。

酹 江 月

和友《驿中言别》

乾坤能大,算蛟龙、元不是池中物。风雨牢愁无著处,那更寒虫四壁。横槊题诗,登楼作赋,万事空中雪。江流如此,方来还有英杰。

堪笑一叶飘零,重来淮水,正凉风新发。镜里朱颜都变尽,只有丹心难灭。去去龙沙,江山回首,一线青如发。故人应念,杜鹃枝上残月。

注释

〔友〕即邓剡,字光荐,文天祥的幕客,与文同时被俘,一起被押往大都。途经金陵,邓剡因病暂留天庆观,文天祥继续被解北上。临分别时,邓剡写了一首《酹江月·驿中言别》以送行。　〔元〕同"原"。　〔横槊题诗〕苏轼《前赤壁赋》中说曹操破荆州、下江陵时,"酾酒临江,横槊赋诗"。　〔登楼作赋〕东汉末王粲避乱荆州时,曾作《登楼赋》。　〔龙沙〕泛指塞外沙漠地带。〔一线青如发〕苏轼《澄迈驿通潮阁》诗:"青山一发是中原。"〔故人〕指邓剡。

解读

此是文天祥被押送大都途中的和友之作。词开端,作者便以不凡的气势指出:祖国如此辽阔,豪杰之士绝不会低头屈服,一旦时机成熟,就会像蛟龙出池,大显身手。接下感叹自己身陷囚笼,再也无法显示整顿乾坤的雄伟抱负与气概,但坚信着,来日必定会有英雄继承自己的未竟之志。下片作者以"镜里朱颜都变尽,只有丹心难灭",表明自己矢志如山、坚贞不屈的心迹,并向故友告明:即便为国捐躯,也当化作杜鹃归来。此词虽作于被执之中,气势却雄壮深沉,毫无楚囚对泣的绝望哀叹,尤其是其中"镜里"二句,忠义之气,凛然纸上,与作者"人生自古谁无死,留取丹心照汗青"(《过零丁洋》)诗句并耀千古。

满 江 红
代王夫人作

试问琵琶,胡沙外、怎生风色。最苦是、姚黄一朵,移根仙阙。王母欢阑琼宴罢,仙人泪满金盘侧。听行宫、半夜雨淋铃,声声歇。

彩云散,香尘灭。铜驼恨,那堪说。想男儿慷慨,嚼穿龈血。回首昭阳离落日,伤心铜雀迎秋月。算妾身、不愿似天家,金瓯缺。

注释

〔"试问"二句〕以王昭君远嫁匈奴事,言皇后宫妃一行被掳北去。琵琶,杜甫《咏怀古迹》:"千载琵琶作胡语,分明怨恨曲中论。"怎生,怎样。风色,风光物色。 〔姚黄〕牡丹的名贵品种之一。此处指王清惠。 〔移根仙阙〕喻离开宋宫,被驱北行。〔"王母"句〕以西王母瑶池美宴的故事,喻指宫中欢意终结。阑,尽。 〔"仙人"句〕以铜仙坠泪的故事,喻指国家沦亡。见刘辰翁《兰陵王》注。 〔铜驼恨〕《晋书·索靖传》载,晋索靖知天下将乱,指着洛阳皇宫门前的铜驼说:"会见汝在荆棘中耳!"〔嚼穿龈血〕咬碎齿龈。据《旧唐书·张巡传》载,张巡守睢阳,抗安禄山叛军,每战辄"眦裂血面,嚼齿皆碎"。 〔"回首"二句〕昭阳、铜雀,古都城台殿名,借指南宋宫殿。 〔"算妾身"二句〕谓自己不愿和赵宋皇家一样,国土破碎,身遭侮辱。天家,皇帝自命为天子,以天下为家,故称天家。金瓯,喻国家。

解读

德祐二年(1276),度宗昭仪王夫人(名清惠)随宋恭帝及谢、全两太后入燕。北行途中,于夷山驿壁题了一首《满江红》,此词在中原地区广为传诵,文天祥读后,觉"欠商量"(即以为流露出一种随遇而安的消沉之情),故代作一首。词上片紧扣"苦"字,诉说国家沦亡、皇室被掳胡沙之地的惨痛;下片模拟王夫人的口吻,表示尽管山河破碎,金瓯残缺,也宁为玉碎,不为瓦全。此词虽为代作,实是作者借题发挥的明志之作。作者悲慨深沉的感情、郁勃雄劲的豪气通过绮丽精到的语言、委婉含蓄的笔调表现出来,从而使全词含具一种苍秀的神致。

汪元量

汪元量(约1241—约1317),字大有,号水云,钱塘(今浙江杭州)人。以善琴供奉内廷。南宋被灭后,随宋恭帝及谢、全两太后北上。在燕京期间,曾多次往狱中探访文天祥,并相互唱和。后做了道士才被放归江南。词附诗集《湖山类稿》后。前期风格偏于绮丽典雅,宋亡后词风有所变化,往往直抒胸臆,不事雕琢,感情深沉而不流于隐晦,运笔疏宕而不失于粗率,颇有稼轩之风。

莺 啼 序
重过金陵

金陵故都最好,有朱楼迢递。嗟倦客、又此凭高,槛外已少佳致。更落尽梨花,飞尽杨花,春也成憔悴。问青山,三国英雄,六朝奇伟。　　麦甸葵丘,荒台败垒,鹿豕衔枯荠。正潮打孤城,寂寞斜阳影里。听楼头、哀笳怨角,未把酒、愁心先醉。渐夜深,月满秦淮,烟笼寒水。　　凄凄惨惨,冷冷清清,灯火渡头市。慨商女不知兴废,隔江犹唱庭花,余音亹亹。伤心千古,泪痕如洗。乌衣巷口青芜路,认依稀、王谢旧邻里。临春结绮,可怜红粉成灰,萧索白杨风起。　　因思畴昔,铁索千寻,漫沉江底。挥羽扇,障西尘,便好角巾私第。清谈到底成何事?回首新亭,风景今如此。楚囚对泣何时已。叹人间、今古真儿戏!东风岁岁还来,吹入钟山,几重苍翠。

注释

〔故都〕金陵是三国吴、东晋、宋、齐、梁、陈六个朝代的建都之地。　〔潮打孤城〕刘禹锡《石头城》:"山围故国周遭在,潮打空城寂寞回。"〔月满"二句〕杜牧《泊秦淮》:"烟笼寒水月笼沙,夜泊秦淮近酒家。商女不知亡国恨,隔江犹唱后庭花。"〔亹(wěi)亹〕久而未止貌。　〔"乌衣巷"二句〕刘禹锡《乌衣巷》:"朱雀桥边野草花,乌衣巷口夕阳斜。旧时王谢堂前燕,飞入寻常百姓家。"〔临春结绮〕即临春阁、结绮阁,是陈后主与宠妃张丽华居住的地方。　〔"铁索"二句〕东吴曾以铁索横江来阻挡晋人的进攻,但被晋将王濬烧断。刘禹锡《西塞山怀古》:"王濬楼船下益州,金陵王气黯然收。千寻铁锁沉江底,一片降幡出石头。"〔"挥羽扇"二句〕喻指南宋统治集团不能勠力同心。据《世说新语·轻诋》载,王导与外戚庾亮共掌大权,其势相抵。一日大风扬尘,王以扇拂尘曰:"元规(庾亮字)尘污人。"

〔"便好"句〕喻指南宋统治集团对敌毫无防备。据《世说新语·雅量》载,有消息说庾亮将带兵到王导治所,有人建议他暗中戒备,以备不虞。王导却说:"若其欲来,吾角巾径还乌衣,何所稍严。"角巾,即便衣。乌衣,即乌衣巷,王导私第之所在。
〔"回首"三句〕用新亭对泣事,见陈亮《念奴娇》注。

解 读

此词为作者南归后重游金陵时所作。全词共分四片,首片写自己经历了一番被掳、放归的人生变故之后,故地重游,全无当年"佳致",凭高望远,不由兴起青山如旧而事随世迁之感。次片、三片描绘古城残破的景象,并抒发沉痛悲凉的情怀。第四片以"因思畴昔"引出东吴、东晋灭亡的史事,喻指南宋荒淫失国的悲剧,最后以江山依然、人事已非的感叹作结。全词采用赋体形式,层层铺叙,结构井然,引用典故均与金陵有关,抒发感慨皆合宋亡现实。陈廷焯评云:"大声疾呼,风号雨泣。"(《词则》)

王沂孙

王沂孙(? —约1289),字圣与,号中仙,又号碧山,会稽(今浙江绍兴)人。与周密、张炎、陈允平等当时著名词人有着较为密切的交往,至元年间,曾出为庆元路学正。作词以咏物词居多。其咏物多以曲折隐约之笔,寄寓深沉的故国之思与身世之感。周济云:"咏物最争托意,隶事处以意贯串,浑化无痕,碧山胜场也。"(《宋四家词选目录序论》)有词集《花外集》。

天 香

咏龙涎香

孤峤蟠烟,层涛蜕月,骊宫夜采铅水。汛远槎风,梦深薇露,化作断魂心字。红瓷候火,还乍识、冰环玉指。一缕萦帘翠影,依稀海天云气。 几回殢娇半醉。剪春灯、夜寒花碎。更好故溪飞雪,小窗深闭。荀令如今顿老,总忘却、樽前旧风味。谩惜余熏,空篝素被。

注 释

〔龙涎香〕海中抹香鲸之肠内分泌物,因抹香鲸状如传说中的龙,故称。张世南《游宦纪闻》载,大食国西海中,上有云气罩护,即知有龙伏睡大石,或半载,或一二载,士人更相守视,候云散,则知龙已去,往观必有龙涎。此词便以这一传说展开。〔峤〕山尖而高。 〔骊宫〕骊龙所居之地。 〔铅水〕代指龙涎。 〔汛〕潮汛。 〔槎(chá)〕竹木编成的筏。 〔心字〕指心字香。 〔殢(tì)〕慵倦。 〔荀令〕曹操谋士荀彧,曾任尚书令。晋习凿齿《襄阳记》载:"荀令君至人家坐幕,三日香气不歇。" 〔篝〕熏笼,内燃香料,用以熏蒸衣被等物。

解读

南宋灭亡后,张炎、王沂孙、周密、仇远等十四人曾结社填词,借咏龙涎香、莼、蝉等物以寄遗民之痛。这些词共三十七首,后人编集为《乐府补题》,王沂孙此作被列第一首,足见受人之推重。词上片作者精心描绘了龙涎香的产地及采集、制作与焚爇的情景:海中礁石笼罩着蒙蒙云烟,月光在层涛浮动的海面上闪动,鲛人们夜入龙宫采得龙涎后,随风趁潮而回。于是加入蔷薇花露,制成心字之状,放入红色瓷盒用慢火焙干。香成,玉指焚爇,帘内翠烟浮空,缕缕不散,犹如蜃气楼台。下片荡开笔墨,转入人事描写,"几回殢娇半醉"五句,忆昔日故国家居时与爱人焚香点灯的情事,随即又借三国时爱香成癖的荀彧今已老去、无复当年风味的描写,一反上文之意,透出今昔之感,最后抒发香篝已空、往事难回的凄哀怅惘之情。全词以曲隐寄托之笔,抒发亡国的哀思,感慨深,意境厚,令人有无穷的回味。

眉 妩

新 月

渐新痕悬柳,淡彩穿花,依约破初暝。便有团圆意,深深拜,相逢谁在香径?画眉未稳。料素娥、犹带离恨。最堪爱、一曲银钩小,宝帘挂秋冷。　　千古盈亏休问,叹慢磨玉斧,难补金镜。太液池犹在,凄凉处、何人重赋清景。故山夜永,试待他、窥户端正。看云外山河,还老尽、桂花影。

注释

〔素娥〕嫦娥。　〔玉斧〕据段成式《酉阳杂俎》载,唐代郑仁本表弟游嵩山,见一人枕一幞物在熟睡,即唤醒问他从什么地方来,那人笑答:"君知月乃七宝合成乎?月势如丸,其影,日烁其凸处也。常有八万二千户修之,予即一数。"并出示包袱中斧头、凿子等物。后来遂有"玉斧修月"的故事。　〔"太液池"二句〕据陈师道《后山诗话》载,宋太祖于后池饮酒赏新月,学士卢多逊应制赋诗曰:"太液池边看月时,好风吹动万年枝。谁家玉匣开新镜,露出清光些子儿。"　〔云外山河〕指月中山河之影。

解读

全词联想、感慨、寄托无不是环绕"新月"而展开,描绘、设喻、用典无不是紧扣"新月"而着笔,可谓亦物亦我,见神见意。如其中"千古盈亏休问,叹慢磨玉斧,难补金镜"三句,由新月联想到月亮的盈亏规律,再联想到人世的兴亡盛衰,再联想到眼前国家的残碎,再联想到古人玉斧修月的故事,感情深厚而细腻。但词人并没有在这一系列的联想中让感情直泻而下,而是以"休问"两句煞住,带出"金镜"难补的感慨,既显出顿宕,又反映出复国无望的情势,表现出无可奈何的伤感,寥寥数十字,运思如此幽微,用笔如此顿挫,当时实难有人可以匹敌。

齐 天 乐

蝉

一襟余恨宫魂断,年年翠阴庭树。乍咽凉柯,还移暗叶,重把离愁深诉。西窗过雨。怪瑶佩流空,玉筝调柱。镜暗妆残,为谁娇鬓尚如许。　　铜仙铅泪似洗,叹携盘去远,难贮零露。病翼惊秋,枯形阅世,消得斜阳几度?余音更苦。甚独抱清高,顿成凄楚?谩想熏风,柳丝千万缕。

注释

〔宫魂〕马缟《中华古今注》:"昔齐后忿而死,尸变为蝉,登庭树嚖嘿而鸣。"〔娇鬟〕崔豹《古今注》:"魏文帝宫人莫琼柱,始制为蝉鬓,望之缥缈如蝉翼然。"〔铜仙铅泪〕见刘辰翁《兰陵王》注。〔熏风〕东南风。

解读

　　这首咏蝉词以齐王后忿死化蝉的传说而展开。上片以"宫魂"揭出题面,"乍咽""还移",渲染蝉声之悲鸣;"西窗"三句,写雨后蝉声如瑶佩叮咚,如玉筝弹奏,清脆动人;"镜暗"以下,用宫中妇人之"娇鬟"写蝉翼,折归"宫魂"之本意。下片从蝉之饮露写起,因盘移露尽,蝉无以自庇,故日趋衰颓;"病翼""枯形",暗示末日临近;"余音"至结束,写秋后之蝉,鸣声更凄苦,空忆昔日美好时光。通篇亦蝉亦人,浑化无迹。从词中所用"宫魂""铜仙"之典来看,作者显然寓有兴亡盛衰的感慨。

蒋 捷

蒋捷(生卒年不详),字胜欲,号竹山,阳羡(今江苏宜兴)人。宋度宗咸淳十年(1274)进士,元兵占领临安后,便在江南一带流落漂泊。其词能不受传统束缚,显露出豪放与婉约兼容的特征。刘熙载云:"蒋竹山词,未极流动自然,然洗练缜密,语多创获。其志视梅溪较贞,其思视梦窗较清。刘文房为五言长城,竹山其亦长短句之长城与!"(《艺概》)有《竹山词》。

贺 新 郎

梦冷黄金屋。叹秦筝、斜鸿阵里,素弦尘扑。化作娇莺飞归去,犹认纱窗旧绿。正过雨、荆桃如菽。此恨难平君知否,似琼台、涌起弹棋局。消瘦影,嫌明烛。　　鸳楼碎泻东西玉。问芳悰、何时再展,翠钗难卜。待把宫眉横云样,描上生绡画幅。怕不是、新来妆束。彩扇红牙今都在,恨无人、解听开元曲。空掩袖,倚寒竹。

注释

〔秦筝〕类似瑟的一种弦乐器,相传为秦将蒙恬所造。〔斜鸿阵〕弦柱斜列如飞雁成行。　〔荆桃〕樱桃。　〔弹棋局〕

弹棋局中央隆起,周围低平。故李商隐《柳枝》诗有"玉作弹棋局,中心亦不平"之句。 〔东西玉〕酒杯名。 〔芳悰(cóng)〕欢情。悰,心情。 〔生绡〕未经漂煮的丝织品,古人用以作画。 〔彩扇红牙〕古人歌舞用具。 〔开元曲〕唐开元盛世的歌曲。开元,唐玄宗李隆基年号(713—741)。此处指宋朝盛时的音乐。 〔"空掩袖"二句〕用杜甫《佳人》"绝代有佳人,幽居在空谷。……天寒翠袖薄,日暮倚修竹"诗意。

解读

此是亡国后感旧之作。上片先以金屋梦冷、筝弦尘扑暗含故国的凄凉与心境的孤寂,接以"娇莺飞归"追念昔日生活,感情由低到高。"此恨"二字又将感情折回,"弹棋局"的比喻告诉我们,此恨是恨世局改移,因此恨极而瘦。换头再作追念,但杯碎酒泻,芳悰难再;接下又以"怕不是"与"待把"呼应,言所思所忆只是徒然,感情又一跌宕。以下再用曲笔,言知音已杳,物是人非,末以美人迟暮喻自己之惆怅悲怆而无可奈何。整首词感情忽悲忽喜,跌宕顿挫;结构大开大阖,层推层深;词调苍凉沉雄,音响悲壮。陈廷焯评云:"笔致飞舞奇警,后来惟板桥深得其妙。"(《云韶集》)

一 剪 梅

舟过吴江

一片春愁待酒浇。江上舟摇,楼上帘招。

秋娘渡与泰娘桥。风又飘飘,雨又萧萧。何日归家洗客袍。银字笙调,心字香烧。流光容易把人抛。红了樱桃,绿了芭蕉。

注释

〔秋娘渡、泰娘桥〕吴江的两处地名。均以唐代著名歌女命名。 〔银字笙调〕调弄起镶有银字的笙。

解读

此词写作者乘船漂泊途中倦游思归的心情,通篇情致爽逸,画面生动,气息清新,色彩明快,音节浏亮,没有难字僻字和生涩古奥的典故,品味起来却又词含深意,言外有情。

虞 美 人

听 雨

少年听雨歌楼上,红烛昏罗帐。壮年听雨客舟中,江阔云低、断雁叫西风。　而今听雨僧庐下,鬓已星星也。悲欢离合总无情,一任阶前、点滴到天明。

注释

〔星星〕鬓发花白貌。

解读

词人通过听雨一事,概括了少年、壮年和晚年三个时期的不同感受,表现了自己生活的变迁。词中的情与景统一在一个能够表现空间不断开拓与时间不断流逝的过程中,读后自然能感受到词人由欢而悲的感情发展。因此,全词虽短,而意蕴丰富。词人所表现出的变化流动的感情,又象征了人类生活舞台上出现的千变万化的爱与恨、离与合、悲与欢,所以最末的"悲欢离合总无情,一任阶前、点滴到天明",自然而然地能引起读者内心的共鸣。

燕 归 梁

风 莲

我梦唐宫春昼迟,正舞到,曳裾时。翠云队仗绛霞衣,慢腾腾,手双垂。 忽然急鼓催将起,似彩凤,乱惊飞。梦回不见万琼妃,见荷花,被风吹。

注释

〔翠云、绛霞〕指舞衣。 〔手双垂〕指大垂手、小垂手,皆言舞姿。 〔万琼妃〕意指宫中嫔妃。

解读

此词借咏风莲寄寓自己亡国的哀痛。作者先勾画出一个美妙绝人的梦境。出现在梦境中的荷花像是唐宫美女,正跳着霓裳羽衣舞。她那绛裾曳烟、袅娜多姿的身影,时时在人们的眼前回旋。然而,"渔阳鼙鼓动地来,惊破霓裳羽衣曲",一晌贪欢的梦境烟消云散。"见荷花,被风吹",卒章显志,既点明了主题,又回环通首源流,有尽而不尽之意,你说是荷花也好,是大宋帝国也好,幻想与现实和谐融洽地交织在一起了。

张 炎

张炎(1248—1314 后),字叔夏,号玉田、乐笑翁,先世成纪(今甘肃天水)人,寓居临安(今浙江杭州)。宋亡后流落江湖,四处漂泊。四十三岁时,曾一度游历元都。晚年穷困潦倒,在四明(今浙江宁波)卖卜维生。其早年词多写贵族公子的优游生活,亡国后多感时抚事之作。陈廷焯云:"玉田词亦是取法白石,而风度高超,襟期旷远,不独入白石之室,几欲与之颉颃。"(《云韶集》)有《山中白云词》。

南 浦

春 水

波暖绿粼粼,燕飞来,好是苏堤才晓。鱼没浪痕圆,流红去,翻笑东风难扫。荒桥断浦,柳阴撑出扁舟小。回首池塘青欲遍,绝似梦中芳草。　　和云流出空山,甚年年净洗,花香不了?新绿乍生时,孤村路,犹忆那回曾到。余情渺渺,茂林觞咏如今悄。前度刘郎归去后,溪上碧桃多少。

注 释

〔粼粼〕清澈貌。 〔苏堤才晓〕"苏堤春晓"为西湖十景之一。 〔翻笑〕却笑。 〔梦中芳草〕据《谢氏家语》载,谢灵运《登池上楼》"池塘生春草"句,是梦见他的弟弟惠连时所得。〔茂林觞咏〕与朋友在风景佳胜处宴饮吟咏。王羲之《兰亭集序》:"此地有崇山峻岭,茂林修竹","一觞一咏,亦足以畅叙幽情"。 〔刘郎〕刘禹锡《再游玄都观》诗:"种桃道士归何处,前度刘郎今又来。"此乃作者自指。

解 读

从咏唱临安西湖风景的优美来看,此词当作于南宋灭亡之前。邓牧曾云:玉田《春水》一词,绝唱千古,人以'张春水'目之"(《山中白云词序》)。可见当时对这首词的推重。上片先赋湖水,粼粼暖波,翩翩飞燕,唼喋游鱼,片片流红,一派如画春景;再赋池水,活用谢灵运"池塘生春草"诗意,又嵌入"梦中"二字,给画面既增添春草碧绿之色彩,又笼罩上迷离朦胧之情调,引人遐思。过片赋春水之源溪水,不作正面刻画,而是就水出之地"和云""空山",水流之地"花香""新绿"进行烘托渲染,然后从水流花放、年复一年转入对往日结伴春游的追忆,结尾复归于景,将一腔幽怀融入溪上碧桃中。全词摹景、状物、抒情,无不紧扣"春水"二字,刻画精巧,文辞清丽,风致妍然,极尽咏物之妙,反映出张炎早期词婉丽雅美的风格倾向。

高 阳 台

西湖春感

接叶巢莺,平波卷絮,断桥斜日归船。能几番游,看花又是明年。东风且伴蔷薇住,到蔷薇、春已堪怜。更凄然,万绿西泠,一抹荒烟。　　当年燕子知何处?但苔深韦曲,草暗斜川。见说新愁,如今也到鸥边。无心再续笙歌梦,掩重门、浅醉闲眠。莫开帘,怕见飞花,怕听啼鹃。

注释

〔接叶巢莺〕黄莺筑巢于密密麻麻的叶丛里。杜甫《陪郑广文游何将军山林》:"卑枝低结子,接叶暗巢莺。"〔断桥〕位于西湖白堤。　〔西泠〕桥名,在西湖孤山西北。　〔韦曲〕唐代长安望族韦氏世居之地。　〔斜川〕位于江西星子、都昌之间,是陶渊明的游赏之地。

解读

此词作于宋亡之后。作者重游西湖,已无复当年清歌漫游的欢愉,写景抒情,都带上一层迷离幽暗、无可奈何的凄凉。开篇三句是西湖暮春景色,随后接以"能几番",文情陡转,透出盛时难再的伤春之意。"东风"二句,写欲苦留春之脚步,然春已到蔷薇,又透出美景易逝的惜春之情。然词人更感"凄然"的是"万绿西泠,一抹荒烟",亡国之痛由此托出。过片从西湖推开去,借"韦曲""斜川",诉说昔日临安繁华处已苔深草杂,从而见出今昔盛衰。"无心"二句,乃是为求得感情的摆脱,但这种感情如何排遣得了,曰怕见"飞花",曰怕闻"啼鹃",则"飞花""啼鹃"早已入眼进耳。全词借咏春景,抒亡国之情,凄凉幽怨,沉郁深厚。陈廷焯评云:"情景兼到,一片身世之感。"(《云韶集》)

八 声 甘 州

辛卯岁,沈尧道同余北归,各处杭越。逾岁,尧道来问寂寞,语笑数日,又复别去,赋此曲并寄赵学舟。

记玉关踏雪事清游,寒气脆貂裘。傍枯林古道,长河饮马,此意悠悠。短梦依然江表,老泪洒西州。一字无题处,落叶都愁。　　载取白云归去,问谁留楚佩,弄影中洲。折芦花赠远,零落一身秋。向寻常、野桥流水,待招来、不是旧沙鸥。空怀感,有斜阳处,却怕登楼。

注释

〔辛卯〕元世祖至元二十八年(1291)。　〔沈尧道〕名钦,张炎之友,至元二十七年(1290)与张炎同游燕都。 〔杭越〕杭,今浙江杭州。越,今浙江绍兴。 〔赵学舟〕名与仁,字元父,宋宗室,张炎之友。 〔玉关〕玉门关,此处泛指北方。 〔江表〕指江南。 〔"老泪"句〕《晋书·谢安传》载,羊昙为谢安所推重,后谢安扶病还都,曾从西州城门而入。谢死后,羊昙避而不走此路。一次因大醉误入西州城门,发现后痛哭而去。西州,故址在今江苏南京西。

解读

元世祖至元二十七年(1290),作者与友人同游燕都,未有所获,次年即匆匆返回。此词便是抒写北游南归的失意情怀。开首五句追忆北行往事,展示出一幅雪深寒重、枯林古道、长河饮马的北国风光,意境苍劲。"短梦"四句抒发归来悲感:噩梦醒来,依然身在江南;泪洒故土,落叶片片含愁,感情转为沉痛。换头五句写沈尧道来访又复别去。沈之载白云归去,己之折芦花赠远,见出飘零身世、隐逸情怀。末尾五句状别后凄寂:新交不乏,终非故友可比,斜阳层楼,更添离别伤感。全词苍凉沉痛,一个悲切凄婉的遗民形象宛然在目。

清 平 乐

采芳人杳,顿觉游情少。客里看春多草草,总被诗愁分了。　　去年燕子天涯,今年燕子谁家?三月休听夜语,如今不是催花。

注释

〔草草〕心不在焉。

解读

这是一首伤春之作。上片写时近暮春,采花人已杳无踪迹,顿少游情,心中满怀着客里愁思。过片承"客里"而来,以梁燕无主喻自己浪迹天涯、漂泊无依。结尾慨叹如今夜雨不是催花润物而是摧花送春,曲折表达出对现实政治的不满及家国身世之痛。俞陛云云:"羁泊之怀,托诸燕子;易代之悲,托诸夜雨,深人无浅语也。"(《宋词选释》)

刘将孙

刘将孙(1257—?),字尚友,庐陵(今江西吉安)人。刘辰翁之子。宋末进士,做过延平教官,入元后主讲临汀书院。作词如其父,多伤春之语、悲苦之调。有《养吾斋诗余》。

沁 园 春

大桥名清江桥,在樟镇十里许,有无闻翁赋《沁园春》《满庭芳》二阕,书避乱所见女子,末有"埋冤姐姐、衔恨婆婆"语,极俚。后有螺川杨氏和二首,又自序生杨嫁罗,丙子暮春,自涪翁亭下舟行,追骑迫,间逃入山,卒不免于驱掠。行三日,经此桥,睹无闻二词,以为特未见其苦,乃和于壁。复云:"观者毋谓弄笔墨非好人家儿女。"此词虽俚,谅当近情,而首及权奸误国。又云:"便归去,懒东涂西抹,学少年婆。"又云:"错应谁铸。"皆追记往日之事,甚可哀也。因念南北之交,若此何限,心常痛之。适触于目,因其调为赋一词,悉叙其意,辞不足而情有余悲矣。

流水断桥,坏壁春风,一曲韦娘。记宰相开元,弄权疮痏;全家骆谷,追骑仓皇。彩凤随鸦,琼奴失意,可似人间白面郎。知他是,燕南牧马,塞北驱羊。　　啼痕自诉衷肠,尚把笔低徊愧下堂。叹国手无棋,危途何策,书窗如梦,世路方长。青冢琵琶,穹庐笳拍,未比渠侬泪万行。二十载,竟何时委玉,何地埋香。

注释

〔丙子〕宋恭帝德祐二年(1276)。是年二月,元军攻占南宋都城临安,掳恭帝及太后北去。　〔韦娘〕唐教坊有曲名《杜韦娘》,此指杨氏的和词。刘禹锡《李司空席上赠妓》:"高髻云鬟宫样妆,春风一曲杜韦娘。"　〔"记宰相"二句〕元稹《连昌宫词》:"弄权宰相不记名,依稀忆得杨与李。庙谟颠倒四海摇,五十年来作疮痏。"此以唐代开元、天宝之际的李林甫、杨国忠代指贾似道。疮痏(wěi),创伤。　〔骆谷〕位于陕西周至县南,是通往巴蜀的要道。杜甫《三绝句》:"二十一家同入蜀,唯残一人出骆谷。"　〔"彩凤"二句〕意谓匹非其偶。琼奴,即玉奴,南朝齐东昏侯潘妃的小名。据《南史·王茂传》载,齐亡,玉奴为梁武帝所得,军主田安启求为妇,玉奴宁死不从。　〔下堂〕本意为妻子被丈夫休弃,此指被迫失身于元兵。　〔国手〕指贾似道。〔青冢琵琶〕指王昭君远嫁匈奴。杜甫《咏怀古迹五首》之三有"一去紫台连朔漠,独留青冢向黄昏""千载琵琶作胡语,分明怨恨曲中论"之语。　〔穹庐笳拍〕指蔡文姬被掳入匈奴,作《胡笳十八拍》。〔二十载〕刘将孙作此词时,上距宋恭帝德祐二年(1276)丙子暮春已二十年。

解 读

据此词序云,在江西樟树镇的清江桥旁,题有无闻翁的《沁园春》《满庭芳》词及杨氏女子的和词。这些词记述了元兵南侵时掳掠江南女子的暴行,其中以杨氏自诉悲惨遭遇的和词《沁园春》尤为动人,词人读此词后,倍感伤怀,故"因其调为赋一词,悉叙其意"。上片写宰相贾似道的弄权误国,促使国势衰败,元蒙入侵,弱女子无法躲避野蛮的元兵,只得任凭他们驱掠蹂躏。下片指出,被迫失身于元兵的弱女子,要比王昭君远嫁塞外、蔡文姬被掳入匈奴更令人同情,结尾的"何时委玉,何地埋香",表达了词人对这些惨遭不幸的女子的沉痛哀悼之情。像这种深切反映宋元易代之际社会现实的作品,当时并不多见。

图书在版编目(CIP)数据

宋词赏读 / 陈如江编著. -- 上海 : 上海社会科学院出版社, 2025. -- ISBN 978-7-5520-4513-0

Ⅰ. I207.23

中国国家版本馆 CIP 数据核字第 2024SV9063 号

宋词赏读

策　　划：	包纯睿　邱爱园
编　　著：	陈如江
责任编辑：	包纯睿
封面设计：	周清华
出版发行：	上海社会科学院出版社
	上海顺昌路 622 号　邮编 200025
	电话总机 021 - 63315947　销售热线 021 - 53063735
	https://cbs.sass.org.cn　E-mail：sassp@sassp.cn
照　　排：	南京理工出版信息技术有限公司
印　　刷：	苏州市越洋印刷有限公司
开　　本：	787 毫米×1092 毫米　1/32
印　　张：	11.25
插　　页：	4
字　　数：	231 千
版　　次：	2025 年 6 月第 1 版　2025 年 6 月第 1 次印刷

ISBN 978 - 7 - 5520 - 4513 - 0/I·549　　　　　　定价：58.00 元

版权所有　翻印必究

西方名家随笔系列	**瓦尔登湖**	
	[美] 亨利·戴维·梭罗 / 著　潘庆舲 / 译	
	蒙田随笔	
	[法] 米歇尔·德·蒙田 / 著　朱子仪 / 译	
	一个孤独漫步者的遐想	
	[法] 让-雅克·卢梭 / 著　袁筱一 / 译	
	培根论人生	
	[英] 弗朗西斯·培根 / 著　张和声　程郁 / 译	
中国古典诗词系列	**诗经赏读**	
	钱杭 / 编著	
	唐诗赏读	
	孙琴安 / 编著	
	宋诗赏读	
	赵山林　潘裕民 / 编著	
	宋词赏读	
	陈如江 / 编著	

随身读经典